YONGXINXINGZOU DE SIKAO

用心行走的思考

基层调查研究辑录

JICENG DIAOCHAYANJIU JILU

马书平 著

新华出版社

图书在版编目（CIP）数据

用心行走的思考：基层调查研究辑录 / 马书平著.
-- 北京：新华出版社，2020.2
ISBN 978-7-5166-5069-1

Ⅰ.①用…　Ⅱ.①马…　Ⅲ.①新闻－作品集－中国－当代
Ⅳ.①I253

中国版本图书馆CIP数据核字（2020）第028883号

用心行走的思考：基层调查研究辑录

作　　者：马书平

责任编辑：祝玉婷　　　　　　　　　　封面设计：刘宝龙

出版发行：新华出版社
地　　址：北京石景山区京原路8号　　邮　　编：100040
网　　址：http://www.xinhuapub.com
经　　销：新华书店、新华出版社天猫旗舰店、京东旗舰店及各大网店
购书热线：010－63077122　　　　　　中国新闻书店购书热线：010－63072012

照　　排：六合方圆
印　　刷：三河市君旺印务有限公司

成品尺寸：170mm×240mm
印　　张：20.25　　　　　　　　　　字　　数：335千字
版　　次：2020年10月第一版　　　　印　　次：2020年10月第一次印刷

书　　号：ISBN 978-7-5166-5069-1
定　　价：48.00元

序

　　调查研究，是各界人士做事、讲话、为文的依据，尤其是各级领导拍板、决策、行政的前提。毛泽东主席有句至理名言："没有调查，就没有发言权。"新华社历来重视调查研究，要求记者编辑练好调查研究基本功。

　　马书平同志是在新华社从事新闻报道30余年的老记者。今年"五一"前夕，他把他准备出版的一本厚厚的"基层调查研究辑录"送给我看，并嘱我为之作序。

　　这部定名为《用心行走的思考》的调查报告文集，是马书平30年记者生涯的一次检阅；是他纵横万里、风雨兼程的心血结晶；是中国改革开放进程的时代记录。

　　在燕赵大地，在东北边陲，在西藏高原，马书平作过多领域、多侧面的调查研究。从西藏大开发战略，西安高新开发区建设，招商引资的经验教训，耕地开发利用，到渤海水污染防治，河北地下水开发过度，农民职业病调查，农药市场问题，他想国家之所想，急群众之所急，深入基层，潜心调研，"在历史的纵深中写下回应时代话题的调查报告，在发展中看到历史的影像、现实的回应和时代的担当"（马书平语）。他的系列调研成果，有材料，有分析，有见地，有价值，受到各级领导的重视，推动了社会问题的解决，获得群众好评，更为新闻报道打下扎实的基础，积累了丰富的素材。

　　马书平的西藏大开发战略调查，综合反映出一个地方大开发面临的问题和机遇，对如何解决好稳定和发展问题提供了独特的见解，提出了中国特色西藏发展道路，为中央和有关部门确定西藏后续发展思路提供了参考，至今读后仍是耳目一新。

书平是一位勤奋而执著的好记者。他勤于学习，善于思考，勇于探索，身在基层，心怀天下。在拉萨法轮功和河北"全能神"邪教调查，在雅鲁藏布江特大洪水现场，在群众利益纷争冲突的事件中，他不怕困难，不惧威胁，坚持真理，实事求是，心中有人民，有正义。用书平自己的话说，"实现我做一个有正义、有情怀、有温度、有担当的新闻工作者的价值追求"。

习近平总书记寄语新闻工作者要增强"四力"："脚力、眼力、脑力、笔力"，鼓励我们迈开双脚，深入生活；擦亮眼睛，洞察事物；开动脑筋，解放思想；练好笔力，讴歌时代。马书平调查研究的收获，正是在增强"四力"道路上的可贵实践。

上个世纪 90 年代初，马书平在中国新闻学院学习，我在学院兼职讲授新闻评论，也算是师生关系，结识多年。如今，他从一个普通记者，成长为新华社高级记者、领导干部，担任新华社新媒体中心副主任，为新媒体的建设发展竭诚尽力。在《用心行走的思考》付梓出版之际，我谨向他表示祝贺。

奋斗正未有穷期。书平正值人生壮年，事业新途，我祝他不骄不躁，再接再厉，在新闻大舞台上再立新功，再创佳绩。

闵凡路

2020 年 5 月 8 日

（闵凡路，新华社高级编辑。曾任新华社副总编辑兼国内部主任、《半月谈》杂志总编辑、《新华每日电讯》总编辑。现任《中华辞赋》杂志总编辑）

目 录
CONTENTS

示范引领：创新经验篇

有的放矢：问题反思篇

行深思远：深度挖掘篇

　　深度调查是解开时代记录的"密码"，是解答现实问题的"钥匙"，更是记者进行基层实践、深层思考、多层剖析的现实写照。念好"深"字诀，脚步要深，深入基层做调查研究，才能贴近社会生活，把准基层脉搏；头脑要深，深入思考问题本质，才能找准独特视角，切中问题要害；用笔要深，深入剖析和阐释社会现实，才能主题凝练鲜活，文字入木三分。西藏大开发战略调查、河北省高考高招现状调查、招商引资专题调查等用精准判断、辩证分析的态度，在历史的纵深中写下回应时代话题的调查报告，并在发展中看到历史的影像、现实的回应和时代的担当。

西藏大开发战略调查

调研报告 ⊙

西藏具备实现跨越式发展的基础
——西藏实施西部大开发战略调查之一

西部大开发战略给西藏创造了一次新的历史发展机遇，从 20 世纪 50 年代的民主改革到 80 年代的改革开放，西藏错过了两次中央给西藏以特殊政策支持西藏发展的大的历史发展机遇，这一次是在和西部兄弟省市平等的竞争中实现西藏大发展的，经过近 50 年的发展，西藏已经具备了实现大开发、跨越式发展的基础条件，完全可以和西部其他省市一样通过实施大开发战略，实现西藏的全面发展，不至于再拉大与内地和西部其他省市在位次和水平上的差距，跟上全国的发展步伐，甚至走在全国的前列。

西藏和平解放后，有两次加快发展的机会，但有当时国内外和西藏自身因素的影响，错失良机。1959 年民主改革后，鉴于当时西藏的区情、国内文化大革命和中印边境冲突等重大不利因素的影响，使西藏没能够抓住百万翻身农奴得到土地的高涨热情，加快西藏经济发展和社会进步。80 年代全国走向改革开放，西藏也和内地一样进行土地承包责任制，使广大农牧民群众生活、生产热情又一次高涨，但由于达赖集团的分裂破坏，西藏面对复杂的反分裂斗争形势，又一次错失良机，延误了加快西藏经济大发展的机遇。最根本的还是当时西藏不具备实施大发展的经济基础和社会条件。

现在的西藏，经过40多年的积累和发展，初步实现了政治稳定、经济发展，人民安居乐业，无论政治环境、经济基础和社会进步等各个方面都具备了一定的条件和规模，给实施西部大开发战略和跨越式发展奠定了基本的基础和条件。

一、西藏和内地一样实现了全面的改革开放战略，打破了封闭、落后的思想框框和地理环境，人们在逐步接受新鲜的事物，改变着自己的生活，思想、观念都在转变。

二、作为西藏社会进步的主体的农牧民群众，在党的民族、宗教和富民政策的影响下，更加坚定了跟党走建设有中国特色社会主义的道路的坚强决心，盼望尽快富裕起来的信念非常强烈。在藏北安多县，由于经济发展很快，藏族农牧民群众在党富民政策中得到了实惠，而对党充满了感激之情，两名年近60岁的老人非要入党，要为党多做点力所能及的工作，直到生命的最后一刻，让人深受启发和感动。

三、国民经济进入了持续快速发展时期。从1994年到1999年，西藏国内生产总值年均增长速度达到两位数，按可比价格计算，年均增长12.8%，高于同期全国平均增长水平，是西藏发展历史上最好的时期之一。1998年，实现了全区国内生产总值比1980年翻两番。1999年，国内生产总值达到105.61亿元，较上年增长96%，今年前三季度经济增长10%左右，能够完成年初经济增长目标。在克服东南亚金融危机的影响后，进入稳步发展的良好时机。

四、粮、油、肉实现基本自给，人民生活明显改善。在"九五"期间到2000年实现粮食总产100万吨、肉类总产12.5万吨。经过各方面共同努力，1999年，全区粮食总产达到92.21万吨、油菜籽产量达到4.1万吨、肉类产量达到13.8万吨。1988年至今，西藏粮食生产已连续12年夺得丰收。

五、基础设施建设有所加强。1994—1999年，西藏累计完成固定资产投资 220 亿元。中央安排的 62 项大型工程已基本完成并交付使用，交通、能源、邮电通信、水利为重点的基础设施"瓶颈"制约得到一定缓解。

六、改革开放取得一定成效。西藏与全国同步进行了计划、财税、投资、外贸、金融、物价、流通等综合配套的经济体制改革，农村改革、国有企业改革稳步推进，对外井放领域不断扩大，多种经济成分不断涌现，为经济发展注入了新的活力。到目前，在全国成功发行了西藏圣地、矿业、金珠、明珠、药业和拉萨啤酒 6 家股份公司的股票，拉萨市优化资本结构的试点工作取得初步成效。

七、城乡人民生活继续改善。1999 年城镇居民生活费收入 5992 元，农牧民人均纯收入 1258 元，分别比 1993 年增长 79.5% 和 1.4 倍，城乡居民居住条件和生活质量有所改变，多数群众的温饱问题基本解决，部分群众生活达到小康标准。全社会消费品零售额达到 37.93 亿元，平均每年以 15% 左右的速度增长。全区 48 万贫困人口有 42 万人基本解决温饱，18 个贫困县中已有 15 个县初步摘掉了贫困帽子。

八、基础教育目标初步实现。1999 年，全国各级各类学校达到 937 所，在校学生规模持续扩大，学龄儿童入学率达到 83.4%，初步实现了县县有中学、乡乡有小学、学龄儿童入学率达到 80% 的"两个八〇"目标。

九、反分裂斗争取得重大胜利。按照中央制定的反分裂斗争方针，西藏针锋相对地开展了对达赖集团的斗争，并实现从被动应急向主动治理的转变。依法严惩了危害国家安全、危害人民生命财产安全、危害社会主义制度的分裂分子。在中央和有关部门的指导、配合下，挫败了达赖集团在境外策划的"和平挺进西藏""不合作运动""全民公决"等分裂活动。自治区对重点寺庙开展了爱国主义教育和建立正常宗教秩序的工作，动摇了达赖的根基，较好地维护了社会局势的基本稳定。

西藏跨越式发展存在的主要困难和问题
——西藏实施大开发战略调查之二

新中国成立 50 年来，特别是改革开放 20 年间，西藏经济的发展取得了历史上前所未有的成就。但由于地理区位较差、交通不畅等因素的制约，西藏同中东部地区相比，距离不但没有缩小，而且越来越大，仍然是全国最落后、最不发达的地区，给实施西部大开发战略和实现经济的跨越式发展带来了很多的困难和制约因素，主要表现在：

一、经济落后，社会发育程度低。西藏是在商品经济、社会化生产、社会分工都很不充分的情况下，由"政教合一"的封建农奴制社会直接跨越到社会主义社会，由于自然、地理环境、历史等方面的原因，西藏经济社会的发展与内地发达省市相比存在着层次上的差距，需要长期的不懈努力方能根本改革。

二、产业结构不合理，经济基础和综合实力脆弱。虽然也和内地省市一样建立了国民经济体系，但这种体系极度不合理。虽然经济增长速度连续 6 年超过 10%，但 1999 年，全区国内生产总值也仅为 105.61 亿元，人均 4166 元，不考虑价格的不可比因素，仅相当于全国人均水平的 57% 左右。三个产业结构呈典型的"V"字形，是全国唯一极度不合理、不发达的经济结构和产业结构的表现形式。第一产业占 32.4%，主要为生存农业；第二产业占 22.7%，主要为规模小、科技含量少、管理水平低、产品质量效益欠佳的中小型工业、建筑企业；第三产业占 44.9%，主要为工资性收入，整体经济水平缺乏自我积累和自我发展的能力。

三、经济增长乏力，发展差距进一步拉大。虽然西藏也和内地一样实行了改革开放，经济体制改革取得了一定的成效，但没有改变经济发展的低层次和经济的封闭性结构，外向型经济占的比例极小，西藏经济发展机制缺乏活力，影响和制约着西藏经济增长速度。近年来，经济增长乏力，增速下滑问题愈加突出。1994 年是 15.6%，1995 年是 17.9%，1996 年、1997

年、1998年，增幅分别下降为13.2%、11.3%、10.2%。1999年增幅则下降到10%以下，则为9.6%。这个问题应引起高度重视。

四、基础设施"瓶颈"制约严重，对发展难以形成有力支撑。1999年，西藏发电装机容量仅34万千瓦，人均用电量不足272千瓦时，相当于全国平均水平的20%，现有60%的乡、80%的农牧民用不上电；西藏是全国唯一不通铁路的省区，作为交通运输主体的公路，不仅运距长、等级低、路况差、断头路多、病害严重、养护费用和建设成本高，而且还有20%的乡和全国唯一的一个墨脱县尚不通公路。全区仅有两个对外航空港；广大农牧区无通信设施，信息闭塞。县城水、电、路、住房等基础设施严重滞后，历史欠账较多，难以形成人、财、物、信息流的集散地。据1998年统计，西藏国内生产总值、工农业生产总值、固定资产投资、社会消费品零售总额、农民人均纯收入等主要经济指标位于全国各省区市的最末位次。

五、教育、科技落后，所需建设人才严重匮乏。全区学龄儿童入学率仅为83.4%，青、壮年文盲和半文盲率占42%，人口整体素质偏低，人才匮乏现象普遍。科技整体水平低，技术创新进展缓慢。区内现有人才稳不住，区外人才难吸引成为普遍现象。科技对经济的振兴工作亟待加强。

六、农牧民收入增长缓慢，生活质量处于低水平。全区农牧民人口有220多万人，占总人口的87%，大多数处在温饱型阶段，尚有9.7万人没有脱贫，而且返贫现象严重。1999年，农牧民人均纯收入仅为1258元，相当于全国平均水平的53.2%（主要为实物收入），农村居民平均每人生活消费支出仅为全国平均水平的44.7%，其中食品支出占70%，比全国平均高16.6个百分点；用于居住支出、医疗保健支出、交通和通信支出、文化教育和娱乐支出分别仅为全国平均水平的16.8%、19.7%、13.1%和52%。

七、反分裂斗争长期存在。复杂、尖锐的分裂斗争，特别是达赖集团在精神领域的渗透和影响相当严重，严重影响和干扰西藏发展和稳定的大局。宗教影响依然是发展的制约因素之一。各种非经济因素直接影响农业经济的发展，影响社会主义市场经济体制的建立。达赖虽然已经60多岁，但他不甘心退出政治舞台，仍在玩弄各种手段与中央政府对抗，并不断扶持后继势力，继续长期和中央作对。他目前身体状况不好，中央要及早采取措施，安排达赖以后的事情。

综合分析主要发展条件，西藏与内地省区相比，不仅是位次上的差距，更重要的是发展层次上的落后。

思想僵化严重制约发展
——西藏实施大开发战略调查之三

西部大开发，是对一个地区领导层领导管理能力和驾驭经济能力的考验，在把握和引导广大人民群众投身这次实现西藏跨越式发展的大开发热潮中，最重要的是解放思想、更新观念，要率先解决人为因素的"瓶颈"制约，最重要的是领导层次的思想和观念的"瓶颈"，这也是制约西藏经济发展的最大的障碍因素。

西藏到底要解放什么思想、更新什么观念，是要真正搞清楚的。很多人跟上面喊口号，解放思想、更新观念，而在记者调查时发现，这些人根本不知道要解放什么思想、更新什么观念。在拉萨街头流动的一句话，道出了西藏人的思想僵化和党政机关办事低效率。"西藏办事拖拉，等事批下来黄花菜都凉了。"记者调查发现，西藏确实存在观念陈旧、思维僵化，跑个项目拖拖拉拉，内地半年能办完手续的事情，在这里需要两三年。在西藏经商办企业真不容易。

西藏在思想、政治领域存在一些制约因素主要表现在：

一、极"左"的思维定式，僵化的管理模式，导致决策机制不灵、办事机制不畅，只按照政府行为来处理问题，没有按照市场机制来争取外来资本和人才的最大效益。姓"社"姓"资"在内地早已不是问题的问题在这里的干部思想深处仍很严重，可以由市场去调节的经济现象，以稳定局势为由，政府大包大揽，导致一些很好的合作项目，几个月甚至几年下来，政府没批准、手续办不清，今天同意、明天又不同意，反复无常，客商只好望"藏"兴叹。一位从海外回来的藏胞，怀着回报家乡的深情来西藏搞农牧业产业化投资，通过引进国外草种技术实现西藏畜草革命，解决畜草矛盾。这项目得到中央主要领导作了批示，西藏在确定为明年大开发项目并在港洽会上公布后，最近以给西藏项目重复为由又给否决掉了，而这个项目1998年就在西藏经过了成功的实验论证，当时西藏类似的、成熟的项目还没有。不少参与此项目的专家认为，这项目主要影响到西藏某些职能部门利益，给你做了，抢了我的饭碗，我不做，你也别做。还有中央一家科研院所希望在西藏建设分支机构来加强西藏的生态等研究，几年下来没有进展。这家科研机构的负责人谈及此事也无可奈何。政府多个部门审批，各自为政，没有统一决策，本位主义、排外思想严重，严重制约西藏大项目的落地和建设进度。

二、经济发展的"软"环境太差，没有宽松、舒适和让人积极向上的投资环境和生活环境，更没有给大开放、大发展、吸引更多的国内外投资提供宽松的社会环境。"懒、旧、慢"等思想和观念泛滥于各个党政机关，"懒"就是"等、靠、要"的封闭式的观念，"旧"就是旧的传统、旧的机制、旧的办事方式，"慢"就是行动松散、缺乏动力、效率低下。资金有中央各部门对口支持和各省市的支援，工资待遇又比较高，而事情少、工作强度低，很多人整天泡茶园、打麻将、喝酒消磨时光，不思进取、不求创新，造成"体制"僵化，办事机构重叠、效率低下，收费机构重叠，手续烦琐。记者在办本单位基建手续时发现，在内地几天办好的手续，在这里办了4个月，一个单位收取基建手续费，1400元要交给两个科室，仅此项就让记者跑了十几次，办了一个月。不少人说，拉萨就是缺氧，别的什么也不缺，扶持项目多，不缺工资。有不少群众反映，有些项目经费不知道用在哪里了，可能扔进雅鲁藏布江了。

三、封建贵族的"旧"传统和旧观念，使小部分藏族中的高级干部成为人们心目中的新贵族，只唯上、只唯书，脱离群众，使中央和西藏很多重大决策，落实不够彻底。不少藏族群众说："不能打倒了一批封建农奴制的旧贵族，培养了一批吃共产党饭、效忠'达赖'却脱离群众的新贵族。"一些西藏名人和汉族中层干部向记者反映，西藏的一些干部就知道走上层路线，工作稀里糊涂，对此忧心忡忡。记者在调查中发现，很多农牧民群众不知道西部大开发，不知道什么是改革开放。到目前西藏也没有一项措施能够把基层农牧民群众带到大开放、大开发、大发展的潮流中，而没有220多万农牧民群众参与西藏的现代化建设，后果是可想而知的。

四、"达赖"问题和反分裂斗争有些人看得太严重，影响了西藏经济的迅猛发展，错失了几次西藏大发展的良机。在西藏确实面对达赖集团的分裂破坏，但更重要的要抓住历史机遇，把西藏经济搞上去，让藏族人民群众真正富裕起来，是对藏族同胞最好的扶持，也是对境外反华势力最有力的回击。要正确处理稳定和发展的关系，二者应该是"平行木"，而不是"跷跷板"。不能把一切工作拉到反分裂旗帜之下，影响经济发展大局。记者调查认为，对达赖集团的斗争是长期的，即使在他去世后，其集团也不会甘心失败，可能会扶持其他分裂势力继续搞分裂行动。这种斗争可能是50年，甚至更长。但不能一直以此为理由，使西藏经济长期落后。必须解决好分裂和反分裂、稳定局势和加快发展的关系，解决好"达赖"去世后，他的继承人问题和西藏寺庙、僧侣的出路和生存问题，进一步引导宗教与社会主义相适应。进一步完善对活佛的管理引导，要逐步建立更加完善的活佛认定撤销管理制度。只要我们牢牢把握"发展是第一要务"这个"牛鼻子"，加上各级干部队伍对稳定的主导作用，在处理好达赖渗透和破坏的同时，完全可以把主要精力放在经济发展和社会进步方面。发展是硬道理，只有加快西藏发展，藏族人民群众富裕起来，才更有利于西藏长治久安，达赖集团在西藏的影响就会逐渐减小。

西部大开发如何看待西藏资源

——西藏实施大开发战略调查之四

在西部大开发的历史机遇中，西藏要实现经济的跨越式发展，就要充分认识和发挥西藏资源优势，不能把什么资源都拿来开发利用。要把战略资源、普遍资源、可持续利用资源、一次性资源、有形资源和无形资源区别开来，与人口生存发展和环境保护相结合，做到开发有度、利用合理，才能避免资源开发的泛滥和浪费，发挥资源的后发优势，变资源优势为经济优势，使西藏永远成为民族特色旅游的热土，生态环境保护的成功范例。

第一是人力资源，是无形的可持续开发的资源。西藏要从过去要资金、要项目，转移到要智力、要素质、要人才上，要把西藏 250 万各族人民的智力潜能发挥出来，这是西藏最大的资源，以人为本，树立一种西藏特有的人文精神，使创造了灿烂藏民族文化的西藏各族人民，再创造出新的辉煌。

第二是旅游文化资源，是具有无形和有形特征的可持续利用资源。西藏是世界屋脊，被誉为地球"第三级"，以其神秘、新奇、独特的自然景观和独特、浓郁的藏民族风俗民情和博大精深的文化内涵，广泛吸引着国内外人士前来观光、游览、登山、探险、科考。西藏旅游资源不仅分布广、类型多、数量大、组合优，而且独具特色，有不少是属于世界级、国家级和高品位的旅游资源，给人以新奇感、神秘感、粗犷感和原始感，是我国旅游资源体系的重要组成部分和后备资源，只要加大开发利用力度，西藏极有可能成为世界旅游热点和国家重要旅游胜地之一，使西藏成为我国旅游文化资源强省区。

第三是水资源，是有形的一次性开发资源。西藏是我国河流与湖泊最多的省区之一。据不完全统计，流域面积大于 1 万平方公里的河流有 20 余条。有国内和国际著名的长江、雅鲁藏布江和湖群等。西藏水资源丰富，水资源总量为 4482 亿立方米，占全国的 16.53%，居全国第一位；水能理论蕴藏量约为 2.06 亿千瓦，可能开发的水资源为 5659 万千瓦，占全国的 29.7%，是我国经济和社会发展巨大的潜在优势。在我国内地很多省市缺水日益严重的情况下，西藏的水资源显得更加宝贵，第一是浪费水现象严重，第二是水资源被污染也很严重。西藏一定要避免内地的旧辙，在开发利用水能方面特别是修建大型电站和水利项目要慎重从事。

第四是矿产资源，也是有形的一次性资源。西藏是青藏高原的主体，地质构造复杂，成矿作用强烈，矿资源十分丰富。目前，西藏已发现矿产 95 种。其中已探明有储量的 46 种。在已探明的矿产中有 9 个矿产的储量列在全国的前 10 位，依次为：铬第一位，铜和火山灰第二位，菱镁矿第三位，硼和云母第四位，砷第五位，泥炭第八位，钼第十位。正在进行勘察的藏北坡拉油田和处在开发中试阶段的藏北扎布耶盐湖前期工作已获重大突破，潜在开发价值十分可观。但西藏矿产资源开发成本高，运输成本也高，由于地质复杂，对开采技术要求更高，所以西藏矿产资源开发一是不要盲目开采，防止生态环境被破坏；二是作为国家矿产品资源战略后备基地，大型开发项目要有国家决策才能实施，不能只看西藏自身和眼前利益而开发。特别是铬铁矿等具有军事战略意义的矿产更要服从国家需要。

第五是森林资源，也是有形的一次性资源。西藏是我国森林资源最多、原始森林面积最大的省区之一，森林储积量全国第一位，还是世界上保留不多和难得的多类型原始森林。据 1991 年西藏第二次森林初查结果，西藏有森林面积 1.9 亿亩，活立木储积量 20.84 亿立方米，森林覆盖率 9.8%。林下资源丰富，有木本植物 1500 余种，100 余属，不仅是我国极为重要的后备林用地，也是亚洲许多大江河的水源涵养中心。西藏野生动物资源也十分丰富，种类居全国第一位，有 798 种。这些森林资源是我国少有的未被乱砍滥伐的地区，对保护主要大江、大河上游的植被生态，起到了很好的作用，不能再重复内地砍伐的老路了。

第六是畜产品资源，是有形的可持续利用资源。西藏是全国的五大牧区之一，畜产品资源丰富。1999 年年末牲畜存栏头数达 2290 万头（只），牛羊肉产量12.2万吨，绵羊毛产量9351吨，分别相当于全国总产量的4.2%和2.8%，人均占有量则远远高于全国平均水平。西藏的山羊绒不仅品质高，是世界有名的"软黄金"，而且资源十分丰富，1999年产量达到600吨，占全国总产量的6.2%。如牦牛这种青藏高原特有的畜产品资源，要大力开发，使畜牧业实现产业化经营的局面，成为带动牧民群众致富的支柱产业。

西藏要走中国特色的西藏发展道路

——西藏实施大开发战略调查之五

面对西部大开发的历史机遇，西藏如何参与大开发，实现经济的跨越式发展。研究西藏的不少专家认为，西藏资源丰富，开发潜力和开发价值巨大，只要措施得力，符合西藏生产力和生产关系的实际，走有中国特色的西藏发展道路，就一定能够用自己的资源和经济实力养活250万居民，实现西藏的"十五"计划末人均国民生产总值达到西部地区前列，2010年达到全国中等水平，21世纪中叶实现邓小平同志的愿望，在"中国四个现代化建设中走在全国前列"的三步走战略，实现西藏经济和社会发展的腾飞。在实施西部大开发战略和实现跨越式发展的过程中要解决好以下六个问题：

第一如何看待这次西部大开发：这次西部大开发，不同于东部沿海地区的80年代初的改革开放，日益丰富的物质文化生活的需要和落后的社会生产之间的矛盾，使社会市场需求量日益扩大，各行各业有待大开发、大发展，即使粗放经营也能赚钱，效益较高，也可以最大限度地开发资源，争得更大利润。而此次西部大开发，是在我国初步建立社会主义市场经济体制的情况下开展的，多数的日用品和商品已经供大于求，高新技术产业迅速发展，市场竞争日趋激烈。而西部正是靠资源开发来发展经济的，加上技术落后、生产力水平低，生产成本高，竞争力弱。为了人类生存，要保护生态环境，更不能盲目开发资源。西部要在适度开发自然资源的情况下，找准自己的特色发展特色产业和适合西部交通和生产条件的电子信息产品来加快经济发展。国家会给政策扶持，但不能只靠政策，更要靠自身的努力，通过政府和市场，主要是市场的手段来搞活经济。西藏要在这样的环境下，走中国特色的西藏发展道路来发展自己。

第二如何看待进一步解放思想：从 1951 年西藏和平解放、1959 年民主改革到 80 年代的改革开放，西藏已经走过近 50 年的发展历程，人们思想观念经历了三次大的革命性的调整和解放，一部分干部群众思想是解放的、不是僵化的，有了商品意识和市场观念。这就要求我们必须进一步解放思想，来一次"大开发、大解放"的讨论，才能从根子上破除"极左"的、僵化的思维模式，给思想解放要生产力，推动经济社会发展，造福西藏各族群众。

第三如何看待西藏周围的环境：西藏处于亚洲地理的中心地区，又是亚洲海拔最高地区，无论从战略、政治和经济高度看西藏的发展都具有重大战略意义。印度经济发展很快，对与我国西藏接壤地区的开发力度在逐年加大，而青海、四川藏区的发展目前已经超过西藏，这些对比对藏民族的思想影响较大，西藏必须实现经济的腾飞。在共产党的领导下，一个经济发达、民族团结的西藏对周围的影响是不可低估的。

第四要按照经济发展规律办事，分阶段发展西藏经济：西藏社会发展可以实现制度跨越，直接从封建农奴制进入社会主义阶段，但经济发展要遵循经济自身发展的规律，农业化、工业化、信息化，把每个阶段的发展时间缩短，但很难跨越。2001—2005 年是打基础阶段，重点要发展基础设施和消除贫困人口，打好经济大开发的基础，塑造人文精神基础。2006—2030 年是全面快速发展阶段，以产业比较优势为基础，在与全国市场的竞争中，发展特色产业，形成后发优势，在国内、国际市场的分工中，占领有利地位，形成产业和市场双重优势。2031—2050 年是经济腾飞阶段，形成合理的经济比较发达地区的一、二、三产业比例和各产业内部行业结构比例，形成民族特色的、符合较高生产力发展水平需要的社会分工关系，使经济发展水平有根本性的提高，和内地一样初步实现经济和社会发展的现代化。

第五需要处理好的几个关系：1. 稳定和发展的关系。要在稳定中求得更大的发展，把发展作为一切工作的出发点和归宿，把"三个代表"重要思想作为衡量一切工作的标准。只要对西藏发展有利，只要对提高西藏各族人民生活水平有利就要放开去干。2. 国家支持和自身努力的关系。要在国家支持和各省市援藏的基础上，更大限度地自身努力奋斗，调动一切有利因素和人力资源的主观能动性，发展经济。从"输血"到"造血"，形成地方经济的支撑体系，重点发展旅游产业、藏医藏药、高原科技信息产业。3. 政府和市场的关系。在过去政府手段调节为主的基础上，逐步加大市场手段对经济发展的调节力度，在争取国家资金项目的基础上，通过市场行为加快西藏资源开发和产业发展。4. 地方利益和国家利益的关系。西藏发展很重要，但西藏是边疆民族地区，宗教影响和达赖集团分裂活动对经济发展影响很大，要以国家利益为重，经济发展、对外开放和稳定局势一切服从于国家需要。5. 开发与环境保护的关系。在搞好开发的同时，要保护好西藏特有的民族文化和生态环境，使经济、人口、环境协调发展。6. 开发和宗教的关系。在开发过程中，要充分发挥宗教对群众的影响，变不利为有利，利用藏传佛教的合理内容，如"天人合一""万物有灵"等就可以与不能乱砍滥伐树木、保护生态环境结合起来，并引导宗教与社会主义相适应。

第六需要采取的措施：1. 研究人口、环境、经济协调发展战略，测算出西藏地区人口的承载量，在保护生物和民族文化多样性的基础上，实施资源发展战略。强化法制建设，依法治理西藏、依法发展西藏，实现从人治到法治的历史转变。据专家测算，未来20年百姓人口规模以500万为宜，未来50年，承载在700万左右。未来100年，承载到1000万左右。2. 彻底改变经济发展和投资的软、硬环境，解决思想、政治和基础设施领域的瓶颈制约，以"三个创新"特别是机制和体制的创新，解决机构重叠、效率低下，思想保守、本位主义等不良倾向的束缚，降低门槛，统一内外国民待遇，给国内客商提供良好的生活、投资和发展环境。如领导层的决策机制和经济管理关键部门要合并机构提高效率，转变职能，搞好服务。而对西藏经济发展起着基础性支撑作用的支线机场和进藏铁路、干线公路和能源建设要尽快上马。3. 通过技术改造和资产重组，进行产业的优胜劣汰，对经济结构进行战略调整，加快贸易和投资的自由化进程，大力发展特色产业、适度发展科技产业、全面推进农牧业，通过全面的信息化、市场化和部分产业的工业化，创造出西藏特色的发展道路。4. 把涉及国计民生的大项目和行业，通过援藏和中央投资来保证运行的安全，其他一些行业可放开搞活，通过大开放、大开发和市场手段，进行全面建设。5. 注重传统资源的开发，更要注重新兴资源的开发，特别是高新、信息技术的推广应用。西藏经济发展，在西藏大开发的第一阶段可以主要依赖对自然资源的开发和加工，但在第二阶段就要专注转移到主要依赖信息技术和科技产业的推动上来，到了第三阶段，就要走信息化、市场化的路子，通过西藏全面的信息化和市场化，带动部分产业的工业化，通过适度开发资源、有效保护资源，达到经济高水平发展的目标。6. 在中国加入 WTO 之后，西藏和西部地区的资源优势将明显下降，市场竞争力降低，特别是一、二产业更不具备比较优势，要在做好一、二产业部分行业依靠科技改造更新换代取得突破的同时，重点加快第三产业的发展，适应国内、国际市场竞争的需要。7. 取得中央更加优惠的政策扶持，用活用好现有的优惠政策，以新的思路、新的办法、新的机制来推动西部地区的大开发。否则，就会与中央给的优惠政策脱节，白白丧失机遇。8. 发展科技教育，加快人才特别是西藏经济大发展急需人才的培养步伐，更要为西藏长远发展积累民族人才。盘活现有人才，把有专业特长的人才，放到专业发展的环境里，不能像过去那样多数分配到党政机关。大量行政事务的影响，慢慢毫无特长。并加大引进人才的力度，把技术水平高、开发潜力大的人才多吸引一些进来，参与西藏产业开发。9. 在处理安全稳定问题的前提下，尽可能全面对外开放，通过全面开放来带动改革，使内地和世界上的现代化的信息、技术占领西藏各个角落，加快农牧民群众参与大开发的积极性，通过发展小城镇，引导农牧民进入市场，参加西藏经济建设，使大开放是彻底的，大开发是全面的。

10. 不能再盲目铺摊子、上项目，要科学合理地进行项目论证，避免资金浪费和腐败现象滋生。（2000 年 10 月）

报告反馈⊙

20 世纪末国家推出了西部大开发战略，西藏如何抓住新机遇，发挥好各种政策杠杆，突破各种体制机制障碍，加快发展，确保在边疆地区发展中走在前列？为此，在 2000 年 8 月—10 月，记者和西藏自治区主要领导一起进行了深入调研，推出了西藏大开发系列报道。在新华社内部报道后，引起西藏自治区的高度重视，出台如加快青藏铁路建设、完善援藏配套政策、扶持西藏特色产业等一系列加快西藏发展的政策措施，为西藏跨越式发展注入新动力。西藏自治区主要领导评价说，这组调研有高度、有水平、有见地、有建议，确实拓展了西藏发展的思路，值得充分肯定。

河北省高考高招现状专题调查

高等教育：有待开发的大市场
——河北省高考高招现状专题调查之一

河北省教育界人士分析，近几年的高考热、考研热、报考名校名专业热的背后，正是人们对高等教育的渴求和国家经济社会发展对各类人才需求量的增大，这就是说，在我国九年制义务教育解决后，大力发展高中和大学阶段的教育成为一个更为急迫的问题。

目前，在我国人口多和经济发展快的背后，有更多的初、高中毕业生需要进入更高的学校深造，然而当前我国高等教育受招生规模的限制，又迫使很多人高中毕业后不能马上进入大学学习，高等教育成了一个有待大开发、大发展的大市场。

河北省教育厅的专家介绍，这几年，国家高校招生的规模在逐年扩大，今年达到 260 万人，但与每年毕业的几千万的高中毕业生来说，多数人并不能升入高校。虽然新中国成立后，我国各种教育发展迅猛，给国家培养了大量的人才，也初步形成了具有中国特色的高等教育制度和体系。但随着我国的经济与国际经济逐步一体化，教育特别是高等教育更需要与国际接轨，面向未来、面向世界、面向现代化。这也需要改革传统的大学管理、教学方式，部分高校适当实行由严进宽出变为宽进严出，普考制变为学分制，扩大招生规模。

我国农民人口数多达 9 亿，近年来农村失学人数增多，一些地方的入学率是小学 100%、初中 60%—80%、高中却成了 20%。多数青少年连初中都没毕业就外出打工。在邯郸市一个 1500 口人的村，上小学的人数是 300 多，到了初中剩下 200 人，能升入高中的只有 5 个人。这也说明农村青少年更需要培养。国家应该在实行大众化的九年制义务教育后，把高中和高等教育逐步大众化，这样才能真正全面提高国民素质和文化知识水平。

来自河北省人才市场的资料表明，学历越高，就业比例就越高。这也对众多的专科或者本科学生的就业提出了挑战，出现了近几年的考研究生热。河北省的高等教育也是方兴未艾，各种研究生班、进修班、培训班办的很多。记者采访发现，今年暑假期间，河北省一些高校为了给办的研究生进修班的学员上课，只好把全日制的学生赶走，腾出宿舍让学员住。河北省一些高校老师认为，最近几年，高等教育发展很快，但不规范，市场很混乱。

一些专家建议，大力发展高等教育主要体现在以下五个方面：一是建立健全高等教育的法律法规，制定出适合我国国情的《高等教育法》，通过法律来发展和规范高等教育。二是加快培养一支适合国际教育发展需要的师资队伍。三是推陈出新，调整专业。四是加大投入，调整布局。五是规范继续教育行为，使更多的低学历的人能有机会进一步深造。（新华社石家庄 2002 年 9 月 4 日电）

学生报考专业冷热变化大　农林类又成热门
——河北省高考高招现状专题调查之二

在今年河北省提前录取和本科一批 A、B 类院校录取工作中，考生报考专业冷热不均，过去一直看好的军事院校专业、化工、机械和旅游类专业出现冷落局面、生源不足，而曾在 20 世纪 90 年代遭冷遇的农林类专业又成报考热门，医学、财经、计算机和外语类继续保持火爆的态势。同时，由于国家对教育的重视，并且就业市场竞争激烈，毕业后工作相对稳定的师范院校格外受到考生的青睐。

业内人士分析，军事院校专业受冷遇主要是因为生活水平提高后，人们对严格的军事生活的不适应和部分考生吃不得苦。而化工、机械等专业受冷遇是因为这几年这些专业过热，毕业就业形势严峻所致。在河北有招生计划的军事院校多数都没有招够，报考人数远远低于计划招生数，生源严重不足。不少学校只好今后补录。像河北大学人民武装学院在提前批第一志愿的招生中，计划招100人，实际录取的只有62人。

在20世纪80年代是报考热门，但市场经济条件下，90年代遭到冷遇的农林类专业，却在随着我国加入世界贸易组织后，农业的发展更受重视，潜力很大，亟需各种农用科技人才等背景下，成为新的报考热门。像河北农业大学的农林类和畜牧兽医专业的最低录取分达到608分，比本科提档线高37分。而在医学一批A类院校招生中，北京、沈阳、广西、天津和河北的医科大学的提档线都在590分以上，高出本科提档线近20分。外语类的提档线也在590分以上。北京师范大学、东北师范大学等国家重点的师范院校的提档分却高达600分。计算机和财经类的提档线分别达到661分和635分。

河北省招生办公室的有关人士介绍，目前，河北省正在进行本科二批A、B类院校的录取，专科录取也将很快进行，整个录取工作会在9月10日前结束，经过分析可以看出，以后的录取形势和报考专业基本上和提前录取和本科一批A、B类院校一样。（新华社石家庄2002年8月28日电）

民办高校缘何招生仍很难
——河北省高考高招现状专题调查之三

河北省教育部门的人士介绍，虽然国内上百所民办高校在河北省做了大量的招生宣传工作，但受传统教育观念的影响，民办高校招生仍很难。

只有在公办高校招生进入专科阶段后，一些民办高校的招生工作才有进展。很明显，民办高校目前招收到的多数是专科生，本科生很少。

记者走访了在石家庄招生的几所民办高校发现，有的学校能够招生全日制本科几千名，但报名只有几百人，多数人的分数较低。西安的一所民办高校，在石家庄市区内撒遍了招生广告，甚至在河北的一些县也安排专人负责招生，但到 8 月 18 日，也仅招了 500 多名专科生。

参加了整个河北省招生工作的河北省教育厅的方文革分析认为，造成民办高校招生难的主要原因有三：

一是考生的上大学观念，仍认为公办高校可靠，文凭硬气，毕业好找工作。

二是部分民办高校在管理、教学等方面的问题，也影响了社会对民办高校的认可度，学生因此对上民办高校不放心。他们担心，万一上学期间，民办高校停办怎么办。

三是虽然国家明确了公办、民办高校同等待遇，但真正达到这一目标仍有一个过程，在招收学生当中，仍有一些限制，国家对民办高校的管理和民办高校自身建设等方面的法律法规仍不健全。这些原因也造成民办高校在招生过程中不能和公办高校站在同一起跑线上来招生。（新华社石家庄 2002 年 8 月 28 日电）

招生"陷阱"扰乱高校招生市场
——河北省高考高招现状专题调查之四

日前，在石家庄市的街头出现了这样一个广告："分数低的考生，想上哪所大学尽管来找我们，圆你一个真正的大学梦。"记者暗访发现，这个打着考 200 分就可以上大本、两万元可上国家重点大学的旗号招生的一伙人都是无业人员。

河北省教育部门的人士说："在石家庄市做着招生广告的学校和单位比比皆是，承诺拿多少钱给你办什么样的大学。这样的政策是国家不允许的，高考政策越来越透明，弄虚作假是行不通了，可以肯定这是一个招生'陷阱'。这样的招生'陷阱'已经扰乱了高考市场的秩序，使一些不明真相或者考分低的学生上当受骗。"

河北省教育厅纪检监察室的方文革介绍："每年的 7 月、8 月都是高考季节，一到这个时候，总会有一些不法分子打着招生的旗号骗钱，许诺给你国家承认的文凭、学历等。但提醒学生，遇到这种情况，要先看看招生单位有没有办学许可证，师资和教室等办学条件如何，更重要的要看其有没有合法的招生手续。教育部门也查处了不少这样的事件，但总有人冒险招生骗钱骗物。目前，国家正在规范社会力量办学的问题，随着招生工作的逐步规范和对违法招生处罚力度的不断加大，招生'陷阱'会逐步减少，但很难杜绝。"（新华社石家庄 2002 年 9 月 4 日电）

贫困生增多亟待社会救助
——河北省高考高招现状专题调查之五

今年高考中，河北省临西县王庄村王俊华的 3 个儿子同时榜上有名，但仅靠种地维持生活的这个家庭，由于贫困而无法承担 3 个孩子每年共约 3 万元的学费和生活费，正等待着社会救助。

根据河北省招生部门的介绍，在今年录取的 6 万名本科生中，像王俊华家里一样因孩子考上大学而无法承担学费的有几千人。而进入 8 月份，河北省教育等部门开通的资助热线电话也是忙得很，希望资助贫困考生的人数每天达到几十个，部分贫困生已得到资助。对贫困生的救助问题已经成为社会关注热点。

河北省教育厅有关专家分析，贫困生主要来自农村和城市普通职工家庭，这些家庭主要是靠种地维持生活，或者是家里有下岗职工，而孩子又非常争气，多数是品学兼优。对于这种情况，河北省教育等部门近几年也给予了很多的关注，但由于贫困面较大，要求资助的学生太多而无法彻底解决这个问题。

今年河北省福利彩票中心本打算资助 100 名达到重点录取分数线的贫困生，但报名人数远远超过原定的资助计划，因此衡水和邢台等地的福利彩票中心决定动用本市福利基金，给资助行动追加资金，将有更多的贫困生得到帮助。邢台市民政局副局长席云说："这么多的贫困生，我们实在很难取舍，不忍放弃。"邢台市福利彩票中心在资助了河北省福利彩票中心安排的 8 名贫困生外，还将资助 30 名。衡水市本来计划资助 8 名，但报名的人数已达 65 人，准备让他们全部得到帮助。

河北省教育界人士认为，贫困生是国家不能回避的一个社会问题，虽然进入大学后，可以拿到奖学金，也可以去银行办理助学贷款，但录取后，入学的学费怎么办，有的学生由于得不到帮助只好放弃学业。国家也想了很多办法来帮助这部分学生，建立了一些救助基金，但救济的面仍不够，还是缺乏一个统一、规范、权威的资助制度，把真正贫困的、品学兼优的学生吸收到大学里来，让他们不至于因贫困而被迫打工，甚至辍学，给国家培养更多的优秀人才。（新华社石家庄 2002 年 9 月 4 日电）

招商引资专题调查

⟳ **调研报告** ⊙

咬定青山不松　不嫁"丑女"嫁"靓女"
——招商引资成功事例解析一

在招商引资的调查中，记者耳闻目睹了许多成功的招商事例。

——牛皮糖的粘劲　咬定青山的韧劲

河南荥阳市招商办在得知乐百氏食品饮料公司计划在中原投资 1 亿多元、征地 100 亩建设生产基地的信息后，立即派人洽谈有关事宜。乐百氏公司派人在郑州和新乡的有关县市区考察期间，招商办两台车 6 名工作人员日夜不停地查宾馆、找饭店、记房号，逐一研究、协调、答复乐百氏公司提出的各种要求和条件，最后终于签订协议，将这个由法国达能公司和其控股的乐百氏集团公司投资 1 亿多元在中原地区建立的唯一一家分厂引进荥阳。

在招商引资中，许多地区请专家论证储备了上百个科技含量高、市场前景好、能够带动产业结构升级、规划投资额为数亿元的招商项目，通过多种渠道对外进行宣传，并积极参与各类商贸洽谈招商活动。与此同时，还注意从各种媒体、互联网和其他渠道收集外地的投资信息，主动了解外部知名企业的投资意向，一旦发现信息，他们就发扬牛皮糖的黏劲和咬定青山不放松的韧劲，跟踪追击，紧盯死守，想方设法把项目引进来。

河南省登封市委书记张学军对记者说，近年来，他们始终把项目开发作为招商引资工作的重中之重，建立了项目开发、包装机构，聘用了有经验、懂经济、素质高的专业技术人才，组建了登封市项目专业开发机构，采用商业化运作模式，由外经办协调运作进行招商引资项目的开发和包装。截至目前，已完成开发、包装涉及旅游、医药、化工、冶炼、建材、农副产品加工等项目近百个，为科学招商引资创造了条件。

河南省新乡市外经贸局率先在机关内部进行招商引资体制改革，对机关人员实行"全员下岗，承诺上岗"，落实招商引资目标责任制。目前，外经贸局人员对招商引资工作的认识得到了进一步增强，大多数人员都在积极主动联系客商，洽谈项目，呈现出"人人招商忙"的良好氛围。今年10月份，新乡市正在落实的投资意向达15亿元。

——不嫁"丑女"嫁"靓女"

今年是河南省淅川县的"项目经济年"。短短9个多月，该县已与24个外商签订了合作合同，合同资金达14.09亿元，其中超千万元项目15个，超亿元项目4个，实现了招商引资"开门红"。

在吸引外地商家投资上，以前淅川县总是把"老大难"企业推出去合作，结果外地厂商总是"高高兴兴来，垂头丧气走"。"丑女"没嫁出去，"靓女"也耽误了。后来，这个县认识到，"丑女"难嫁，何不先嫁"靓女"，把人家看好的企业拿出来与之合作？

淅川汽车配件厂是国家大二企业，产品在国内有较高的知名度，市场前景较好。过去曾有不少国内外企业想出资与其合作，但谈判都不欢而散。后来，企业放下架子，甘当"配角"，经过多方联系，与南阳金冠集团公司攀上了"亲"，进入了国家520家重点扶持企业的行列，提高了企业加入WTO后在国际市场上的竞争力。

淅川人凭着扎实的工作作风和优质服务，使招商引资工作取得了丰硕的成果，加快了工业发展的步伐。去年以来，这个县规模以上工业企业实现产值13.9亿元，利税1.25亿元，利润5820万元，分别比上年同期增长13.7%、80.4%和141.5%。

在中西部地区招商引资中，拿出最好的项目与投资方合作，使投资者尽快有钱赚，已成各地的共识。焦作市拿出当地生产经营形势良好的原万方铝业股份有限公司自备电厂与美国的爱依斯电力股份有限公司合作，成立了焦作爱依斯万方电力有限公司。有关人士认为，只有舍得拿出最好的项目与投资方合作，才能使投资者尽快得到回报，才能吸引更多的投资者。接受记者采访的有关人士说，在同外商合作的过程中，要树立"只求所在，不求所有"的观念，不要在归属、性质、所有制形式等方面搞人为限制，要学会借梯上楼，借船出海，借智生才，借资金为我所用，借机制为我所活，借外力解决困难、化解矛盾，才能加快当地经济发展。（新华社北京2004年1月16日电，合写者闻有成、朱彬）

"零规费"招商让投资者有利可图，有钱可赚
——招商引资成功事例解析二

"树立不怕肥水外流的思想，要把眼光放远，不怕外商赚钱，不怕别人管理，不怕出让产权，让外商有利可图、有钱可赚，决不能人家一来投资，你就一刀割出血来。"河南许昌市市长毛万春的一席话，道出了中西部地区一个崭新的招商引资发展观。

广东省江门健丰食品公司2001年落户河南省汤阴县后，生产规模、效益滚动发展，饼干生产线从1条扩建为3条，目前又迫切需要搬迁扩建。据经理朱东海介绍，这一工程投资8000万元，占地150亩，建成10条饼干生产线、8条挂面生产线，可年加工当地小麦20万吨，安排就业4000余人，产值5.6亿元。他们的另一个木糖醇扩建工程项目，总投资5700万元，

其中引资 3000 万元，年处理玉米芯 15 万吨，收入达 2.1 亿元。评估认为，两个都是投资在 5000 万元以上的大项目，外商投资赢利丰厚。

但眼下，这项扩建工程遇到困难。汤阴县有关领导为这个扩建工程现场办公解决难题，并给予优惠政策。土地局很快为他们办理了土地使用证，并以奖励形式退还土地出让金。建设局减免了选址费、监理费；电业局免费架起 10 千伏高压线路，免收增容费。县农业、交通、工商、科委等部门也都纷纷在项目立项、规划，争取上级产业化政策倾斜等方面给予了大力支持，使这家企业扩建工程提前 3 个月完工并投入生产。

中西部各地市先后出台了《关于零规费招商的意见》等一系列文件，实行"零规费"招商，本着不计一时得失，以增加经济总量和经济发展后劲为目的，在与国家大政策不相抵触的前提下，凡是在规定时间内建成投产的，属于本地收取的各项行政性收费全部免除。杭州锦江集团原在某地投资办厂，由于当地承诺不能兑现，乱收费现象严重，投资亏损严重。这个企业转来郑州投资后比较谨慎，先是投资 2.49 亿元试验性地办了一个环保垃圾电厂，由于对郑州的招商环境、市场获利感到满意，接着又规划投资 6 亿元建设大型纸浆厂、投资 15.8 亿元再上了一个造纸厂，由此将形成一个占地超千亩、年产值 25 亿元、利税 6 亿元的锦江工业园。

近年来，中西部各地以"减负、服务"为宗旨，以压减收费项目、规范行政行为、治理三乱现象为主要内容，开展了大规模、全方位、多层次的治理投资环境活动。按照"三个有利于"的标准，本着"能砍则砍，能减则减，能缓则缓，能免则免"的原则，对罚款项目进行了全面清理，从源头上铲除了滋生三乱的土壤。同时，建立举报制度，对继续发生的三乱行为严查重处。

在治理的基础上，郑州等地成立了非税收入管理局，变多部门分散、分批进企业收费为财政非税收入管理局统一收费。对于国家、省、市有关法规政策规定的收费标准有上下限的，一律按最低标准收取；重大项目，还可以全部或部分减免地方应收取的费用。

信誉抵万金。在招商引资实践过程中，有关人士认为，对外商严守承诺，兑现承诺，消除外商对投资赢利的疑虑，在各地已蔚然成风。如深圳中昊公司投资兴建焦作市清华街商贸城项目后，由于感受到这里人的信誉好，又一次性直接投资 1 亿元人民币，建设 5 平方公里的博爱城北新区，现已签订协议，很快将开工建设。（新华社北京 2004 年 1 月 16 日电，合写者闻有成、朱彬）

环境：招商引资中的主旋律
——招商引资成功事例解析三

人们常说："栽得梧桐树，不愁招不来金凤凰。"引申到招商引资中，就是投资环境的建设与改善尤为重要。记者在调查中了解到，在招商引资中，各地都努力做到外来企业建到哪里，免费将路修到哪里，电线架到哪里，水通到哪里，优化环境到哪里。让外地客商满意，保证了招商引资项目的高成功率。

——美化投资环境 增加引资吸引力

山东省东营市把港口、环渤海高速公路、大型火力发电厂等重大基础设施项目建设摆在突出位置。在港口建设问题上，市里与胜利石油管理局达成共识，由双方共同出资，联合建港，将东营港建成拥有万吨级泊位的鲁北第一大港，成为带动东营发展的龙头，让东营走向世界，发展外向型经济。记者在东营采访时看到，东营港区大型火力发电厂项目已做好前期准备工作，启动指日可待。

优化环境是前提。只有宽松、优越的发展环境，才能保证外来投资企业引进来，留得住。河南省新乡市在旅游开发工作中，坚持市场化运作，只管项目法人，其余让投资者充分挖掘社会资金，通过招商，吸引大量资金投资于旅游项目。2002 年全市共启动旅游项目 28 个，投入资金近两亿元，全市新增景区面积达 60 平方公里。

记者在采访中发现，各地规范市场秩序，积极为投资者创造公开、公平、公正的投资环境。今年以来，焦作市共出动各类执法检查人员 6 万余人次，检查各类网点 5000 余个次，查补税款 2382 万元，查处制假、售假案件 1400 多起，清理和退缴违规涉企收费 951 万元，向企业退还违规收费 226 万元，上缴财政 673 万元。

——给外来投资者创造温暖之"家"

在河南登封市，一个专门为外来投资者组建的企业协会和外来投资者俱乐部，给外来投资者创造了"家"的感觉。走进这个俱乐部，记者了解到，这里建立有外来投资者生日档案，每逢节假日和外企投资者的生日，市外经办专程拜访，前去祝贺。外经办被称为外来投资者的"好娘家"，它坚定了外来投资者在登封投资的信心，为以外引外、以商招商奠定了良好的基础。

只有亲商、护商、爱商、富商，敢于保护外来投资者的应得利益，才能实现以商招商，达到"双赢"。焦作市专门成立了焦作市外来投资服务中心，为外来投资者及时提供投资、政策、法律咨询，代为办理投资项目的所有行政审批手续，积极主动地帮助他们解决工作、生活中遇到的各种困难和问题，如就医、子女上学等，努力为他们提供"人情化"服务。由于焦作市创造了良好的投资环境，上海骏利集团来这个市考察后，决定投资 6.5 亿元兴建一座 1300 亩的商务区，现已签订合同，正在进行整体规划。

近年来，正是由于各地牢固树立环境就是形象，环境就是生产力，改善环境就是改善形象，就是发展生产力的这一理念，才吸引了众多的人流、物流、资金流，营造了自身优势，开创了开放型经济迅速发展的新局面。

——招商引资行为在软环境培植中全方位升级

记者在采访中发现，许多地方在招商引资工作中，不仅努力兑现各种政策承诺，以诚信打动客商，还把服务作为重要投资环境，寓招商于服务之中，实行首办负责制、全程代理制和全方位诚信服务，创造出独具特色的服务优势。河南荥阳市为了使引进项目缩短审批时间早日成功落户，不论哪个部门和乡镇，都有专人负责帮助办理各种审批手续，直至办完一切手续为止，并做到特事特办。今年初引进投资 1.2 亿元、年产值达 6 亿元的龙鑫铝业有限公司铝箔生产项目时，有关方面共同努力，短短 7 天时间内，就在投资商没跑一步路的情况下，为其代理办完了全部手续，使企业很快开工投入建设，一期工程在今年内即可试车投产。

近两年，各地在不断改善硬环境的同时，更加注意政府抓投资工作的全面提速。河南登封市构建长效机制，从根本上解决投资环境问题。一是制定并免费向外商投资企业发放《公务员廉洁高效工作原则》《登封市行政事业性收费罚款规范化管理实施意见》《涉企收费罚款目录》和《各单位承诺服务内容和违诺处理办法》，受到了外来投资者广泛赞誉。二是创新服务方式，为外来投资者排忧解难。市政府每月召开一次外来投资企业座谈会，了解外来投资企业在生产、建设过程中遇到的困难和问题，并力争做到一次性协调，一次性解决。（新华社北京 2004 年 1 月 16 日电，合写者闻有成、朱彬）

数亿元代价引来跨国公司的得与失

成都高新技术开发区在英特尔投资中国的激烈竞争中，以特有的顾客导向型的服务和特殊的优惠政策，取得了成功。但在成功的背后，却是巨大的经济代价，这种代价是短期内难以弥补的。而英特尔投资带来的计算机人才聚集等收获，也是值得肯定的，这种得与失给了人们诸多启示。

——数亿元的付出，换来成都招来世界 500 强的"美名"

英特尔落户成都，是成都付出了巨大的代价才获得的。据一位知情人介绍，成都吸引英特尔付出主要在三个方面：1. 土地款：一期 600 亩、二期 900 亩，共计 1500 亩土地，按照目前成都土地市场每亩平均价格 32 万元计算，地价损失 4.8 亿元。2. 厂房建设和员工培训损失据估算也在两亿元左右。3. 长期免税的损失更是不可估量。因为英特尔是出口加工型企业，免税政策要保留 20 年，长期不能得到应该得到的税收收入更是难以估算。

对于英特尔落户成都，成都市提供的优惠政策，成都市的一些领导分析说，这是迫不得已，西安、重庆等对世界 500 强企业，都是零地价，竞争这么激烈甚至有点残酷，我们除了零地价外，不给英特尔国际出口加工区的免税政策、建设厂房、帮助培训员工，人家能来成都投资吗？国家也没有招商引资的规范政策，东部、中西部只能互相竞争，拿国家的钱，让外商得好处。但 3.75 亿美元的投资额度成为中西部最大的外商投资项目、带动成都信息产业发展使成都成为我国重要的信息产业基地之一、推动成都人才流动形成人才聚集效应等使英特尔投资成都的举措得大于失。

——引资不计代价　国家利益受损

记者调查发现，像成都市这样在招商引资中不计成本、不讲代价的问题并非个别现象。特别是因为政府作为招商引资主体，没有谁会去计较招商成本和计算招商收益，只通过招商引资，把某重大项目搞得名声在外、热火朝天，一届领导就算有了新的政绩、新的形象，自己退休或者异地做官，这些"政绩工程""形象工程"就成了自己永远的给上级汇报或者讨自己政治后台欢心的"宝贝"，从而使自己可以顺利升迁。

一位县级领导为记者分析认为，招商引资表面上看是政府部门行为，而实际上是县里主要领导说了算，让招商局跑资金、拉项目，招商局就必须赶紧做，换了领导不喜欢或者与前任有隔阂，让招商局停止某个项目的招商引资，招商局就得赶紧停。而目前最不好的一种风气是各地把争取世界 500 强或国际跨国公司来本地投资当成了一届政府捞取政治资本的筹码，这样必然带来慷国家之慨、不计成本来吸引世界著名大公司的不良做法，这样带来的可能是短期内的经济发展和某些对经济社会发展的推动力，但会让地方经济发展失去很多应有的税源，造成国家财政收入的直接损失，甚至使地方政府和社会背上长期的负担，这种倾向值得警惕，也是不值得提倡的。目前一些地方已经从过去在引进中小规模外资中总结出了一些经验教训，但又可能在跨国公司争夺中重蹈覆辙，因为引进跨国公司更容易成为政绩工程。

一些经济专家分析认为，成都为引来英特尔巨额投资，自己拿出几个亿的资金作为代价，如此招商，各地招商成本会越来越大，国家利益受到直接的损害。比较一下来看，地价等损失是看得见的损失，而长远看得到的一些好处或者是得到的回报，却是短期内看不见、摸不着的，有点"画饼充饥"的味道。但总体来说，各地拼命给外商提供零地价、减免税政策，实际上是得不偿失。但英特尔投资成都，对成都 IT 产业的促进作用和人才聚集还是值得肯定的。需要指出的是国家应该对招商引资应有一些明确的规范措施，甚至更需要法律法规的保障。特别是随着我国和世界经济一体化程度的不断加深，更应该把招商引资看成资本按照市场规律流动的一种正常的现象，把不计成本的招商转变成互利互惠的合作，真正实现客商和当地政府的双赢局面。（新华社石家庄 2004 年 2 月 26 日电）

招商引资的五大怪现状

招商引资，寄托着中西部地区人们发展经济的希望。但在很多地方招商引资更像悬在各级干部头顶的一把"剑"。走访中西部地区，无论是在中心城市，还是在小县小镇，多少人为它激动、为它心伤。

引来资金吃回扣，否则莫怪断"口粮"

在河北省武邑县的一个镇，招商引资成了全镇干部头等重要的工作。

一名知情的镇领导说，2002年全镇引进外资167万元，引来资金后可不上项目，直接交给县里有关部门就行，然后，镇里会拿出30%奖励费给引资人。

一位在镇里工作的人员说："过去还给开工资，2003年每人每月2000元的纯税金任务，完不成就停发工资或自动卜岗。"

该镇农财办干部鲍战前就因完不成引资任务而被迫下岗，他给记者讲述了2003年镇里安排引资任务的情况。他说："2002年，县里虽然把一部分没有完成引资任务的人打发回家了，但镇里总的引资任务最终还是完成了。2003年，县里把我们镇的引资总任务提高到了300万元。镇里为了完成这个指标，就加大了力度，规定每个人每个月引资任务是2000元，完不成任务，在编的干部也不发工资，完成或超额既给工资又给奖励。我原来一个月400多元工资，开始几个月还能拉来一点，到后来就一点也拉不来了，镇里就停发了我的工资。迫于生计我只得在上班同时，打点小工挣点小钱，要不全家人怎么生活。拉来的资金也没见镇里用在发展经济上。"

引来资金可吃"皇粮"

还有更"怪"的！在河北省某县，招商引资成了吃"皇粮"、获得政府财政指标的捷径。只要引来资金，给县里上缴税金30万元，就拨给你一个吃财政的编制指标，工资由县财政列支。

这样一来，在招商引资中手段灵活的民营企业，通过给回扣、送红包等方法去拉资金。有的人甚至钻这个空子，索性把拉来的资金直接用来交税金，在办好吃财政的指标后，该搞的项目就束之高阁了。

"零"地价招商

"拉资金打得白热化，'零'地价成了撒手锏。"河北省招商局国际联络中心的一负责人介绍，盲目的招商热，带来的是盲目的开发热；盲目的开发热，带来的就是五花八门的各种开发区、工业园区的"圈地运动"，国家级的、省级的、市级的、县级的等，林林总总。

据粗略统计，在中西部的各类开发区有几千个，都在等待资金的注入。一场"优惠政策"大比拼不可避免。

记者调查发现，"零"地价招商已经成了各地普遍采用的吸引外资方式。

前几年，河北省新乐市就以"零"地价作为招商引资的最优惠条件，在城区边上征来 500 亩地，以"零"地价给外商使用。市里一位主要领导说，新乐是一个县级市，经济、生活条件都不是太好，不"零"地价，外商能来吗？经济条件比我们好的地方，都还"零"地价招商，何况咱这条件不好的地方。

而更多的是在区域内，甚至同城内互相杀价，人为造成土地价格的下降。陕西省某开发区一位负责人士讲了个极端的例子：为争取到一个外来项目，该开发区报出价 15 万元／亩的优惠价，这已经是"咬"了牙了！可是这个项目就在同一个地方的另一个开发区降到 5 万元／亩的报价。这种事情已经在中西部招商引资中见怪不怪了！

外资受"尊宠" 内资遭"嫌弃"

由于外资具有政绩效应，成了各地招商的"宠儿"，并制定了许多优惠政策，在购买土地、减免税收等方面给予特殊照顾。内资的境遇就大不相同了。

1995 年，席先生在同学的一再撮合下，将辛勤积攒的 4 万元投到河北赤城县合作开发温泉资源。席先生告诉记者，当时合作方是县对外开放办公室，我认为他们是专管招商的部门，应该比较可信。协议规定，席先生投资 4 万元，占 40% 的股份，资金到位后，县开放办投资 6 万元，占 60% 的股份，由开放办下属的旅游事业开发公司和席先生具体合作。

席先生介绍，在合作开始时，发现这家公司竟然没有营业执照，是县开放办私刻公章的假公司。再查资金流向，竟然给花光了。一再交涉下，同县里签订了补充协议。在温泉项目开业后，又发现他们购买的锅炉是废旧物资，经营账目中，只有支出没有收入，全部赔钱。事实上每天来洗温泉的人很多，生意不错。在多次协商未果后，就起诉到法院，法院判县开放办补助各种损失 8 万元。后来，法院强制执行后只要回 1 万多元。

该县开放办主任说，单位没有钱，自己也无能为力。该县一位干部告诉记者，县里敢坑国内客商，这叫：开门引资，再关门打"狗"。但对外商还是有所顾虑，不敢太放肆。

虚假项目却年年"报账"

上级强压指标，下级弄虚作假，各级政府在招商引资中层层下指标、压任务、签订责任状，完成重奖，完不成扣工资，逼着各级干部在招商中使出以旧充新、以少充多、以假当真、指鹿为马等各种造假方式。

在 2002 年的河北经贸洽谈会上，记者发现作为新"招商业绩"列入新签订项目的"鹿泉市星辉塑胶有限公司"项目，其实并没有签订协议，仍处在双方意向状态。该项目公布合同利用外资 2300 万美元。而鹿泉市大河镇负责这个项目的领导说，这个项目还在接触谈判当中，至今也没有签订合同。

该市公布的另外一个项目更是"怪"得出奇！该项目是北京京都高尔夫球俱乐部投资 2.4 亿元人民币在鹿泉开发区建设"高尔夫俱乐部"。鹿泉市开发区负责这项工作的人员透露，这个项目已经运作三四年了，省里一直不予批准。可连续几年，年年都被列入当年的新项目。而记者在河北省计委采访了解到，高尔夫项目是国家严令禁止的项目，根本不会批准。但这并没有影响当地年年报在成绩簿上的"热情"。

一位贫困县的干部痛苦地对记者说，我们这儿抢都抢不来资金，别说招和引了，但分配的招商任务若不完成，奖金不但没有，工资可能都领不全，逼着我们只有将各种专项资金、项目资金充作招商成绩，甚至将别的部门的这些资金假冒为自己部门的招商成绩。

记者在重庆某县听到该县宣传部一位负责人对另一位部门负责人说，上级下达的招商引资任务至今尚没有着落，今年奖金恐怕拿不到了。这位部门负责人很"仗义"地说，本部门已完成招商任务，上面又有一个专项资金，到时报成你的就行了。

对于这样的"坦诚",记者不知该说什么好!（新华社重庆2004年3月25日电，合写者朱彬、闻有成）

西部引资应注意突破"孤岛"现象

外资进入西部地区主要集中在经济比较发达的中心城市，对周边的辐射带动作用极小，形成了典型的引资"孤岛"现象。空间聚集不集中、不经济、中小外资为主和知识产权保护不力是造成这一现象的主要原因。专家认为，这些现象短期内还难于改变，但应注意通过采取相应措施，使引资更好地发挥辐射作用，成为带动西部经济产业发展的基础。

西部引资"孤岛"是随着改革开放逐渐发展起来的，它的明显特征就是投资对周边地区缺乏带动作用，主要是在城市区域内循环。据统计，2002年西部地区实际利用外商直接投资主要集中在重庆、四川、陕西和广西4省市，其外商直接投资和其他投资约占西部地区的76%以上。而在这些省区外资又主要集中在部分中心城市。重庆主城九区人口只有全市的17.7%，GDP占全市的38.1%，但1998—2002年合同外资和实际吸收外资分别占全市73.6%和63.2%。2002年实际吸引外资更高达86%，显示聚集效应还在加强。四川省引进外资主要集中在以成都为中心的平原地区，陕西省外资主要集中在关中地区，几乎占了80%以上。

形成西部引资"孤岛"现象的原因，除了西部基础设施建设整体情况与东部有较大差距外，专家分析主要有两个方面：

一是地理空间格局的制约，引资成本太高。北京大学中国区域经济研究中心主任杨开忠认为，水、交通、资金、技术、人力资源或制度等要素相对稀少，虽然一定程度制约西部地区的发展，但是地理空间格局不经济则是西部地区发展的致命"硬伤"。这集中表现在：首先，一个普遍的说法是，在可以预见的将来，世界人口和经济将继续以大西洋沿岸地区和太平洋沿岸地区为中心。而中国西部深居欧亚大陆腹地，绝大多数城市和农村距离世界人口和经济中心较远，对外的空间交易成本高、效率低；其次，除了成渝地区以及关中地区外，由于戈壁沙漠高山峡谷的分割，西部绝大多数城市和乡村聚落在空间上都十分分散，他们之间的交易成本高、效率低。因此，进入的外资为了追求效益，自然向成渝地区和关中地区聚集。

二是进入中西部的跨国公司较少，多是中小外资，又以发展劳动密集型产业为主，难于产生辐射作用，受基础条件限制，只能聚集在中心城市。陕西省社科院张宝通研究员认为，西部总体投资环境比东部差，而税收优惠、土地价格优惠和廉价劳动力等因素主要对中小资本和发展劳动密集型行业有较大吸引力；大型跨国公司具有雄厚的资本、一流的技术和管理水平，其投资往往推行长期战略回报，对一般的投资优惠或投资刺激常常兴趣不大，更多地关心基本的投资环境以及投资条件的稳定性。跨国公司的投资数量巨大，需要大量的中间产品和相关服务配套企业，往往可带动国内产业配套；而中小外资大多难于延长产业链条，形成产业集群，自然没有较强的辐射作用。

专家们认为，西部引资"孤岛"现象可能还将在一定时间内存在，但目前可通过提高市场要素流通效率、建设城市连绵带等方式，增强其辐射带动作用，促进西部地区经济的整体发展。

一、为规避和克服西部空间格局的"不经济"，西部开发必须采取别具一格策略。西部地区具有丰富而独特的自然资源、生物资源和人文资源，可从这一基础出发，利用和引进先进技术，形成西部产品的独特性，建立人无我有，人有我优的别具一格的竞争优势，规避空间格局不经济。

二、压缩人居地理空间，建立可持续盈利的空间格局。想方设法在生态容许的范围内把西部人口和经济活动压缩到条件相对优越的地区，使西部空间格局变得紧凑一些。按照这一要求，新的投入必须集中在那些条件相对优越的地区，特别是其中的成渝地区、关中地区、呼包银—集通线经济带等，建设城市连绵带，提高市场要素的空间聚集度。

三、集中力量优先连通与东部的快捷通道，大幅度缩短西部城市与地区通往我国沿海主要人口和经济中心城市的时间，同时继续加强西部交通建设，借此集聚市场要素，形成经济优势地区，增强对外资的吸引力。（新华社重庆 2004 年 3 月 22 日电，合写者朱彬、闻有成）

竞争焦点："最后一公里"

如果把招商引资全程比喻成为一场马拉松长跑赛，竞争决出胜负的往往是"最后一公里"，看看谁做得更好。

"最后一公里"包括了什么

"从目前看，招商引资最关键的是所谓'最后一公里'，外围的环境和承诺再好，而在最后阶段，外商把资金投过来了，眼看着就要投产了，但这时候可能因为一个小小的问题，就会把外商气得再找下家。"

西安高新区管委会副主任金乾生在谈到招商引资竞争时说："西安高新技术开发区的服务重点，就是在外商企业开工、投产等最需要支持的时候，给予他们最大的支持。比如，很多企业在'最后一公里'因缺足够的资金而难以全面开工投产，我们就以'风险投资基金'为核心创新了中小企业发展的投融资体系，解决了他们的启动之难、发展之难。"

所谓"最后一公里"，并没有明确的定义，业内人士将其概括为：外来资本在进入投资目的地后，完成投资与启动发展阶段工作所面临的最后配套问题。主要包括两个方面：

一是与投资项目直接相关的硬环境，如连接企业的最后一段交通、能源、供水、污水处理等基础设施，以及市政配套等设施。

二是投资转变为企业生产经营所面临的工商、税务、环保、检验检疫、子女入学、居家生活等与政府服务密切相关的软环境部分；以及在项目实施过程中遇到的问题，诸如项目融资、设备入境运输和安装、原材料的供应、产品的销售等，也需要政府及相关部门经常协调，提供综合服务。

招商进入"最后一公里"竞争阶段

陕西省社会科学院研究员张宝通认为，中西部地区一直处于资金饥渴状态，虽然在国债投入较多的时候，对外来资本，特别是国外资本的需求一度有所减弱，但从来没有停止过对外资的激烈争夺。中西部地区为争取最多的外资份额，与东部地区及内部各省市之间展开了激烈的竞争。总的来说，中西部招商引资竞争重心目前大致已走过了前两个阶段而进入了第三阶段：20世纪90年代初为第一阶段，当时中西部地区经济发展的基础条件较差，为了吸引外资，各地将以交通、能源、通信为主的基础设施建设作为竞争重点，可以称为"硬环境竞争"阶段。

第二阶段大致在90年代中期，随着中西部地区基础设施建设基本趋同，各地开始了以税收和地价优惠为主的软环境竞争，同时辅之以政务改革等措施，可以称为"优惠政策竞争"阶段。

到了21世纪初期，随着西部大开发，中西部地区基础设施条件已经基本趋同，国家也加强了对土地出让、税收政策的管理，中西部地区面临的国家投资政策、开发机遇等宏观环境都差不多，基础设施建设主要靠国债，优惠余地较小，没有实际吸引力。地方政府在这些方面的机动余地已经不大，因而如何开展招商引资竞争，成了中西部广大地区的一个新课题，于是出现了以"最后一公里"为重心的新的竞争阶段。

一位政府官员分析说，外来资本在实际投资过程中发生的各种问题也进入"最后一公里"的范畴，因为目前各地十分重视以商招商，现有企业发展环境的解决程度会影响其下一步的投资计划，以及对其他有意投资者意向的影响。

记者在中西部一些省市采访时发现，因为"最后一公里"存在的问题影响招商引资的现象已经逐渐增多。一些外资在某地的投资无法进行下去，多是因为最后一段道路难于修建，或者是电力增容要价太高，或者是因为工商税务部门办事效率不高等，导致外资最后撤资走人。

投资环境进入微观攻关阶段

某市外商投诉中心一位负责人告诉记者，他们接到的各类投诉中，"最后一公里"问题已占了整个投诉的40%左右。

在陕西某开发区有100多家企业要进驻，但由于政府认为农民需要的补偿太高，土地短期内难以正常征用，导致因"无地可用"而使这些企业难以建立新的生产基地。一些地方包括一些开发区，所建各种管网只是满足地上需要，外表不错，但地下问题不断产生，整个硬环境建设已经从地上转到了地下。

重庆市企调队进行的一项调查显示，32%的外资企业认为基础设施条件限制了投资及发展。

某市有一家外商合资企业，其产品技术还是该跨国公司20世纪60年代的技术，中方一直要求引进其最新技术，但因为当地出现了许多仿冒该公司的产品，外方多次要求地方政府进行打击，因为多种原因进展不大。尽管公司高层与当地政府在几年间反复确认将投入最新技术，但始终不见踪影。

跨国公司对"最后一公里"要求很高，各地在与外资谈判中，除了原则外，投入精力最多的，主要是围绕"最后一公里"问题进行反复谈判。

成都高新区招商局副局长蔡本刚说，吸引英特尔落户成都，就是汲取了过去外商快进场了因为水、电路等问题而不来投资的教训。

一家大型跨国公司在进入西部某市投资时，发了一份内部备忘录，提醒职工家属及子女不要到该市去。原因是当地医疗条件太差，不能满足外商就医需要，并准备从香港聘请医师，设立与国外条件相当的员工就医点。从而将"最后一公里"延伸到了金融环境、教育、就医等范畴。

成都市委副书记刘宏建认为，一些环节不到位，导致引资失败，主要是政府人员素质低，政策不配套，"最后一公里"问题应该是政府着力加以解决的。

为解决"最后一公里"问题，中西部地区开始了积极的行动，将其列为招商引资部门的重要内容，甚至成了一些地方政府领导的主要工作。一些地方在与外商谈判时，就承诺为其修建最后一段公路、协调电力增容或代办相关审批手续等，他们将其总结为"以情招商"，实际上还是在利用创造"最后一公里"的优良环境来争夺外资。

西安高新技术开发区从 2002 年 9 月份起，"砍掉"了 18 个涉及投资建设和服务项目的收费。这 18 个行政事业性收费项目占开发区全部行政事业性收费的 60%，仅此一项，开发区每年将减少财政收入数千万元。

财政的这一减收，西安高新技术开发区尚可承受，但在中西部绝大多数地区没有实力做到这一点。如何完善"最后一公里"工程，依然是困扰当地各级政府的一个难题。（新华社重庆 2004 年 3 月 25 日电，合写者朱彬、闻有成）

五大新亮点催生外资西进潮

中西部地区的招商引资经过 20 多年的发展，特别是西部大开发战略的实施，交通、能源、公共设施等基础条件逐渐改善，中西部市场的逐渐培育壮大，以及前几年出现的国债、东部资本、银行资本对外资的挤出效应逐渐减弱，中西部地区招商引资开始出现了新的亮点。

特色产业成为引资亮点

典型事例：河北赞皇县地处太行山东麓，景色秀美。过去招商总是打矿产资源开发和工业加工牌，效果并不理想。2003 年他们把旅游资源开发作为招商引资的重点，国家级风景区嶂石岩和过去未开发的棋盘山等景区，都受到外商的青睐，引来几亿元开发投资。

该县一位领导分析说，过去招商思路不对，挖矿山、上工业项目，既污染水源又破坏生态环境，对子孙后代没法交代，赞皇县就是旅游资源丰富，发展旅游产业，既能保护好环境，又对农民群众有利。

采访后记：中西部地区过去在招商引资中力图全面开花，但因为许多领域不具备竞争性，因而总是不太成功。一些地方转而将特色产业作为招商重点，获得了外资的青睐。如西部地区一些独特的自然资源、矿产资源、旅游资源，以及特色农业、优势产业等。目前各地建立了许多特色产业园，基本上具有同样的内涵。但打的牌子却有了大的转变，就是突出了各自的特色。

吸引外资做强优势产业

典型事例：重庆市在全国率先开展了产业环境调查，汽车、摩托车、化工、医疗等十多个重点产业的现状、未来规划、配套环境报告等将对外正式公布，让外资看到产业未来发展方向，确定投资空间。该市外经贸委副主任邹小平说，这些年外商最感兴趣的，还是所投资产业在将来有多大发展空间。通过产业环境调查，可以摸清自己产业的家底，开展有针对性的产业招商，逐渐形成自身的优势产业。

采访后记：河北、陕西、四川都已提出要将外资吸引到本地优势产业上来，逐渐延长优势产业链条。西安借助具有全国领先的科技优势，千方百计打造高科技产业，使其成为一个具有吸引力的招商亮点。2002年仅西安高新技术开发区实际引进外资额就达到7337万美元，占全省外资的16%。

这种趋势主要体现在中西部的中心城市，通过对自身产业的全面分析，找出产业发展优势，以此作为招商重点，从而有效延长产业链条，打造出具有竞争性的优势产业。

大型跨国公司西进趋势增强

典型事例：四川成都高新区已有34家世界500强企业投资设立了38

家外商投资企业，投资达 4.23 亿美元；共有 69 家境外企业在蓉设立代表机构，主要集中在电子、通信设备、机电产品、化学工业等领域。世界500 强企业在重庆投资的有 28 家，最近跨国集团纷纷增资，BP 公司增资 1.44亿美元，帮助其合资公司扩大生产规模；福特公司将与长安集团一起增资10 亿美元以上，以扶持长安福特的发展。

采访后记：随着西部市场逐渐壮大以及跨国公司自身全球布局的需要，近年来大型跨国公司逐渐将目光瞄准了我国中西部地区。跨国公司的进入有力地改善了中西部外资来源结构，它们带来的不仅是资金、先进的生产技术和管理模式，还使中西部地区企业进入全球化的营销网络。他们进入的领域也是中西部具有竞争力的制造业、服务贸易业，改善了当地的产业结构，一批外商投资工业大项目的快速发展带来了配套产业投资增长迅速。

服务贸易业成为外资进入新领域

典型事例：陕西省 2003 年 1—7 月合同利用外资第一、第二产业均为下降，但第三产业增加了 120%，实际利用外资第一产业降低约 79%，第二产业增长 19%，第三产业增长了 402%。社会服务业利用外资由上年同期的 750 万美元增加到 5030 万美元，增加 570%。

重庆去年上半年第三产业外资增长 50.88%，超过了第二产业，社会服务业成为一个新亮点，实际利用外资所占比重达到 9.86%。成都市制定了《关于鼓励外商投资服务贸易领域的意见》，提出在金融、保险、商贸、电信、旅游及中介机构等方面对外开放的措施，部分领域已取得初步效果。

采访后记：我国加入世贸组织后，第三产业开放领域逐渐扩大，开放步伐逐渐加快，外商在中西部地区第三产业的直接投资，也开始从一般餐饮娱乐业向过去比较封闭的行业，如金融、保险、电信、商业物流、旅游、医疗、教育、法律、中介服务等领域扩展。这也符合中西部地区对这些领域的需求，必将有助于第三产业整体水平的提高，缩短与沿海发达地区的差距，也为外资更大规模进入创造了优良条件。

"贸易探路，投资跟进"风渐强

典型事例：重庆市去年举办全球采购会，78 家采购商带来了总值 45 亿美元的采购清单，吸引了全国 300 多家供应商参与角逐。

重庆市外经贸委副主任邹小平说，许多跨国公司多通过先将企业纳入跨国采购链中，然后根据自身全球布局逐渐跟进投资。

过去在招商引资工作中，将贸易与投资截然分开，投资洽谈会只谈投资，贸易洽谈会只谈贸易，两者互不搭界。近年来中西部地区认识到许多外资是通过贸易互相了解，从而产生投资意向的，因而将贸易与投资逐渐结合起来，通过"贸易探路，投资跟进"的方式被广泛接受。（新华社重庆 2004 年 3 月 25 日电，合写者朱彬、闻有成）

引进东部内资是中西部引资的重要途径

随着跨国公司大量进入我国，如何吸引跨国公司进入中西部地区成为一个重要课题，而以跨国公司为代表的外资十分注重所投资区域的产业基础条件，这恰好正是中西部地区所缺乏的前提之一。业内人士建议，利用东部资本夯实中西部产业基础，为招商引资提供条件，不失为一条重要途径。

据重庆市外经贸委的一项调查显示，外资选择投资地点，真正受土地税收优惠及政府引荐的比例较少，而受当地有较好产业基础、有良好的合作者吸引的比例近 50%。良好的合作者也是产业发展良好的一个体现。跨国公司受自身全球布局影响，对产业基础的要求更高，他们一般不会新建企业，而是寻找强大的合作者，或进行战略性兼并重组，这就要求中西部地区具有良好的产业基础。而目前中西部整个产业基础薄弱，产业链条不长，产业环境发展较差，产业配套能力弱，使中西部的产业不具有吸引力。这使中西部地区处于引资的劣势地位，也是多年来外资进入中西部不多的重要原因之一。

重庆大学雷享顺教授认为，中西部地区要靠自身力量进行产业基础建设，其进度是十分缓慢的，并且在外资争夺中越来越处于不利地位，而国内东部资本目前同样在寻找投资机会，吸引其西进可以帮助中西部夯实产业基础。

雷享顺教授说，随着东部地区的快速发展，东部产业结构已进入了换代升级阶段，大量东部资本开始寻求西进。他们不像外资那样具有十分强的选择性，许多在东部富余的资本首选在中西部投资。加上市场环境的同一性，东部国内资本进入中西部地区门槛相对较低。按照经济规律，内资没有兴趣投资的地方，往往经济不会太繁荣，一般外资也不会进去，如果靠一些手段把人家弄进去了，恐怕也会亏着出去。经济越落后的地方不一定给外商越多的优惠，首先应取得内资，内资聚多了，外资自然会来。

事实上，近年来东部资本西进已经具有较大规模，从早期的自发进入，到目前已逐渐进入产业基础建设领域。重庆市 2001 年实际利用内资 46.4 亿元，来自东部地区的 31.1 亿元，占 67.1%，主要流向第二产业中的制造业和第三产业，与全市产业结构调整方向一致。2002 年利用内资 51.5 亿元，增长 11%，主要来源仍为东部地区。河北省 1984—2002 年，累计利用内资 1133 亿元，其中绝大部分是东部资本。

但目前东部资本西进规模仍然不大，与产业发展需要来说，还有较大差距。业内人士认为，政府要加强引导，将东部资本吸引到中西部地区，特别是要吸引到产业基础发展上来。一是要改变重外资轻内资的观念，将吸引区域外资本视为吸引外资的新内涵。在工作重心、方式、招商重点、招商区域的关注上，将东部资本列为重要内容，改变对内外资的差别待遇。二是国家要制定配套政策，促进东部资本的西进，最核心的是可以实行东西部的差别税率，吸引东部资本西进。三是通过产业政策引导东部资本在西进时，向以制造业为主的产业领域转移，限制其过多地进入房地产等短平快项目，限止高能耗、高污染企业西进。四是引导中西部地区民营企业的迅速发展，让他们成为当地产业基础构建主体，同时也成为招商主体，可以更好地吸引东部资本西进。

（新华社重庆 2004 年 3 月 23 日电，合写者朱彬、闻有成）

用创新思维构建具有吸引力的引资环境

随着"最后一公里"、引资"孤岛"现象等成为中西部地区招商的关注热点，如何前瞻性地解决好这些问题，成为中西部地区引资中的关键。业内人士认为，中西部地区必须用创新思维，通过制度和体制创新，着力构建具有吸引力的引资环境。

——分散的招商引资体制必须改变

西安高新区管委会副主任金乾生说，招商引资面对的是活跃的市场经济环境，而招商体制仍是计划经济时代的模式。目前各地政府招商引资责任与任务均十分分散，主要在外经贸委、计委、经委、财政等部门，甚至科委、教育、外事等许多部门也要承担相应责任，这一体制难于形成合力，不利于外资进入。各地开发区在当初为什么能够产生极大的吸引力，就在于其职责的高度统一。

接受采访的几位省级招商部门的负责人都认为，分散的招商引资体制必须改变，将这些职责集中到一个相对统一的部门，由这个部门来行使招商引资职责，避免政出多门，才能形成统一高效的招商引资体制。

——创新政府服务方式

重庆市外经贸委副主任邹小平说，中西部地区政府近年来已经在为外资服务方面进行了大量创新，特别是简化审批制度、减少审批项目、改善服务质量、提高服务效率方面改进较大。但目前最大的问题是，地方政府的服务与国际不接轨，使外资依然难以适应。

随着我国加入世贸组织，国际经济一体化程度的加深，我国中央政府的运作与国际接轨程度在加深。如果地方政府谁能够率先与国际惯例接轨，谁就可能抢得在招商引资竞争中的先机。邹小平认为，首要的是要在政府运作透明化方面有大的进展。要将政府政策法规信息充分公开透明，让投资者能够十分方便快捷有效地获得；同时，继续简化审批事项与程序，将政府公务人员的观念由管制经济转变为服务经济，对外资的管理由事前审批转向事后检查监督处罚；在精简审批收费项目同时，真正实行阳光收费制度，增强收费的透明性和可预见性。

——创新招商引资方式

目前中西部地区招商引资仍是以政府为主，企业多处于从属地位。随着当地企业主体的逐渐培育，创新招商方式已经具备基本条件。需要逐步建立中介服务体系，把政府不该承担的工作，交给中介组织来运作；同时引入企业化机制来推进政府招商方式的改进，外经贸部门对招商引资工作的行政指导，要与实际招商职能逐步剥离，在一些开发区推行的招商机构单列、人员招聘、招商成绩与报酬挂钩等办法，具有全面推广的价值。

——关注硬环境建设配套工程的前瞻性

由于经济实力所限，中西部地区在基础设施建设上，往往只考虑短期效果，对配套工程更是多不关心，导致一些基础设施建设缺乏长远规划。区域内的相关配套工程和设施没有详细规划，导致投资者在具体运作时受到各种细节性问题的制约。业内人士建议，一定要根据区域经济发展布局规划，对基础设施建设本身要有前瞻性，同时对能够提前配套的工程也要建设好，避免增加后来的建设难度。

——降低"最后一公里"的成本，打造一个投资成本洼地

西安开发区从 2003 年 9 月份起，砍掉了 18 个涉及投资建设和服务项

目的收费。这 18 个行政事业性收费项目占开发区全部行政事业性收费的 60%，仅此一项，开发区每年将减少财政收入数千万元。据介绍，这些免收的费用都是国家规定的合理收费项目，这些费用西安市政府还是要收，企业不交就得由开发区替他们交。但对绝大多数中西部地区来说，还没有实力做到这一点，因此更需要通过创新手段来降低投资成本。

——加速改善外商生活环境

目前重庆、成都、陕西等都在积极改善外商生活环境。如重庆正在建立外商生活服务网络，编印《外商生活指南》，为外商和外籍员工提供来渝生活的方便和咨询服务；规划建设 2—3 个外商生活小区，推动国际医院建设，扩大国际学校办学规模，加快高尔夫球场的建设进度，切实改善外商生活环境。（新华社重庆 2004 年 3 月 23 日电，合写者朱彬、闻有成）

中西部招商引资方式应当快速升级

随着国际、国内经济形势的变化，过去老一套的招商方式已经不能适应。重庆市外经贸委副主任邹小平提出，新时期中西部地区必须创新招商方式，不断跟踪和有创造性地运用先进招商手段，升级招商引资模式，以提高引资效率。

邹小平说，目前外资来源重点区域在变化，外资关注重点也在变化。东部沿海地区产业发展需要新的空间，而中西部地区需抢抓机遇，借助外资推动本地经济结构和产业结构的调整。这与过去引进外资的目的已不相同，因此，必须快速升级招商引资模式，以适应新的形势需要。

她分析认为，近年来随着跨国公司将我国作为其全球产业布局的重点地区之一，加快了向我国的产业转移力度，或者将我国企业纳入其全球采购体系，这对中西部来说也是一次极好的机遇。东部招商引资方式就是中西部的榜样，他们今天正在做的，也就是中西部明天可能要努力达到的。只是由于中西部的环境不太一样，不能一律生搬硬套而已。

她介绍，目前重庆市已在升级招商引资上进行了许多探索，取得了一定的经验。主要有三个方面：一是要与当地产业优势结合，形成产业链。这些年外商最感兴趣的，除税收优惠等含金量高的政策外，更关注是有多大发展空间。重庆正在做全市十多个重点产业、行业的报告（产业环境调查），将对外正式公布，让投资者看到产业未来发展方向和发展空间。二是要加强招商的针对性。自身要有目的，招来外资是为了开发资源、发展产业、占领市场、引进技术等；对外商则要了解其基本情况，其资金、技术、管理、人才等有什么优势。简而言之，就是要知己知彼。三是要提高招商效率，降低招商成本。

邹小平认为，中西部地区在升级招商方式时，最值得推广的方式是：

一、利用中介机构招商，它具有的十分明显的优势是比较专业和信息及时，并且可以对一些重点招商对象进行长期跟踪。这应是一种比较普遍的方式，但在中西部地区还没有形成气候，可以先引进外部中介机构，然后逐渐培养本地中介机构。

二、在国（境）外设置招商点，利用当地有广泛联系的人员，发布、反馈招商信息，对项目全程跟踪，一条龙服务。重庆目前在国外共设置委托招商点6个，信息传递非常快，初步效果较明显。

三、小分队招商。这也是十分有效的手段。通过小分队将拟招商项目做细、做深，搜集完整的信息，提高招商的成功率。

四、专业推介。2003年上半年，重庆做了IT、物流、园区等十多个专题推介，下半年到国内外做了不少专业推介。今后，还要积极发展网络招商，通过电子商务平台，拓展招商引资渠道；发挥部分项目产业关联度大、上下游延伸空间广阔的优势开发产业链招商等。

邹小平特别强调，今年招商引资工作要转向以企业为主体，将企业推上招商第一线。政府只负责创造环境。目前中西部地区招商引资中，政府服务功能在增强，但企业作为招商主体并没有得到强化，这是不能忽视的方面。当然，目前中西部地区企业自身招商经验还比较缺乏，需要政府帮助他们，但绝不能包办代替。（新华社重庆2004年3月23日电，合写者朱彬、闻有成）

📶 报告反馈⊙

业内人士认为，新趋势预示着中西部地区不久将迎来外资进入新高潮。主要理由除我国鼓励外国投资者积极参与西部大开发、推动中西部地区有关外商投资政策的贯彻落实外，一是随着国债投入力度有所减弱，中西部外资被挤出效应也会减弱，为外资进入提供了新空间；二是随着中西部地区基础设施改善，市场逐渐发育起来，对于始终将市场作为首选因素的外资来说，势必将目光再次聚焦中西部地区；三是我国逐渐加大城乡一体化步伐，如城市与农村户口分割政策的逐步打破，社会保障制度的完善，东部共享中西部廉价劳动力优势的成本正在提高，可能使中西部重获廉价劳动力优势，吸引外资西进。

业内人士认为，目前中西部地区招商引资中出现的这些新趋势，要转化为吸引外资大量西进的现实行动还有一个时间差，主要是部分有利因素尚处于发育阶段，特别是西部市场能力的形成、消费能力的提高、投资软硬环境的改善，都还需要一定的时间。他们判断，大致在"十一五"期间将出现外资进入中西部的高潮。

这组报道推出后，引起了中央有关部门和很多地方政府的广泛关注，认为报道经验很有借鉴意义，揭示问题很有典型警示，招商引资应汲取教训，完善政策，才能可持续发展。河北、陕西等地发改委负责人介绍，他们对照报道，及时清理相关政策，减少零地价招商，重在提高服务、效率上下功夫，逐步改变招商现状，向中高端转变。

西安高新技术开发区调查

调研报告 ⊙

体制创新显活力
—— 西安高新技术开发区调查之一

西安高新技术产业开发区以体制创新、政策配套，激活西安科技资源，扶持中小科技企业；以"淡化管理职能、强化服务职能；以服务聚集企业、以企业支撑发展"的服务模式，使西安高新开发区成为西部最具活力的技术成果转化基地，连续4年拉动西安经济增长4个百分点，成为西安最强劲的经济增长点和高新技术产业的聚集地。开发区创办12年来，累计转化科技成果4000项，90%以上拥有自主知识产权，平均每天有1项成果转化为产品，进入市场。

西安高新技术开发区管委会副主任金乾生介绍说，西安高新区从一成立，就着力于建立一个符合高新技术产业发展规律，能够适应发展社会主义市经济要求，有利于迅速聚集各种生产要素的新型管理体制，实行"小政府、大社会，小机构、大服务"的管理。据了解，这种体制创新主要体现在：

第一，决策层。成立高新区建设领导小组，由市委、市政府主要领导任组长，市政府和省直有关部门及部分区县主要领导为成员，负责制定高新区整体规划和发展目标，协调解决高新区发展中的重大问题。

第二，管理层。按照"精简、高效、服务"的原则建立高新区管委会。管委会是市政府的派出机构，授予市一级的经济管理权限，使其具有建立一级财政的权限和规划、建设、土地开发、项目审批权以及劳动人事、进出口业务等经济管理及部分行政管理职能，对市政、市容、物价等业务由市级主管部门授权委托管理。这种管理体制既有别于一级政府，但具有市级经济管理和部分社会事务管理权；又不同于企业，但具有企业化运作的机制，管委会内部机构不与区外政府部门对口设立。

第三，经营服务层。管委会下成立了高科集团，实行企业化运作，通过房地产经营、基础设施建设、投融资、技术引进、产品推销等方式为区内企业提供服务。同时，还兴办了交大科技产业园、软件园、留学生园、光电子科技园、新医药园等10个科技园区和创业服务中心、人才服务中心、风险投资公司等中介和社会服务机构，为科技企业和创业人员服务。

西安高新区改革干部人事制度，优化管理队伍结构，建立新的机制，严把选人和用人关。高新区对干部实行公开招聘、全员聘任合同制，建立了公平、公正的激励和约束机制。高新区从1991年创建到现在进行了3次较为集中的干部公开招聘，从近2000名应聘者中选聘了80多人。干部每年都要进行个人述职、民主测评、竞争上岗、末位淘汰，使大家既有压力也有动力，人的潜能和积极性得到最大限度的发挥。高新区实行决策失误追究制和末位淘汰制，曾责令1名决策失误的管委会领导引咎辞职，对十多名考评不合格的中层干部给予解聘或降职使用。（新华社石家庄2004年3月2日电）

聚集人才出效益

——西安高新技术开发区调查之二

西安高新区把聚集人才作为发展的战略支点，以星级服务、顶尖技术，把人才吸引到企业，实现企业和开发区的双赢局面。目前，西安高新区已经吸引各类人才 8 万多人，其中留学回国人员 500 多人，博士 840 人，硕士 3202 人，大学本科 33814 人。在西安每年人才大量外流到沿海的情况下，西安高新区成了人才聚集的暖房，经过开发区的开发和孵化，不少人才已经成为其所在行业的精英。

西安高新区发展规划局副局长仝秀丽介绍，西安高新区人才来源主要有五个渠道：一是西安专业技术人员入区创业，主要来源于高等院校、科研院所和企业；二是大学毕业生入区，去年约 1500 多人，其中博士 30 多人、硕士 260 多人；三是主动回流，这部分人大都是从西安出去以后又主动从沿海或外省回到高新区创业，大约有 600 多人，他们大多数是带着资金、项目、技术等来高新区创办企业或寻求合作者，"雁归来"改变了西安科技人才"孔雀东南飞"的状况；四是引进高级科技人才，在高新区办理落户手续，累计达 1100 多人；五是吸引留学生归国创业，高新区建立了留学生创业园，吸引了 500 多名留学生入区创业、工作。

高新区如何吸引留住大批高素质科技创新人才？据了解，高新区的主要做法是：

一、建立人才市场和社会化服务体系，促进人才合理流动。为吸引、留住和用好人才，高新区积极鼓励支持多方力量共同培育人力资源市场。目前，已有 21 家市内外的人才机构进入高新区，形成国家、民间、合资、私营多元化的人才市场格局和平等合作、多层次、多元化、网络化的人才资源配置机制。

高新区的人才服务中心，建立了入区从业人员人事档案社会化管理系统、信息网络服务系统、技术人员任职资格评价系统、人才中介配置系统和全方位的人事代理体系。企业可以委托人才服务机构进行全面的人事代理，将本企业诸如员工招聘、人员调动、人事档案管理、离职、退休手续、结婚生育、出境申请、职称评定、养老、失业、医疗、住房公积金、个人所得税交纳等业务委托人才服务中心代为办理，既为入区企业解决了大量"一事"

困难，提高了企业的人力资本效益，又解除了科技人员的后顾之忧。高新区企业绝大多数是科技企业，这些科技人员丢掉"铁饭碗"，到高新区创业，面临着社会保障和职称评定等现实问题。

二、制定了充分体现知识和人才价值的政策。近两年，先后制定出台了《向重点高新技术企业和管理骨干奖售成本住宅房的办法》《关于加快西安软件产业基地建设和发展的若干政策规定》《关于吸引留学人员创业的若干政策规定》等。对软件学院毕业生在软件园企业服务5年以上的人才，该毕业生大三以上学费由企业报销25%，同时财政补贴25%。由于这些政策的扶持和激励，有力稳定和提高了高新区的科技人才队伍。

三、建立了推动各类人才知识更新的"加油站"。高新区与西安交通大学、西北工业大学、西安电子科技大学合作建立了软件学院。每年组织西安交通大学、西北工业大学等与企业联合培养在职软件工程硕士，扩大技术骨干群体。同时还吸引印度的 NIIT、APTECH 软件培训机构落户西安。

四、建立了以提高人才与企业利益关联度为目标的激励机制。区内大多数企业都建立起比较灵活的人才使用机制和激励机制，实行了年薪制、风险抵押经营、持股经营、期权、员工持股和科研技术、成果知识产权等要素参与分配与个人价值、个人贡献紧密结合起来，激发了科技人员的创造性，为高新区吸引留住了一大批人才。（新华社石家庄 2004 年 3 月 2 日电）

风险投资成为企业做大、做强的支撑点

——西安高新技术开发区调查之三

为了帮助企业做大、做强，西安高新区及时引入了风险投资机制。目前，西安高新区已成为我国风险投资公司最多和风险投资最活跃的地方之一。到目前，已相继成立了100多家风险投资公司和投资管理公司，注册资本37.1亿元，境内外有160多家投资机构向高新区企业提供了20亿元的风险资金。在地处内陆、市场化程度不高的西部，西安高新区风险投资活动如此活跃，主要靠政府引导、政策扶持、示范带动。

一、建立风险投资项目推介机制，促进了高新技术与风险投资的结合。国家计委"国家高技术产业化示范工程"和国家科技部"国家科技型中小企业创新基金"等，对西安高新区给予很大支持。高新区采取召开风险投资、创业板上市、企业股改、项目融资的研讨会、发布会和洽谈会等办法，搭建起风险投资公司与高科技企业结合的桥梁。

二、制定风险投资优惠政策，拓宽吸引民间资本渠道。西安高新区结合本地实际，制定了《关于鼓励和吸引创业资本投资高新技术产业的政策》，出台了市场准入、税收减免、风险补偿等政策。例如，制定了一条全国最低的"门槛"：凡达到《公司法》要求的出资额就能开办一家风险投资公司；可以享受国家赋予高新技术企业的优惠政策；允许风险投资企业提取3%的风险准备金，用于补偿未来投资中可能出现的投资损失。这些鼓励性政策促进了风险投资业的发展。

三、建立风险投资的退出通道，降低投资风险。西安高新区在中小科技企业上市难、风险投资退出通道不畅的情况下，成立了产权交易中心，为风险投资退出建立了一个平台。高新区成立的"西高投"还以优化中小科技企业的资产结构为切入点，规定投资公司对中小科技企业进行股权风险投资，在实现阶段目标后可以退出风险资金。

四、建立风险投资体系，实现风险投资多元化。西安高新区建立了以市场融资为主体，政府支持和企业自筹为两翼的风险投资体系，形成了资金来源社会化、风险投资主体多元化、投资行为市场化、投资环境宽松化的机制。建立了以高新区财政投入为主体的种子基金，每年出资1000万元，由创业中心运作，重点支持优秀青年科技人才创业。

大力鼓励民间创办风险投资公司，培育风险投资群体。截至2001年，高新区已相继成立风险投资公司和投资管理公司100多家，注册资本37.1亿元，以民间资本为主体的风险投资体系初步形成。吸引境外资本在高新区独资、合资、合作建立风险投资公司或基金。美国 IDG、美林证券、台湾威京集团、香港软风等十几家境外著名风险投资公司已向高新区企业投资，提升了高新区风险投资的档次。（新华社石家庄 2004 年 3 月 2 日电）

就业直通车模式解决农民征地搬迁难

——西安高新技术开发区调查之四

西安高新技术开发区在征地移民搬迁过程中，采取农民的就业直通车等多重保障模式来解决征地搬迁难的问题。到目前，在高新区征用近 10 万亩土地，涉及 34 个行政村的 2.5 万名农民全部得到妥善安置，1 万名青壮年劳动力都有了就业岗位。

西安高新开发区管委会副主任金乾生介绍，西安高新区是在西安市西南的农村建起来的一座新城，过去这里的农民主要靠到西安市内打工或者在家种地维持生活，虽然这些村庄多数属于西安市的长安区，但多数村经济发展落后，到 1997 年年底，人均收入在 1500—3000 元，处于刚越过温饱线水平。西安高新区在征用土地和安排村民移民搬迁中，就是考虑到农民土地被征用后，不能仅靠给几万元或者更多的补偿了事，要充分安排农民不仅有钱花，还要有活干。就业直通车模式就是在征地、搬迁、安置、就业等多个环节给农民多重保障，按照每个人、每个村的实际情况，在自谋出路、村里就业、企业招工等多个机会错过或者难以就业时，最后由高新区管委会安排就业，确保每个有劳动能力的农民有出路。其主要内容是：

一、移民户均一套住房，确保人人有房住，有经营门面，把土地补偿给足，确保家家有补偿、有存款、有经济保障。按照国家有关政策，按照 30 年承包期给予补偿，每亩土地户均补偿 3.6 万元。

二、在征地时，按每个村被征用土地的数量的 4% 作为村集体预留土地，征地费用由高新区出，但地归村，作为村集体今后开发使用。陈家庄被征用土地 630 亩，预留土地 30 亩。南窑村被征地 3253 亩，预留土地 130 亩。

三、管委会和村合作建设各类专业市场，实现村经济的良性发展。蒋家窑村和管委会合作在新建的居民区建了一个农贸市场，一家一户一个摊位，村民经营蔬菜、日用百货等，收入可观，村集体一年也收入几十万元。

四、让村里把征地搬迁的部分收入在高新区的经济开发公司入股分红，保证村集体和村民收入稳定。甘家寨村把征地收入中 600 万元入股，已经连续 9 年，每年按 10% 的红利分红，年均分红 50 万元，全村人均分红 2000 元。

五、和进驻企业商定，按照同等条件村民就业优先的要求，安排部分有知识的村民到企业就业。每个企业每年都按照一定招工比例，在村民中招工。到目前，高新区内的 34 个村的 5000 多人在区内从事电子、机械等工作，还有 2000 人从事环境卫生、绿化、家政服务等工作。

六、管委会成立发展规划局，负责协调和各个村的关系，安排村民最终就业出路问题。高新区有 4000 多个各种类型的企业，就业岗位达到 15 万个，各种员工需求很多，管委会就负责给各家企业推荐各村的有知识、有文化的青年农民，经过培训实现再就业。2.5 万名村民，1 万多名劳动力，除少部分外出打工、经商外，有 7000 多人全部就业。（新华社石家庄 2004 年 3 月 2 日电）

西安高新区：跌入虚高补偿"怪圈"

西安高新技术产业开发区由于被征地农民均要求按照一家一套别墅、差额进行资金补偿的办法进行，使西安高新区征搬迁工作陷入农民住宅虚高补偿的"怪圈"，一些农民只要不按高标准补偿，就集体上访闹事，土地征不来，企业难进场，开发区整个工作陷入困境。

西安高新区管委会副主任金乾生介绍，目前，已有 130 多家企业由于无场地而无法进驻开发区，同时也因为没有新的现代化的经营基地，而被迫停止产品开发和业务经营。金乾生建议国家应该尽快出台农村住宅搬迁补偿办法，制止农民利用国家征地搬迁机会大搞简易民房以获得高额补偿的问题，减少国家补偿损失，实现开发区和农民群众的互利互惠、长远双赢的局面。

金乾生说，1998 年，西安高新区征用南窑头村 3253 亩耕地，涉及全村 1000 户、3300 居民住宅搬迁。由于国家没有对征用农民耕地、住宅搬迁等方面的法律法规具体约束，农民为争取更多的补偿，出现了几种奇怪现象：1. 家家分户单过，过去长期是老人和一个子女合过的家庭也全部分户单过，以便在补偿时更多享受"按户补偿"的好处。2. 掀起简易民房建设热潮，家家户户的住宅面积急剧增加，使补偿面积平均增加一倍以上。每户平均 150—200 平方米的居住面积一下子猛涨到 500—600 平方米，最多的一户达到 700 平方米。全村补偿面积从 30 万平方米增加到 60 万平方米。3. 把荒滩、荒坡等原来不种树、不种粮的废弃土地进行简单开发，种上树苗，就要求按亩数补偿。这三方面的虚高问题，高新区也很清楚，但却不得不按照虚假数额进行赔偿，这方面的主要压力是一些群众不顾青红皂白，只要不给高额补偿就上访告状。而这个村在行政上归西安市长安区管辖，高新区对其没有管理权限，个别干部明知道补偿虚高，但认为补偿是国家出钱，给农民多补偿也没有什么。而聚众上访、影响稳定和高新区的形象就成了高新区进行虚假高额补偿的主要考虑。

记者看到，西安高新区为这个村 1000 户居民修建了 1000 套别墅式住房，均是按照单户单门、三层结构，户均 360 平方米的居住面积而修建的，多出的部分进行经济补偿。南窑头村民杨明刚说："这楼房比西安城内居民楼还要好，一楼可以出租或做门面经营商业贸易，二楼自己住、三楼出租给租房户。而且单层单门，互不妨碍。"

西安高新区土地储备中心主任曲玮介绍，仅征用这个村的土地、住宅就花费了高新区 4 个亿的资金。在被征用的土地中留出 384 亩供他们修建住宅和绿化地带，还预留出 120 亩土地给村里让他们搞开发进行滚动发展使用，这些土地的征用费用也要高新区出。这样一来，就树立了一种户均一套别墅、夫妻和一个孩子三口居住 360 平方米的"南窑村"住宅搬迁模式。随后，由于急需征地做开发使用，陈家庄、东辛庄等 10 个村也按照这种模式进行了补偿。

东辛庄村党支部书记任平汉告诉记者，他们村有 186 户、已经修建了 178 套住房，也都是户均 360 平方米。全村补偿面积多了近一倍。虽然知道补偿虚高成分多，国家没有规定，村干部也得偏袒村民。村民戴安定说："我家 6 口人，通过征地搬迁，高新区除了给了一套 360 平方米的三层楼房外，还给补偿住宅资金 6 万多元，加上几亩土地，一下子收入达到近 40 万元，一辈子吃喝不用愁。"

曲玮说，在一期征地基本完成后，把高新区近几年积累的资金已经花费得不少了，再征用土地，资金越来越少。在 2002 年年初，西安高新区要进行二次创业，前面征用的 8000 亩土地全部被企业占用完毕，急需征用 9000 亩耕地。但没有想到的是，这次涉及的 13 个行政村都按照"南窑头补偿模式"要求进行补偿，否则土地就难以征用。

目前，有 100 多家企业亟待进驻高新区进行创业经营，但由于没有土地而无法正常进驻。陕西银河电子工程有限公司总经理徐也功告诉记者，本来公司打算今年在高新区征用土地 300 亩建具有国际先进水平的供电系统监测设备生产线，而目前一亩也征不到，预计今年新生产线投产的计划已经不能按时实现。（新华社石家庄 2004 年 3 月 1 日电）

报告反馈⊙

这组调研刊发后受到各地关注，很多开发区组织人员来参观学习。据全秀丽介绍，有 100 多个地方的开发区来这里"取经"，大家互相学习，把工作做得更好。

示范引领：创新经验篇

创新是一个民族进步的灵魂，是一个国家兴旺发达的不竭动力，也是中华民族最具活力的民族禀赋。在社会发展中不断鼓励创新、推动创新，更要探析创新、记录创新。记录创新是要记述典型，深入把握社会实践中具有生命力的创新经验，以典型性的探索形成新的示范、启发新的思考、推动新的实践。无论是技术创新还是党务政务创新，往往都是以"小"见"大"，促进和推动实践上的以"小"带"大"，从而推动社会的发展。

湖北援藏工作调查

调研报告 ⊙

湖北提出援藏工作新思路

近日，在西藏座谈交流期间，湖北省委常委、常务副省长邓道坤，就湖北援藏工作提出新思路。

邓道坤认为湖北在援藏新思路的形成上，重点要实现三个转变：一是从救济式援助向开发式援助转变，在培植新的经济增长点上下功夫，为发展增强后劲；二是从建设性帮扶向智力性帮扶转变，要在提高藏族群众文化科技素质上下功夫，湖北要充分利用自身科研院校多的优势，在这方面走在全国援藏工作的前列；三是从单向支持向大集团、大企业对口双向开放转变，在建设利益共同体上下功夫，充分利用西藏和内地两种资源、两种市场，积极参与和服务于西部大开发。

邓道坤说，援藏工作是党中央的战略决策，是关系中华民族团结的大事，援藏干部就是要用党的好政策、内地的好作风，来造福藏族群众。1998年湖北遭受了特大水灾，但援藏力度不减，年度援藏资金增加了2000万元。过去5年来，湖北援藏总投资达到2.2亿元，项目达到123个，对对口援助的西藏山南地区基础设施、社会福利建设和第三产业都作出了贡献。

邓道坤谈到，援藏工作要跟时代相适应，与生产力的不断发展相适应，与藏民族不断改变的生活方式相适应。要让藏族同胞早点富裕起来，进入小康，既要帮钱，更要帮志，帮发展方法。山南需要拖拉机，湖北有这方面的优势，把拖拉机送到基层农牧区群众手中，让他们开着拖拉机找市场。湖北省大学科研单位多，可以多给西藏定向培养人才，特别是紧缺的经营型、管理型、高新技术等方面的人才。湖北近5年来共派出了105名干部来西藏工作，他们是从4000名报名的干部中挑选出来的，是湖北干部队伍中的优秀代表。对第三批援藏干部，要进一步改善结构，加强对技术和经营两方面人才的输送，给山南地区干部队伍增添新的活力。（2000年10月4日）

湖北以先进文化援藏提高农牧民素质

湖北省发挥教育、科技大省的优势，以先进文化、科技援藏，使西藏农牧民群众素质显著提高。援藏工作也从注重基础设施向注重基础设施、基本素质教育和基层政权建设转变，成为结合本地实际，实事求是进行援藏工作的成功范例。

湖北在援藏资金使用上，除了必需的城市道路、城市给排水、能源和办公、住宿等基础设施外，把主要精力和资金向农牧区教育、科技推广和乡镇村基层政权建设倾斜。到目前，湖北援藏资金46%争援助项目的一半都用在农牧区中小学建设、扫盲教育、科技知识的普及和乡村干部、群众致富带头人的培训上。山南地区5万青壮年劳动力全部得到农业实用科技培训，农牧民的文盲率从受援前的75%下降到目前的38%，全地区4.3万名中小学生得到蔬菜种植、农业耕作、劳动技能的教育，3200名中小学教师得到全国先进教育方式、方法的培训，素质教育走进西藏农牧区。山南地区适龄儿童入学率达95.8%，巩固率达90%以上，分别超过西藏全区12个和8个百分点。

湖北在文化援藏中的做法和措施是：

一、使援藏项目切实解决农牧区孩子受教育急需的校舍和交通工具等问题，把有限资金用在刀刃上，避免资金浪费和低效益。湖北援建的乃东中学解决了农牧区孩子上初中难的问题，现在有来自基层的900多名学生在此就读。

二、在解决好城市基础设施建设的同时，重点加大对农牧民学文化、掌握生产技能的扶持，使农牧民素质有大的提高。在每个县组建了文艺队伍，通过群众喜闻乐见的表演、演讲、赠送资料等形式，下乡给群众讲文化知识、讲国家政策和进行文艺活动，使农牧区群众文化生活活跃起来，淡化了宗教在群众中的影响，科学致富的观念越来越浓。今年在泽当镇进行文艺汇演有4个县的农牧民主动组成演出队进行藏戏的表演。

三、根据受援县的特点，注意特色产业培育，使之形成新的经济增长点。乃东县是地区所在地，交通方便、经济比较发达，城镇人口逐年增加，蔬菜需求量很大。他们就聘请曾在日本学习蔬菜种植专业的陈昌贵给农民进行蔬菜种植技术培训指导。藏族女青年格桑学习后种了一塑料大棚的茄子，年收入达几千元。祖祖辈辈把种菜看作低贱行业的藏族同胞成了菜农，乃东县财政收入也由于蔬菜种植而增加20万元。

四、建设党的宣传阵地，掌握农牧区和寺庙工作的主动权。他们创办了《山南报》结束了山南地区无报纸的历史；援建了山南地区广播电视中心，强化了对农牧区的藏语、汉语广播，广播电视的覆盖率大幅扩大，农牧民群众更加信任党、信任社会主义。

五、加强基层党组织建设，改善基层生活条件，安排大中专毕业生到基层任职锻炼，使基层政权成为稳定边疆、发展经济的战斗堡垒。他们给所属的80多个乡镇的40余个乡修建了办公、住宿用房，购置了较好的办公设备，并给各个乡配备了一台东风卡车，安排了上百个懂市场、会管理的青年干部和学生到基层工作。多数乡镇在新型干部的带领下，经济发展了，局势更稳定了。

六、在湖北建立教育、人才培养基地，形成多方式、全方位的人才培养体系。在湖北仙桃市建立了农业职业技术培训基地，在荆州市建立了师资培训基地，在武汉市建立了干部培训基地。湖北各高校还每年定向从山南地区招收学生。三年来，培养了 79 名乡镇和学校种菜能手，成为山南地区蔬菜种植业发展的"星星之火"。有 254 名干部在湖北得到培训，76 名基层干部获得大专以上学历，成为带领农牧民群众脱贫致富的领头人。目前有 126 名学生和干部正在湖北各个高校上学进修。山南地区的干部素质和决策、实际工作水平显著提高。

七、培养藏汉民族、党与群众、干部与群众的感情，使援藏干部真正与藏族群众风雨同舟。领队以身作则，干部个个争先。湖北援藏的 44 名干部都有自己救助的贫困学生。抗洪救灾、帮助群众开展商品生产、救助失学儿童等，都留下了湖北援藏干部与藏族群众同生死、共患难的感人事迹。（2001年 6 月 1 日）

林芝小城镇建设取得成果

西藏林芝地区以广东、福建援藏为契机，积极建设农牧区小城镇，让生活在海拔较高、生存条件恶劣地区的农牧民搬迁到海拔较低、交通方便的小集镇，引导农牧民走小集市、小集镇、小城镇的城市化发展道路。

目前，林芝地区共建起了 10 个具有一定规模、基础条件较好的小城镇，共投入资金 6434 万元，总占地面积达 160 多万平方米，其中建筑面积达 62358 平方米。已经有 300 多户、1500 余名贫困农牧民搬迁到小城镇，人均年收入从搬迁前的 200 元上升到现在的 3000 元。

据记者了解，林芝地区依托新建小城镇，形成了以地区所在地八一镇为中心，以县城为次中心，以小城镇为商品集散地的经济发展新格局。这些小城镇不仅解决了农牧民群众买卖难的问题，还为创收增加了途径，为发展乡镇企业和多种经营，实现农工商一体化奠定了基础。小城镇建设之所以具有如此旺盛的生命力，其原因主要是发挥了林芝地区资源丰富、交通便利的特点，坚持了"六个并重"：

一是技术规划与经济规划并重，打破了一乡一集镇的思维定式，避免低水平重复，优化了小城镇的空间布局，保持了小城镇的适度张力和可持续发展能力。工布江达县巴河小城镇位于国道318沿线，是连接拉萨、八一镇、巴松湖景区和几个乡镇的咽喉要道，辐射能力强。巴河镇在建设中利用当地的土特产资源，形成了以鱼、菌类加工为特色的系列食品产业化新格局。

二是外延扩张与内涵发展并重，走集约化发展之路，努力在旧城改造上下功夫，既改善了城镇功能，又避免了占用新的耕地。朗县仲达小城镇建设是在朗莆新街和洞嘎乡的基础上逐步建成的，目前已逐步成为当地的政治、经济、文化活动中心。

三是完善功能与展示个性并重。在规划建设中，既体现现代建筑风格又保留藏民族的传统特色，为以后的参观旅游打下基础。

四是政府投入与民众投入并重，调动集体、个人、援藏资金投入和社会各界参与集体开发的积极性，变政府单一投资主体为多元化投资主体。建成的10个小城镇，农牧民自筹资金超过总投资的50%。

五是建设小城镇与移民开发并重。林芝地区有两万多名群众生活在高海拔、生存条件恶劣的山坳间或山坡上。这部分农牧民居住分散，容易成为社会不稳定因素，更难以发展商品经济。林芝地区在建设小集镇时，不仅给农牧民群众安排好住房和经商门面，还给每户一定的搬迁扶持费。在松多小城镇，有一户从边兴乡搬过来的藏族农民布穷，原来一家5口人生活很艰苦，现在经营一个沿国道的店铺，每个月纯收入都在500—1000元，全家过上了好日子。

六是建设城镇与繁荣城镇并重。在搞好城镇开发的同时，着力营造有利于招商引资的软环境。在巴河小城镇，明确规定，谁先建标准的商品房，就为谁先划拨商品房黄金地段。到今年5月，这个镇农牧民自筹建镇资金就达825万元，占投资总额的75%，使巴河小城镇有了"轻工业发展区"的雏形。（2000年12月8日，合写者薛文献）

◉ 报告反馈 ⊙

　　湖北省委、常务副省长邓道坤介绍，这组报道视角独特，从教育、科技、文化角度调研如何做好援藏工作，对很多省市都有启发：援藏是政治任务，但不能仅仅看经济项目，还要做好智力、科技等综合配套援藏，更多转变为"输血＋造血""经济＋科技＋文化"等模式才能全面实现援藏效果，不仅提高西藏经济实力，还要提高人的综合素质。湖北省援藏领队、山南地委副书记尤习贵说，这组报道刊发后引起国务院领导和西藏自治区领导高度重视，他们把报道转发给各个援藏领队，让大家参阅借鉴，确实给大家很多启发，如广东、北京、湖北等进一步研究完善援藏项目，增加造血项目和智力援藏力度，能够加快西藏发展步伐。

江苏两江联动开发模式调查

政府联动创造出区域合作共赢路线图
——江苏两江联动开发模式调查（上）

7年前，面对苏南、苏北发展理念和经济运行存在的巨大差距，江苏省率先突破行政区域藩篱，用社会主义市场经济的手段来配置苏南江阴和苏北靖江的资源，由两地合作联动，进行园区开发建设。经过两地资源整合和机制创新，有效解决了两地共建一个开发区的人员任用、机构设置、市场开发等难题，形成了"多头进入，一头管理"的新格局，探索出了地区统筹协调发展的新路子。

缩小苏南、苏北差距的新路径

两江联动模式是在江苏省为缩小南北差距探索新型区域发展的大背景下出现的。

2002年，苏南的GDP是苏北的2.6倍，人均GDP是苏北的3.8倍。苏南GDP占全省的58.91%，比苏北高出36个百分点。作为全国经济发展最快的省份之一，江苏内部的南北差异成了群众和干部的心底之痛。

而江阴和靖江是江苏省的两个县级市，分属于苏南的无锡和苏北的泰州。改革开放之初，两地经济发展水平差不多。到了2002年，两地发展拉开了差距。当年江阴市的GDP是410.03亿元，地方财政收入45.09亿元，而2003年的靖江市GDP才84.4亿元，地方财政收入8.04亿元。当时居住长江岸边的靖江市一些农民说，到了晚上江南灯火辉煌，江北暗淡无光，这两地成了江苏经济发展南北差距和区域发展失衡的缩影。

"穷则思变，变则通。"1999年9月随着长江江阴大桥的通车，江阴、靖江两地隔江而叹的局面结束。两地干部和群众压在心底的愿望喷涌而出，到苏南带动苏北，两地统筹协调发展的时候了。当时的江苏省领导也因势利导，顺应民意，谋划两地合作的突围。由回良玉起了头，李源潮拍了板，梁保华接过棒，从江苏省战略高度出发不断构架和完善两江联动这种模式。

江苏江阴靖江开发区管委会主任赵叶介绍，江阴有先进的发展理念、管理机制和资本人才优势，靖江有土地和劳动力资源，作为江苏沿江开发的先行区和全国区经济一体化发展的试验田，两地合作搞了个开发区，探索不同行政区之间、打破行政界限，用行政和市场两种手段配置资源，通过机制创新达到区域联动协调发展的目标。为此，江阴靖江按照9:1的比例出资1亿元，10年不分红，10年后按照5:5分成的原则，双方成立了江苏江阴靖江开发区，开始前所未有的探索之旅。

突破多种"围城"的新体制

赵叶介绍，当初我们注册成立开发投资公司时很兴奋，但材料齐全后，营业执照是找江阴市工商局还是找靖江市工商局，大家都傻了眼。园区之所以有今天这么好的发展势头得益于这7年不断探索、不断磨合让渡、不断充实完善的结果，得益于江苏和两地的充分放权和信任。

最大的难题就是干部任用权限，而用人机制创新就是解决这些难题的秘籍。如管委会组成人员由江阴市委任命，一把手则由无锡和泰州市委两地任命，如管委会主任赵叶，作为地市级管理干部，管委会主任由无锡市委组织部任命，而其靖江市委常委的职务则由泰州市委组织部任命。靖江市为配合好园区处理好征地、拆迁、为当地居民服务等社会事务，则在园区所在区域成立办事处，办事处主任兼任管委会副主任。这种用人机制创新为园区管理和发展提供了良好的组织保障。

面对工商执照找谁发放的难题，也是在江苏省的直接指导下，取得了行政管理权限的突破。2003年江苏省政府出台了《关于促进江阴经济开发区靖江园区加快发展的意见》（江苏江阴—靖江工业园区原名为江苏省江阴经济开发区靖江园区），在项目审批、工商执照、财政扶持、用地政策等8个方面给予扶持。财政、工商、国税、地税由江苏省直接管理，设立分支机构，并通过授权方式直接交园区代管。

"多头进入，一头管理"的新型园区

两江联动开发从2003年后经历了较大的突破。一次是2003—2004年前后，初步确定部分经济管理权限抽离江阴、靖江，由省里直管，解决最大部分的争执。第二次突破是在2006—2007年前后，将涉及江阴、靖江地方管理权力，以委托授权形式，直接交由园区管理，终而形成"多头进入，一头管理"的新体制。

针对当时靖江市一些职能部门直接到园区企业管理、收费、执法，引起企业不满的问题，靖江市把国土、规划、建设、公安等与土地和百姓生活密切相关的部门，所属管理权限直接授权给园区。而涉及全局发展的经济发展局等则由江阴市授权园区管理。港口和岸线管理则由江阴靖江直接授权给园区港口事务局。由国家联检部门直接在园区设立海关、边检等机构。泰州派驻环保分局，无锡派驻质监分局。

在最棘手的考核体制上，则是园区发展数据可分别计入两地统计发展数据，在给中央上报时由江苏省剔除多出的部分。

为解决多方进入容易出现管理混乱的问题，江苏省和两地成立了联动开发协调委员会，两市主要领导担任主任，涉及园区发展的重大问题在管委会讨论确定后上交这个委员会协调解决。赵叶说，我作为靖江市委常委，所有涉及园区这一块的事务，都由我一头管理、一头审批、一头负责，节约了很多环节和行政成本。

7年前，当时的江苏省委主要负责人曾说，在两江联动中，政府联动应

该是最精彩的。7 年的实践验证了这个预测。两江联动模式的成功是两地政府以舍弃"实利"的姿态进行试验的，大踏步进入了制度创新的时期。这种新体制无论对于两地政府，还是对于苏南、苏北平衡协调发展，乃至全国"十二五"区域统筹都具有重大的实践意义。（2010 年 9 月 10 日）

两江联动模式需要制度确认值得鼓励推广
——江苏两江联动开发模式调查（下）

经过 7 年的发展，江阴靖江开发区在产业聚集、辐射带动等多方面呈现出洼地效应，成为江苏沿江开发的新亮点，成为区域经济统筹发展的新标本。主要体现在：

跨越行政分割、区域联动开发探索出了"样本"标识。在全国为突破各地行政区域分割，推动区域合作发展的大背景下，江苏省能让江阴带着资本和人才，跨过长江到靖江合作开发，突破行政管理权限、经济管理权限、社会事务管理权限和考核体制的束缚，实现两地联动共赢的目标，这本身具有开创性的意义。作为联动开发的实践者，江阴、靖江两地对两江联动开发在操作层面进行了大胆创新。江阴市委书记朱民阳提出的"创新的事物用创新的举措来推进，发展的矛盾用发展的办法来化解，市场的问题用市场的手段来破解，联动的开发始终用开发实现联动"等做法，也为异地合作开发积累了实践经验。

星星之火开始蔓延释放能量，先富帮后富，苏南带动苏北效应凸显。在江阴靖江开发区取得成功后，江苏省出台了一些鼓励区域合作发展的政策措施，鼓励苏南、苏北一体化发展，破解内部经济发展不协调的难题。如苏南共建苏北工业园、苏州帮扶宿迁、常州帮扶盐城等。

为两市经济注入活力，成为"长三角"新的经济增长极。通过江阴—靖江工业园区的辐射和带动，过去在江苏排名一直靠后的靖江，去年 GDP

达到 364 亿元，比三年前增长 431%，2006 年以来，一直稳居苏中、苏北全国百强县市第一位。园区内新扬子造船有限公司等国内大型造船企业，也给靖江带来荣耀，靖江已经成为全国最著名的造船工业基地，占据了江苏 36% 和全国 12% 的份额。而经济发达的江阴也从中受益，园区成为江阴产业升级的新兴支撑点。去年江阴 7 个超亿美元的项目，有 4 个在园区，对江阴 GDP 贡献率达到 4 个百分点。

产业聚集作用明显，产业升级步伐加快，成为全国最具发展潜力的园区之一。今年上半年，园区业务总收入达到 205.79 亿元，实现利润 21.3 亿元，财政收入 6.76 亿元。在最初聚集的造船和钢架构产业的基础上，不仅实现了产业的升级，还不断向海洋工程、低碳环保产业拓展。年造船能力占到了全国市场的 13%，成为了我国重要的船舶研发和生产基地。扬子造船不仅实现了在新加坡上市，还成为全国第一家在台湾上市的大陆企业。在造船产业的带动下，园区重钢结构产业也已步入了一个快速发展期，年生产能力达到 50 万吨，占到全国高端市场的 15%。还将和联合国有关机构合作建立低碳产业基金、低碳产业联盟，打造全国最大的低碳产业基地。

园区和当地群众和谐相处，共赢发展。在园区所在地设立办事处，带来了和谐拆迁，展现出园区、企业和居民和谐相处的局面。在搬迁后的居民小区群众施正根说，两市合作开发建设园区给我们补偿标准比较高，刚开始时有抵触情绪，现在不仅有了楼房新居，还在园区企业安排工作，我们非常满意。由于这种管理的创新，园区从创建时的 8.6 平方公里到目前的 60 平方公里，没有发生一起拆迁群众聚众闹事上访事件。

经过 7 年的探索，江阴—靖江工业园区取得了重大成功，为区域经济一体化发展做出了示范。记者调查时发现，江阴、靖江两市及园区的领导既有对这种新体制的内心喜悦，也有不少担心的地方。他们认为目前相关的政策、机制仍有很多有待完善的地方，需要不断突破区域经济联动发展的"围城"，才能巩固两江联动的成果。他们的意见和建议集中体现在以下四个方面：

一是国家发改委、财政部等部门，配合江苏省做好江阴靖江开发区的调研和总结，确定园区功能定位，进一步完善政策和机制，通过地方和国家层面的努力，使行之有效的一些制度化的东西固化下来，努力在不同行政隶属关系下的产业整合、联动管理框架、城市融合等方面继续探索，促进该开发区更好、更快地发展，进一步发挥全国区域合作和联动开发的示范区和试验田的作用。

二是在县域经济发展面临重大转型的机遇期，明确江阴和靖江的利益分配格局，解决好园区的可持续发展问题。再过 3 年，江阴、靖江两地政府所约定的 10 年封闭运行期已届期满，园区行将进入收获期，无论是期投资模式、还是收益分配机制，均需要制度化，以确保其长期的可持续发展。在产业层面如何裂变及向上衍生，并与江阴、靖江两市乃至"长三角"地区形成明确的分工与互补，为可持续发展打好基础，留好发展空间。

三是制定支持区域一体化发展鼓励政策，加快区域协调发展的立法步伐，给区域合作保驾护航制定和完善国家层面区域一体化发展规划纲要、东部带领和帮助中部西部合作发展的政策和法律、法规，如财政扶持政策、税收减免政策、人才流动政策等，更大范围、更大规模推进异地开发。

四是赋予更多区域联动开发的管理权限，让更多的区域之间联动开发。不仅要加快"珠三角""长三角"和环渤海区域一体化的步伐，还要鼓励东部与中部、西部之间，按照促进各种生产要素和资源要素流动的要求和资源互补、产业互补、合作双赢的目标，赋予更多的地方政府进行发达、比较发达地区带动和帮助贫困、落后地区、先富扶持后富地区的试验和政策鼓励。（2010 年 9 月 10 日）

河北省公务员招录机制创新调查

调研报告 ⊙

公平竞争　阳光操作
——河北省公务员招录机制创新调查（上）

近几年，河北省在公务员招录工作中，不断探索完善各种招考办法，创新招录机制，坚持"公开、平等、竞争、择优"的原则，把好公务员队伍的入口关，给公务员招录提供了新的更加科学、合理，公平、公正的用人模式。

河北省人事厅厅长宋太平介绍说，公务员队伍是国家执政的基础，是产生国家各级领导和培养各种人才的主要力量。近年来，河北省围绕如何塑造一支高素质的公务员队伍，上对党和政府、下对群众负责的政治责任感，严把入口关，特别是在公务员招录越来越受到社会关注的情况下，不断创新招考和录用机制，把综合素质高、工作能力强的人才吸收到公务员队伍中来，使公务员队伍不断增添新鲜血液，进一步适应新形势下执政的需要，为全面提升党和国家的执政能力奠定良好的基础。

宋太平介绍说，河北省公务员招录机制概括为"公平竞争，阳光操作"模式，就是从报名、笔试、面试、体检、考核等具体的招录程序入手，阳光操作，层层透明运行，体现公平、公开的原则，把考生的综合知识、专业知识、研究解决问题能力、发展潜力等为综合测试依据，通过考试使一大批素质好、年纪轻、学历高、德才兼备的优秀人才进入公务员队伍。使一批基层干部职工和农村的子弟实现了从可望到可即、从神秘到普通、从缺乏信心到竞争择优的转变。几年的实践证明，这种模式切实可行。河北省纪检等部门调查反馈的意见显示，新进的公务员素质高、品行好、能力强，有一大批刚进来几年的年轻人都在重要岗位工作，成了单位的骨干。据统计，近5年，河北共招进各类公务员6800名，有80%以上是普通干部、工人和农民的子女。

河北省公务员招录在实践中也经历了一个循序渐进、不断完善的过程。这种新机制的形成，是不断探索、完善、创新的结果。河北省按照国家有关公务员录用的法律法规的要求，结合河北省的实际，公务员招考机制主要包括以下六个方面：

一、建立健全实施细则，用制度来招考。为解决人情进入、关系进入的问题，河北省制定了笔试、面试、体检、考核、监督、考官管理等具体实施细则，把公务员招考的各个环节进行法规的细化，具有很强的操作性，从而堵塞人为操作的漏洞，搭建公正、公平的人才竞争的平台，使没有任何背景和关系的人才也能脱颖而出，进入公务员队伍。

二、阳光操作与监督监察并举，营造公平的竞争机制。从报名、笔试、面试、体检、考核到最后录用，每个过程都进行张榜或网上公布成绩和结果，并请纪检监察部门跟踪全过程，通过网上公示让社会进行监督。这几年河北省的公务员招录工作，群众举报呈逐年下降趋势。从过去的几十起下降到目前仅几起。这几起也是家长怀疑不公平，调查发现不存在问题。

三、精细运作，面试成绩当场公布，让考生心知肚明，不给任何人以可乘之机。公务员招考在面试时，对考官在面试前的一天才进行随机抽取，抽取完后就封闭管理，无法再与外界联系，名单严格保密；面试期间，考官按组成类别每半天一抽签决定进哪个面试考场。考生面试实行入闱管理，进入面试现场后，在抽取面试顺序号码前就收缴通信工具，杜绝一切联络方式；面试时只报随机抽取的顺序号码，不能报姓名，面试完后由7个考官当场亮成绩，去掉一个最高分和一个最低分，其他 5 个分平均就是考生的面试成绩，并当场公布。考生一小时后就知道自己的成绩，半天后就知道自己是否进入体检名单。

四．注重实际能力和综合素质的测试，突破死记硬背应试教育的模式。不推荐任何课本和复习资料，不举办任何形式的考前培训班。把公共基础知识改为"申论"，在考试时给出大量有关的阅读资料，要考生进行阅读分析、综合概括，减少记忆成分，重在考察考生知识积累和分析判断能力。行政职业能力测验，重在测试考生的职业要求和岗位技能。这样就把考生知识、素质的积累和报考岗位职业技能要求作为考察的重点，只要肚子里有东西就能应付自如，体现"以用为考"，避免了高分低能情况的出现。改革后这几年在招考中硕士生和本科生、专科生各个层次考生的及格率稳定在 85%、70% 和 50% 左右，基本反映了考生实际水平。

五、根据招录单位的性质和考生的情况进行创新，使招录机制不断完善发展。实行面试考官多样化，吸收大学专家、社会学者和有一定实际工作经验的同志，经过培训进入考官库，特别是各个专业的专家教授做考官，懂得考生的专业知识，使考官库组成更加科学合理。在面试上，打乱职位排序，按随机抽取顺序面试，避免同职位人情关系的影响。今年还尝试采取用异地考官的做法，使招考更加公平。

六、人事部门的定位出现了新变化，权力意识淡化，服务意识增强。今年通过招考进入保定市技术质量监督局的齐蕴博告诉记者："我大学学的是法学专业，公布的成绩我是第一名，当时我有点不相信，直到我被录取我才感到这是真的。我的体验就是信息公开、组织严密，程序规范、结果公正，服务周全、以人为本，没有任何暗箱操作的可能。这种招考机制让人信服。"（2006 年 6 月 9 日）

新机制　新变化　新形象

——河北省公务员招录机制创新调查（下）

　　河北省通过公务员招录机制的不断创新，给各种优秀人才进入公务员队伍打造了一个通过公平竞争"脱颖而出"的平台，把一大批新鲜的血液输送到了公务员队伍中，使河北省公务员队伍建设呈现出生机勃勃的景象。

　　河北省人事厅厅长宋太平介绍，实践证明，这种公务员招录机制给河北省党政机关聚集了一批人才，特别是把一些高素质的专业人才吸收到河北来建功立业，逐步突破了河北面临京津出现的人才"漏斗"效应，这主要体现在：

　　一、新机制为基层人才提供了进入党政机关的绿色通道，为人才脱颖而出创造机会。据统计，这几年招考的公务员中，来自基层的普通干部群众子女占 80% 以上，很多无职无权的群众子女通过招考顺利进入党政机关的重要岗位。河北省技术监督局的反馈意见说，河北省的公务员考录，成了年轻才俊在公平竞争中脱颖而出的绿色通道。通过招考进入河北省民族宗教厅工作的尚得志说："我家是太行山区农村的，我大学毕业找不到合适的工作，只好在石家庄市一家旅馆从事登记工作。当我得知要全省招人时，我的同事对我讲，我既没关系又无背景，省直机关再缺人，也轮不到我，早被有关系的人占满了。我只是抱着试试看的态度去报名的，我笔试得了第 5 名，进入面试，并最终考入省直机关，我父母得到消息后，激动得流下眼泪。我感到这种机制非常公平、公正，真正能让没有关系、有真才实学的人考进公务员队伍，给人才脱颖而出创造了机会。"孙守亮是华南理工大学水污染控制专业的博士，通过公开招录被录用到省环保局后，他主持编制的《河北省海河流域水污染防治规划》等十余部环境保护综合和专题规划，部分已经省政府批准实施，提高了全省环境管理和科学决策水平，成为全省环境战线的科技精英。

　　二、新机制树立了党和政府的良好形象，增强了群众对政府的公信度。

近几年，由于就业难，使各地公务员招考越来越热，竞争日趋激烈，一到招考就会引起社会各界的广泛关注。河北省把这种招考的全过程置于社会公众的监督之下，始终体现了"公开、平等、竞争、择优"原则，使社会公众对党和政府的信任感增强，认为这是政府给群众办的一件大好事，让来自基层的普通家庭孩子进入国家机关，这比给他们资金项目更重要。记者采访的一些考生说，这种机制严格按照程序进行，没有掺杂人为因素，使招考工作上对国家下对群众负责，树立了党和政府的良好形象。

三、广大考生凭借真才实学进入公务员队伍，使公务员队伍学历、素质结构不断改善，高素质的公务员队伍正在形成。由于岗位少，报名人员多，一个岗位几十人甚至几百人竞争，这就把真正的人才给招考进来了。据统计，这几年河北省党政机关人员学历结构明显改善，在招考的考生中，学历全部在专科以上，本科以上的占96%，这比过去一般单位的学历构成要高出六七十个百分点。来自全省两组数字对比也能体现出来：1996年在全省24万名公务员中，大专学历以上的仅占39%，到了2005年年底，大专以上学历上升到78%。

四、新机制实现了公务员队伍的年轻化目标，公务员队伍充满生机和活力。据统计，近5年河北通过公开招录进入机关的6800名公务员中，都在35岁以下，绝大多数人都是在25岁左右走进党政机关工作岗位的。1996年全省公务员中35岁以下仅占37.39%，到2005年年底上升到45%，这些人年纪轻、学历高、有理想、有追求，他们出于报效国家和感激父母的心态，进入岗位就充满青春的激情，拼命工作，使整个公务员队伍工作效率大大提高。

五、新机制激发了新进人员进取心和创造力，这些人员凭借真才实学，进入工作状态快，几年下来有一大批人员已成为业务骨干。河北民族宗教厅一些公务员反映，由于招录进来的公务员综合素质较高，虽然刚进来时缺乏机关工作经验，但他们有闯劲、有思想、敢创新，进入角色快，很快就成了各处室的业务骨干。根据他们近5年考核的结果，在招录的8名公务员中，有1人多年被评为优秀等次的公务员、1人多年被省政府机关先进公务员，还有 6 人被厅机关评为优秀共产党员。他们的工作表现得到了全厅上下的认可，今后将把他们作为充实重要岗位和提拔中层干部的重要后备力量。（2006 年 6 月 9 日）

报告反馈⊙

　　河北省人事厅厅长宋太平介绍，过去在公务员招录中由于机制不完善，出过不少问题，如把个人有精神疾病的人员招进来，不能正常工作。为此，河北省痛定思痛，在全国率先探索全公务员招录的机制创新，把好进人关，为建设高素质人才队伍作出努力。这组报道刊发后，影响很大，国家人事和公务员管理部门专程来河北调查总结，在全国予以推广。山东、江苏、湖北等地来考察学习。这就是我们的初心，把自己的做法能够借鉴给其他地方就是贡献，特别感谢记者辛苦的调研，对记者这种不怕吃苦、深入基层的过硬作风深表敬佩。

河北省第六届村委会换届工作调查

村委会换届选举遭遇六大难题

——对河北省第六届村民委员会换届工作的调查（上）

从去年年初至今，河北省第六届村民委会换届选举工作进展仍很缓慢，在全省 8 万多个村委会当中，目前成功换届的仅有 50%，有一半的村委会难以正常进行换届选举。河北省民政部门的一些领导和专家分析认为，河北省村委会换届选举主要受到六大难题的困扰：

一是村里问题错综复杂，村委会选举难以进行。派别斗争、家族矛盾导致村委会选举难以正常进行，村委会建立不起来。如魏县的 535 个行政村中，只有 60% 左右的村进行了村委会换届选举，其他的村都由上级直接安排村委会干部，组建村委会。霸州市的叶庄村由于人地矛盾突出，从 1999 年至今，一直难以进行村委会选举。

二是选民、候选人资格认定难。近些年来，农村出现了许多农转非、人户分离等新情况，特别是一些村的村干部已农转非，这些人员是否还是本村选民，是否具有候选人资格，常常引起争议。1. 一些村干部已经纳入县级财政管理，如隆尧县的村干部有一千多人全部吃县财政饭，这些人的选民资格难认定；2. 外出打工人员本人不在家，其选民资格也难认定；3. 有些村有外来暂住人口，选民资格如何认定等。对这些人员的选民资格特别是候选人资格如何界定，做到既使"正宗"村民无异议，又能保证每个村民都能行使选举权力，基层干部感到为难。魏县大磨村，全村人口 1600 人，合格选民有 1000 人左右，但常年外出或短期打工的有 200 多人，这些人的选民资格难以界定。而村里还有从广西、四川嫁到本村的媳妇 16 人，这些人的选民资格也不好认定。

三是外出农民参选热情低。近年来，外出务工农民增多，仅魏县常年在外的农民就有 20 万，占到选民数的 25%。大部分外出农民对换届选举不大关心，他们的看法是："我一人不能决定选举结果，反正人不在村里，选谁都无所谓"，因此他们也不大可能回家参加选举。由于外出人数较多，如何确保选举人数过半，如何保证外出选民的委托投票，可能会成为焦点问题。

四是家族、宗族"争官"。由于村干部在一事一议、村级资源分配中能掌握一定权力，在工作中有时倾向于代表自己利益的家族、宗族帮派。因此在换届选举时，以姓氏、村民小组等为纽带的帮派在选举中"争官"的事件可能会发生。

五是群众信任的能人"逃官"。现在村干部岗位对村民的吸引力正逐步减弱，一些有能力、有技术并受群众信任的村民不愿意当村干部，部分村出现了村干部"逃官"的现象，从近期了解的情况看，一些被乡镇纳入视线的村委会委员"准候选人"，已外出"躲官"，不愿意蹚村里的"浑水"。一些村里的"能人"反映，现在"村官"不好当，想为群众办好事，却没有资金。有点小事群众不满意，就会上访告状，不如自己在外面打工挣钱自由自在。

六是有干扰、阻挠、破坏选举等行为发生。在少数帮派多、问题较多和经济落后的村，村委会的换届选举常常成为各种矛盾集中爆发的导火索，据调查，在选举工作刚开始，就出现了少数村民串联、抵制选举、做反面工作等干扰选举的事件发生。仅河北，每年因为村委会选举问题告状的事件就有上百起。（2005 年 6 月 10 日）

村干部工作随意性大　监督监管成"盲点"

——对河北省第六届村民委员会换届工作的调查（中）

在河北省部分村庄进行了村民委员会换届选举后，记者调查发现，村民委员会的工作缺乏监督，工作随意性大，而村干部的工作更是无法进行监管。村民和村民代表即使发现了一些村干部的问题，反映后也难以解决。

河北省民政厅有关部门负责人介绍，目前，对村委会和村干部监管仍处于缺位状态，虽然村民代表通过程序，依法选举出了新的村委会，但对新的村委会履行职责和村干部的行为没有进行有效的监督管理，村党支部虽然可监督村委会，但落实起来很难。有些村的党政"一把手"是一个人兼任，就更难监督了。村干部乱用权力归结起来主要有以下三种情况：

一是村务不公开或假公开，村干部自己做主乱花钱。目前，虽然国家有关部门采取了很多措施要求村务公开，但很多村要不不公开，要不假公开。永年县大张村村民连现芳反映，该村的村务有时候上墙公布，但都是虚假数字。村民看到村干部买地赚钱了，但公布出来没有收入。二是村干部乱卖宅基地，集体收入个人使用。在一些地方，由于缺乏监督，村干部肆意出卖耕地，甚至把耕地当作宅基地来拍卖，有钱的户有几处宅基地，贫苦户却是一块也买不起，而这些本来应该属于村集体的收入，被村干部肆意挪用。群众上访，上面来调查也是不了了之。藁城市故献村剧小恒等村民介绍，该村从 1988 年至今，四次将 200 多块耕地按照宅基地进行拍卖，一块地拍卖的最低收入是 8000 元，最高收入是 8 万元，总收入 200 多万元。这些收入也没给村里做什么公益事业，都被村干部给花光了，让村干部公布开支项目，也不公布。三是村干部利用国家惠农政策个人捞取好处，使国家政策在基层出现偏差。衡水市的故城县里老乡一些农民反映，他们的直补款被乡村扣留了一部分，有的被扣为用黄河水的水费，有的被扣为村村通公路建设款。寒下村村民解文俊说："我们村一亩粮食补款是 10.01 元，但为筹集过去欠下的引进黄河水的费用，一亩直补款就扣留了 3.7 元，我们到手的补贴就是 6 元多钱。我全家 9 亩麦子，应该补贴 102 元，而实际到手的却是 70 元。关键问题是我们乡有 19 个村，仅最南边的三个村能用上黄河水，而我们村和北边的 15 个村都用不上黄河水，县里按测算平均摊派给我们这不公平。"

一些基层领导分析认为，导致部分村干部问题频发主要原因是：

一、一些村级和乡级党组织不按组织规定办事，村干部产生的程序有问题。有的村委会由乡镇党委直接任命，不经过村民选举产生，任命的主要标准就是是否能按时完成计划生育、农业税任务和乡镇交办的其他事项，被任命的常常是一人几年不换。有的村从不开村民大会，逢村委会换届时就由原班子几个人拟定候选人名单，挨家挨户到村民代表家里"征求意见"，被"征求意见"的村民也往往碍于情面或怕打击报复，违心"同意"。

二、村党支部和村委会之间的分工不明确。这是一个老问题，也是一个最常见的问题。一般来说，属于村民自治范围内的事务如村集体经济的管理等应由村委会照章办理，可有的村支书却包揽一切。也有相反的情况，即村委会主任包揽一切，把党的领导抛在一边。这种一边倒的情况形不成相互制约，成为某些村干部滥用权力甚至违法乱纪的原因之一。

三、村民的民主意识缺乏，对涉及村民自治的相关法律法规知识欠缺，民主监督难以落到实处。实际上，有关村民自治的相关规定很多，有些规定还很具体、详细，如村民委员会组织法、村务公开实施办法、村级财务管理办法、村民理财小组监督规定、土地承包法等，但由于多种原因使得这些制约条款无法落到实处。有的村民甚至在选举村委会主任时居然听信候选人的虚假承诺。

四、县乡级纪律检查部门力量薄弱。相对于数量庞大的村干部队伍，上级监管部门的力量显得力不从心，难以形成有效的制衡力量。多数村民限于眼界和政策法规知识的缺乏，只有当村干部的所作所为涉及村民个人切身利益时，他们才以上访的方武反映出来，很少从制度层面和落实各项监督措施方面去考虑问题。（2005 年 6 月 10 日）

让村代会成为村级民主管理的核心

—— 对河北省第六届村民委员会换届工作的调查（下）

针对目前村委会选举和运行中出现的问题，河北省一些从事农村民主建设的专家建议，充分发挥村民代表大会的作用，整合村级民主监督资源，用村代会的常设会议机制来行使对村委会的监督和管理，并纠正村规民约中多头监管又管不好的偏差，真正实现村民自治。

河北省民政厅基层政权处、河北省人大法工委一些专家分析，对于制约我国村民自治发展的根本原因，一直有多种说法，如"两委矛盾论""上级政府过分干预论""民主素质低下论"等，虽然有一定的道理，但并没有抓住实质，根本原因在于我国的村自治体制不符合我国农村的实际情况，以至于自治组织内部矛盾重重、运转困难，为各种势力的插手提供了可能，也使得上级政府、村党支部不得不加强领导，以防止偏离正确轨道。

这些专家认为，我国村民自治实行的是一种自治体制，虽然至今对如何自治没有明文规定，但从 1998 年颁布的《村委会组织法》中的有关条文可以看出，实际上已确定为村民大会制，如第十八条规定"村民委员会向村民会议负责并报告工作，村民会议每年审议村民委员会的工作报告，并评议村民委员会成员的工作"。第十九条规定"涉及村民利益的下列项（即重大问题）村民委员会必须提请村民会议讨论决定，方可办理"。第二十条规定"村民会议可以制定和修改村民自治章程、村规民约"等。村民大会享有最高决策权（制定规章制度、决定重大问题）、最高执行权（委托村委会代行）和最高审查监督权，是自治组织的最高权力机构，而村委会不过是村民大会领导下的具体执行机关，可以通过选举和审查随时更换。但遗憾的是，在很多地方过去并没有发挥村民代表的作用，而村民代表大会也基本上处于虚设状态，为了加强民主，不得不在"两委"的基础上，成立了村民理财小组、村务公开监督小组等多个参与管理和监督的组织，但由于缺乏必要的协调和监督办法，这些组织也是形同虚设，这就需要强化村民代表大会机制，通过村代会常设会议的办法来随时对村委会的工作进行监督。采用这种办法的主要好处是：

首先，实行村代会制有利于解决最高权力虚置问题。按照已设村代会的村庄的做法，一般是5—15户产生一名代表，一村大约有40名左右的代表，人数不多，便于讨论问题、形成决议；召集容易，即使每月举行一次会议也不会影响村民的生产活动，有利于及时处理村中的各种事务、及时安排和审议村委会的工作。遇到紧急情况，也利于临时召集会议、迅速做出决定，保证最高权力始终掌握在村代会手中。

其次，有利于加强对村委会的领导。实行村代会制，村委会将由村代会选举或聘任、向村代会负责、接受村代会的审查监督、根据村代会做出的决定处理村中的日常行政事务，若有不称职现象或贪赃枉法行为，可随时撤换，以保证村委会真正为村民服务。

第三，有利于及时解决各种民事纠纷。当选村代表一般具有杰出的能力和高尚的品质，不仅能够在代表大会上维护所代表的村民的利益，而且在日常生活中，也能够有效地调解村民中的各种纠纷、化解社会矛盾。

第四，有利于培养村民的法治意识，提高村民的民主素质。当村民们逐渐认识到能够通过合法途径维护自己的利益时，必将抛弃过时的比较偏激的手段，积极学法用法，运用法律武器、按照民主程序解决各种问题。

第五，有利于协调村支部与自治组织的关系，形成科学、合理的村庄治理"二元"结构。实行村代会制，村支部与村委会的关系将转变为村支部与村代会的关系，村代会能够有效支配村中事务，村支部也就没有必要过多干预，可以比较超脱地处理村中各种矛盾，主持选举活动，甄别参选人员，根据党的政策和国家法律审议签署村代会作出的决定，并可腾出更多精力进行社会主义思想教育，充分发挥党在总体上的领导作用。（2005年6月10日）

河北技术创新体系调查

河北省技术创新能力呈逐年下降态势
——河北技术创新体系调查（上）

近几年，河北省的技术创新能力和在全国的位次呈逐年下降态势，创新体系残缺不全，难以给技术创新提供有力的支撑。

据国家有关部门分析，全国科技进步总体水平共分 6 类，河北省被列为第 5 类地区；技术创新能力全国 31 个省市分为 5 个集团，河北省被列为第 4 集团。据 2002 年科技部统计资料和《中国区域创新能力报告》显示，河北省科技进步综合评价排序由上年的第 18 位下降到第 19 位，创新能力综合评价居全国第 19 位，比上年下降了 5 位，是下降幅度较大的五个省份之一。

有关专家分析认为，导致河北省技术创新能力逐年下降主要有以下三个原因：

一、区域知识创造能力指标差

这主要体现在两个方面：一是知识创造能力相对薄弱。据 2002 年《河北经济年鉴》公布的数据，2001 年与 2002 年相比，科技活动经费筹集额全国增长 11.03%，其中政府资金占 10.61%，河北省则由 56.51 亿元减少到 53.49 亿元，下降了 5.34%。二是科技管理水平落后。主要考核指标，每百万名科技活动人员产生的新产品产值由上年的第 12 位下降到第 16 位，每百万科技投入产出的新产品产值也由第 12 位降到第 19 位。这些数字显示河北省决定知识创新能力的相关因素没有增强反而减弱，严重制约了全省创新能力的提高。

二、从区域知识流动指标来看，河北省在以下几方面有待提高

一是科技合作水平有待提高。无论是科技论文合作水平，或是产学研合作水平，还是专利合作水平，与其他许多省份相比，河北省都表现出较大的差距。

二是技术转移能力较差。在知识流动能力上，河北省专利合作、产学研合作水平非常薄弱；技术市场成交额也滞后于全国水平。主要表现在这样两个方面：一是技术市场合同成交 2000—2002 年虽有恢复性增长，但仅达到 1999 年成交额 15.37 亿元的 40%。二是大中型企业购买国内技术成交额，技术引进经费支出，河北处于全国较低水平。

三、从区域企业创新能力指标分析，河北省存在着三个明显不利因素

一是河北省大中型企业技术开发机构由上年的 452 家减少到 403 家，企业从事技术开发人员 5.2 万人，其中科学家和工程师由 1.07 万人减少到 1.04 万人，企业技术开发经费支出由 22.62 亿元减少到 21.53 亿元，其中开发新产品用款由 9.34 亿元减少到 8.96 亿元，与全国强劲发展态势相比差距拉得更大。

二是以国内发明专利、外观设计、实用新型三种专利申请受理量为标志，2000 年河北省共增加 5.75%。全国工矿企业申报专利受理 31319 项，河北省为 682 项，占全国的 2.18%，河北省这个比例与其作为工业大省地位不相称。

三是以采用新产品产值指标衡量，2000 年河北省大中型工业企业新产品产值 130.54 亿元，占工业总值的 7%，低于全国平均水平，居第 22 位。

河北省一些研究技术创新的专家分析，一个区域的创新能力最终表现在对经济增长的贡献上。由于以上制约因素的存在，河北省区域创新绩效指标下降也比较快，由 1999 年的第 16 位下降到 2000 年第 25 位。这主要体现在三个方面：一是劳动生产率偏低，二是高新技术产业发展相对落后，三是城镇化水平提高较慢。（新华社石家庄 2003 年 11 月 19 日电）

专家建议从 5 个方面加快技术创新体系建设
——河北技术创新体系调查（下）

在知识经济时代，加快发展技术创新体系显得尤为重要。而河北省要改变目前技术创新的落后状况，在技术战略上亟待构建技术聚变的"孵化器"，使河北省的技术创新体系打破思想、观念、体制性的多重障碍，促使其迸发出巨大的能量，为经济社会发展服务。

有关专家建议，此项工作应从以下 5 个方面切入、突破：

——实现"三个转变"。一是在创新战略上，实现以学习和模仿跟踪型为主向以取得自主知识产权为目标的原始创新为主的转变。二是在产学研结合方式上，由过去的高校、科研所出让研究成果的方式，转变为企业与高校、科研院所之间形成战略联盟的产学研结合方式，加强知识产权共享、专利合作、创新元素集成。三是在科技中介服务建设上，推动有能力的科研机构向科技中介机构转变，让科技人员创办和领办科技中介服务机构，为企业和科研机构牵线搭桥。

——构建"三个体系"。一是构建以企业为主体，高等院校和公益类科研机构为两翼，社会科技中介机构与重点实验室为支撑的技术创新体系。二是形成以企业为主体，高等院校和重点研究院所为依托，构建产业开发体系。三是以制度创新和环境建设为重点，加大政府宏观管理调控力度，形成以促进技术转移为目标的创新服务体系。

——整合资金投入。要把政府投入的有限科技资金集中使用，主要用于支持应用基础研究、高技术研究和开发重大共性技术、关键技术和配套技术，加大高新技术产业开发区建设投入。石家庄、廊坊、唐山、秦皇岛开发区人才密集，高新技术企业密集，既有增强创新能力的迫切需要，又有提高创新能力的良好基础，因此，建议以上述4市为重点，发展沿线区域创新体系，壮大沿线产业带和区域特色经济培育区域产业集群。

——提高区域创新能力。一是充分发挥河北省地域优势，利用京津科技资源，加强技术创新的开放性和合作性。在产学研结合方面，组织重大专项工程如制造业信息化工程、农副产品深加工工程、中药现代化工程，带动行业技术的发展。二是提高科技管理综合水平，优化配置科技资源，建立大型科研设备、科技资料等共享机制，提高全社会创新能力。各级政府和有关部门要把加强区域创新能力作为地方科技工作的一项中心任务，扭转当前落后状况，尤其在省政府安排的河北半导体材料、河北软件和石家庄国家医药三个重点上有新的突破，跟上全国步伐。

——培育创新环境。一是建立和发展生产力促进中心，为中小型企业走向新型工业化道路提供服务平台。二是积极发展各类科技型企业孵化器，把《河北省高新区条例》落到实处。按照政策规定扶持孵化基地的发展，经省科技行政主管部门认定的科技企业孵化器，可以享受国家及河北省对高新区和高新技术企业规定的政策，高新区所在地财政部门对孵化器及孵化器内孵化企业所缴纳的地方可用财政资金，主要用于孵化器的建设。三是建立健全风险投资机制，激活民间资本。各级政府及有关部门应支持和推动高新区强化科技企业孵化机构，建立以创业投资资金、科技型中小企业创新资金、孵化资金和担保资金等为重要内容的创业资本市场。改善金融环境，加大银行对技术创新贷款的支持力度，为提高河北省技术创新能力提供保障。（新华社石家庄 2003 年 11 月 19 日电）

河北遵化市广野农产品合作社调查

调研报告⊙

"广野"模式塑造新型合作社
——河北遵化市广野农产品合作社调查（上）

河北遵化市广野农产品合作社以"农企合作，入股分红，民主管理，企担风险，利益共享"的合作机制，促进300多个农户脱贫致富，被农民称为"广野模式"，受到广泛好评。

遵化市广野农产品合作社成立于1999年3月，是以广野物产实业公司为发起人，由当时300个农户自愿组成的蔬菜种植合作组织，在当地领取了法人执照，主要承担着广野集团公司出口蔬菜种植任务。广野公司是遵化市1993年创办的外向型农产品加工企业，主要对日本、美国等出口新鲜蔬菜，是省级农业产业化经营重点龙头企业。

遵化市广野农产品合作社理事长张连玺介绍，在企业发展过程中，企业每年需要6.5万吨各种蔬菜做原料，原料问题始终是制约企业发展的瓶颈，企业既要开发国际市场又要加工生产，还要搞原料基地建设，造成精力分散，出现了顾此失彼现象。特别是在基地建设上，由于与基地种植户联系不紧密，时常造成原料供应与生产的脱节，给企业造成严重损失。同时农民在种植广野菜时，由于缺乏及时有效的产前、产中的服务，往往造成蔬菜产量不足、质量不高，严重影响农民增收，种植户对此反响很强烈。广野公司通过与农村干部、种植户座谈，了解到广大农民迫切要求成立一个"自我管理，自我约束，利益共享，风险共担"的合作服务组织。通过走出去，考察国内外组建专业合作组织的经验，在各级领导及各部门的支持下，1999年3月初由广野公司牵头，基地农户自愿参加，筹备组建了农产品合作社。其职责是专门负责广野公司基地建设及蔬菜原料供应和先进技术的引进；另一方面是把原料管理承担起来，为企业分忧。合作社由专人管理指导基地蔬菜生产，使分散种植农民通过合作社的组织管理，提高产量、提升品质，实现农户增收，企业增效。

广野农产品合作社的主要成员是自愿为广野集团公司提供原料的蔬菜种植户，因此，自愿种植、自愿入会是前提；以广野公司为依托，为企业服务，为社员提供产前、产中、产后服务，实现社员增收是宗旨。在合作社创办初期，公司领导赴日本酒田市农协进行参观、考察和学习，酒田市的"丸八"株式会社是日本有较大影响、有较强经济实力的农产品深加工企业，主要加工各种蔬菜保鲜品。他们按市场需求，每年制订较周密的生产计划，与农协、农户签订购销合同，使这些农户的几代人为"丸八"种植蔬菜。在借鉴日本农协经验的基础上，还同时赴山东莱阳、河北保定等地取经，制定了《广野农产品合作社章程》，确定了合作社的理事会管理体制。主要特点是：

首先是合作社坚持自愿的原则。一是农户在入社退社上，完全尊重其意愿，决不搞"拉郎配"。二是坚持为社员服务的原则。合作社建立的目的是有计划地组织基地农户种植蔬菜，在产前由合作社分配种植计划，由合作社的专职技术人员确定质量标准，签订购销合同，搞好种子、化肥、农药等生产资料供应，抓好技术培训；在产中，依据不同季节和茬口安排，巡回搞好技术指导，并按不同生产时期印制技术明白纸、组织地头现场观摩会；在产后负责产品的收购、结算等。三是坚持民主管理的原则。在明确社员权利、义务的同时，选举产生了理事会和监事会，重大事项由最高权力机构——社员大会表决通过。四是坚持利润返还的原则，合作社在每年收购原料结束后，公司按实际收购量给予合作社每吨两元的利润返还，将其作为社员红利、风险金和合作社日常开支。

其次，合作社实行股份合作制，实行独立核算，自负盈亏，利益共享，风险共担。合作社成立资金由农户和广野公司按4:6的比例出资入股，每两亩菜地或者200元为一股，其中农户出资6万元，公司出资9万元，总股本15万元。每年将总红利的50%作为社员红利分给入社的社员，30%作为风险基金，20%作为合作社的经费开支。今年，合作社共收购黄瓜、茄子、白菜、辣椒、糯玉米等原料6.5万吨，总红利收入13万元，目前，广野农产品合作社在遵化及周边市县建立了12个合作分社，在总社的指导下，实行独立核算、自负盈亏，大大壮大了农产品合作社的实力。总股本达到120多万元。

第三，创建风险基金，为农户承担市场风险。合作社从每年的利润中拿出50万元作为基础基金，把红利中30%作为股民基金，再让新入社的股民自愿入股的办法像滚雪球一样做大风险基金。今年上半年股金总红利为13万元，其中的30%就是3.9万元又加入到了风险基金中。

第四，合作社蔬菜种植实行"订单管理"。几年来，广野公司通过广泛与国内外客商联系，每年9月份以前就已签订了来年的生产订单。9月份以后，公司根据市场需求将计划下达到合作总社，合作总社再下达到合作分社，合作分社根据订货数量与品种，在12月份前根据社员的茬口安排社员的种植合同，在合同文本上明确规定了种植品种、面积、技术规范、质量要求及最低保护价格，让社员提前知道只要增加产量、提高质量，即可增加收入；只要与合作社签订了合同，生产的合格蔬菜就不愁卖不出去。从多年来的实践看，合作社社员种植1亩广野菜相当于6亩粮食作物的效益，有很多农户通过种植广野菜走上了富裕路。堡子店镇梨园头村李长福，种植广野菜6亩，其中4亩上茬种植日本盘瓜，下茬种植萝卜；2亩上茬种植糯玉米，下茬种植白菜，年总收入达3.1万元，纯收入2.3万元。仅今年，入社社员年纯收入5000元以上的就占75%，使广野菜种植成为农民脱贫致富的好项目，社员夸赞说"要想富得快，多种广野菜"。

第五，合作社实行"三证、六统一"管理。三证：合作社对社员发放股金证、购物证、交货证。六统一：采取统一安排种植计划，统一和种子供应药品、化肥，统一技术培训和制订栽培技术方案，统一制定收购质量标准，统一规定收购价格，统一销售。同时对入社社员实行了种植档案管理。（2004 年 9 月 22 日，合写者巩军）

企担风险　农企双赢

——河北遵化市广野农产品合作社调查（下）

河北遵化市广野农产品合作社把"企业承担风险，农民按股分红"作为服务宗旨，收到了较好的效果，实现了企业和农户的双赢。

一是农民走进工厂式生产车间，树立了农民以"质量取胜"的经营理念。广阔的田野是广野的第一车间，合作社任务就是搞好公司第一车间的生产。市场经济是竞争经济，其核心是产品质量和价格的竞争，企业要生存发展，就必须有好的原料，没有好的原料就不会生产出好的产品。特别是在生活水平逐渐提高的今天，人们对食品的内在营养、口味及外在美的要求越来越高。同时，随着经济全球化步伐的加快，产品要走向国际市场，必须保证产品的高标准、高质量。只有这样，才能提高产品的市场占有率。为稳固占领日本和其他国家的市场，合作社从成立那天起就特别重视原料产品的安全质量。以合作社生产基地为示范，要求农民从种子购买、种植、地膜覆盖、防治病虫害"四统一"，按照车间生产式，开展清洁卫生的生产，杜绝蔬菜生产的分散化、脏乱差、乱用农药的情况出现，由合作社技术人员巡回指导。到目前，合作社的社员拥有的 3 万多亩菜地，已经全部实现了工厂式生产作业。遵化市史子坨村村民李长春告诉记者："过去种地都是一家一户分散种植，种的是优质品种，但种出来的产品质量不行，卖不了好价钱。入社后，都是工厂式种植，土地入股，统一耕种，质量好了，价高了，种地赚钱了。

给我感受最深的就是土地出效益，产品质量是关键，品质可靠，准能赚钱。"

二是农民有了无公害蔬菜观念，主动按照国际标准组织生产。主要变化是：1.农民有了绿色食品观念，树立了绿色生产意识。从种子的引进，蔬菜的种植管理、化肥、农药的施用，到运输、加工、包装，都严格按照绿色食品管理的进行。合作社成立之初，就向中国绿色食品发展中心申请绿色产品标志，1999年通过了基地环境监测和产品检验，产品获得A级绿色产品认证。在蔬菜种植地的选择上，严格选择符合GB3058—1980大气环境地质量标准和GB5084—1982田灌溉水质标准，严禁施用剧毒及残留量大的农药，做到了农药残留不超标。300多户农民树立了绿色食品的种植理念，自己种植的蔬菜有了问题，或者不符合标准，自己主动就会剔除出去，没有过去那种"滥竽充数"的情况发生了，农民学会了与外国商人做生意，有了外向型服务意识。2002年12月通过了ISO9001质量体系认证，2003年4月取得了HACCP食品安全体系认证，2004年通过了日本农林水产省的JAS认证，并与日本的多家公司建立稳定的业务联系。由于有了日本的国际认证，出口日本基本不受绿色壁垒的影响。目前合作社在全市发展的1.5万亩蔬菜已全部成为绿色无公害蔬菜基地，其生产标准全部符合国际标准。

二是农民追求区域化、规模化种植，实现了种植效益。为有效实施绿色无公害蔬菜生产，合作社根据地形、土质气候等自然条件和农民种植习惯，在东新庄团瓢庄、石门等乡镇18个村建立了日本盘瓜、津春五号黄瓜种植示范区；在平城镇所属12个村组织农民发展日本中长、小长茄子种植为主示范区；在堡子店兴旺寨、西留村等乡镇15个村种植糯玉米和萝卜。目前，示范区面积已占基地面积为70%，亩均收入都在4000元以上。

四是农民合作研制引进新品种，合作社竞争力逐年提高。几年来合作社已引进新品种50多个，推广种植20多个，推广新的栽培技术10多项，每年深入到村办培训班50多期，发放技术资料5000多份，免费培训基地社员户3200多人。又从中国农科院引进2个春播萝卜和4个黄瓜新品种，3个茄子新品种，进行种植、加工试验，为公司开发新产品提供基础。

五是企业承担风险，让农民稳步增收。合作社把千家万户小规模大群体的分散种植联系起来，带领社员共同走向大市场，形成了"公司＋合作社＋农户"的生产模式，解除了农民产后卖难的后顾之忧，取得了好的效益。去年在"非典"期间，有5户农民种的萝卜因出口困难而遭受损失。合作社在考察后，经过股民大会讨论研究认定这些农户的损失，最后由风险基金按照损失多少补多少的办法，给农户损失补贴。一亩地补偿370元，最多一户补了8600元。今年春季由于种子和气候原因，种植"新田"萝卜造成抽薹，直接影响到农民收入，合作社从风险基金中列支两万多元，对受灾户进行补偿，使群众尝到了入社的甜头，坚定了入社的信心，使入社社员减产不减收。由于农民尝到了参加合作社的甜头，农民入社、入股的积极性也很高。到目前，股民已由建设初期时的300户发展到今年的3600多户，合作社风险基金已达50多万元。到目前，入社农户3600多户入社后人均增加560元。遵化市堡子店村农民李昌富，家有残疾人，住的是几十年前老土房，生活很困难。在入社后，去年种了4.5亩茄子和紫苏叶，在技术人员的指导下，全部达到出口质量要求，一下子就收入了3万多元。今年家里盖了新房子。

（2004年9月22日，合写者巩军）

报告反馈

遵化市广野农产品合作社调查在新华社内部刊发后，引起国务院领导和农业部的重视，他们派出调查组到广野合作社进行深入调研，认为记者调研很扎实，经验值得肯定。河北省农业厅负责人介绍，这组报道给河北省发展农村合作社开拓了视野，为河北省农村合作经济发展作出了贡献。在广野合作社展厅，这组调查放在最显著的位置，该合作社董事长说，这组报道系统总结了我们的做法，对我们是极大的鼓励，全国各地有200多家农业部门和合作社来交流取经，提高了我们在全国的知名度和美誉度。我们对日本等出口更是逐年增长，提振了我们做实体经济的信心。

河北省成安县党务政务机制创新调查

调研报告⊙

"五级票决"创新用人新机制

——成安县党务政务机制创新调查（上）

从2003年开始，河北省成安县在用人政策上以改"县委书记一人说了算"为"干部和群众多人说了算"为切入点，不断扩大民意决定人事事项的范围，把党的用人决策置于普通干部和群众的监督之下，创建了"五级票决制"党内用人新机制，使干部人事工作基本实现了公开透明、公平公正，收到了良好效果。

"五级票决制"，级级体现民意

成安县县委书记王晓桦介绍，人事任用决策是党务工作的核心之一，目前在县这一级基本上还是县委一把手说了算。成安县用人政策的改革和创新就是首先从县委书记开刀，变一人拍板为多人决策。2003年5月，成安县出台了《关于县委讨论决定干部任免实行常委会"票决制"的意见》。明确规定了县委常委会在决定干部任免时，不论职务高低，每人只有一票，直接将票决统计结果作为集中意见。为使班子成员在写票投票时不受他人干扰，充分表达个人意愿，他们还在票决现场设立单独写票台和投票箱，实行独立写票，单独投票。常委集体票决，这就改变了过去干部任免上的大家共同讨论、书记一人拍板的"惯例"。把人事决策权扩大到全体常委的层面。

王晓桦说，实行常委票决意味着直接制约削弱了县委书记手中的权力，革了自己"命"，但这有利于集体决策水平的提高。这样改革也是对一把手个人能力的考验。这既对"一把手"形成了制约，又对"一把手"的能力提出了更高的要求。它要求"一把手"要依靠自己的品质和素质来保持自己在班子中的权威，能够把好关、定好向。还要求"一把手"从工作角度考虑问题，不计较自身恩怨得失，在民主面前，事事都要慎重决策。该县组织部长陈希斌说："实行票决制的一个直接效果是形成了常委集体意见的直接集中，保证了每个成员意愿的独立表达，同时也为民主集中制提供了一个更好的落实载体。"

为进一步把用人决策层面扩大，2004年3月，成安县出台了《关于对拟担任县直、乡镇党政正职人选实行"全委会票决制"的意见》。全委会票决制就是县委常委会票决通过乡局级党政正职人选后，提交县委全委会，由全体县委委员进行票决的制度。全委会票决制第一次把人事决策权从常委核心层扩大到了全体县委委员的层面。这项制度打破了过来长期坚持的常委会是最高人事决策会议的制度框架，最大限度地扩大了公开范围和决策半径。每个县委委员的民主权利得到充分发挥，从而使重大决策的认可度更广，更加趋于科学。

在推行了常委会票决制和全委票决制后，成安县在乡局级干部选任管理工作中推行了"民意否决制"。把干部的监督权和选择权交到了普通干部和群众的手里。"民意否决制"就是在确定干部考察对象、试用期转正和年度考核时，扩大范围发放民意否决票，凡是对这些人确实了解的群众，都可以参加投票，以民意定取舍，否决率超过1/3的，取消提拔资格。

该县县委副书记郑立军说："很多人都知道，过去的干部选拔任用制度虽然对群众参与也有要求，但在参与范围上，仅限于党政干部，基层的知情人很难真正参与进来表达意见。而民意否决制不仅将群众参与的范围扩大到了最基层，并且将群众的推荐权，提升到了否决权使之更具决策效能。"民意否决制的实行，不仅从制度设计上保证了群众对人事决策的有效参与，而且破解了"能上不能下"这一长期困扰干部任用工作的普遍性难题。这种民意否决制包括四次民意表达："一是在民主推荐时；二是转正票决时；三是提拔转岗时；四是考核票决时。每年的考核也要增加民意票决内容。一个乡长人选确定，民意范围不仅包括其原单位及相关人员，还包括要去任职乡的干部和该乡每个村的党员和村民代表。"

为避免把人事决策、干部任免走向隐秘化、神秘化，使得整个决策过程成为一种"幕后"行为，成安县又推行出台了《关于对乡局级干部选拔任用过程进行公开通报监督制的实施意见》。全程公开通报就是把拟提拔干部的基本情况、拟任职务和测评、推荐、票决、民意否决等所有程序上的全部情况，采用张榜公布、电视发布、下发文件等形式向全社会进行公开通报，接受群众监督。这项制度更进一步地把决策情况公开到了全社会的层面。最大限度地把人事任免权、知情权和监督权交给了广大干部群众，从制度安排上避免了"暗箱操作"的出现。

成安县的干部人事制度改革随着常委会、全委会两个票决制、民意否决制和全程通报制四项制度的连续出台和健康推行，在良好的制度环境下，成安县委又向前推进一步。2005年5月，《中共成安县委关于在干部人事调整和重大问题决策的常委会和全委会实行"社会旁听制"的试行意见》出台推行。所谓"旁听制"，就是在干部人事调整和重大问题决策的常委会和全委会的会议现场，邀请领导干部、一般干部、离退休干部、人大代表、政协委员、媒体记者和普通群众等社会各方面代表参与旁听写票、投票和决策的全过程，使干部群众能够面对面、零距离地对县委人事调整和重大问题的决策情况进行现场监督。如对旁听事项存有疑虑、意见和建议，参会人员还可以在会后以书面形式向县委提出。如果说公开通报制给了社会一个知情的权力，监督的权力，那么社会旁听制的作用则是在知情和监督的基础上又给了全社会以直接参与的权利。

成安县的干部人事制度改革重在维护了干部群众在人事工作中的知情权、参与权、决策权和监督权，在程序设计上预防了人事腐败的发生，使一大批靠得住、有本领的干部得到了提拔重用。在该县委人事档案室，记者看到了该县委组织部办公室米瑞峰由副科提正科的票决过程。民主推荐：参加推荐64人，由于他是政工干部，与他工作交往比较多的各乡镇政工副书记、组织委员和县直部门的政工科长都是推荐他的民意代表。最后他的推荐同意票为63票。随后在常委票决时，12个常委，11人同意。再上全委票决，22人，他得了21张同意票。在试用期满转正时，他得的同意票为64票，最后他才被正式任命为县委组织部办公室主任。

该县李家滩镇一名姓董的党委副书记由于在殡葬改革中不按政策办事，群众有怨言，在去年年度考核时，民意否决票超过了1/3，主要是村民代表和村党员代表的否决票，他就被免去镇副书记职务。

该县道东堡乡乡长王银说："一个地方党政正职选的合适不合适，事关一个地方发展的快慢好坏。我能够连续通过常委会的票决和民意否决，然后再通过全委会票决，一步步走到现在，每一步都是对我的教育和鞭策。也让我每一次都感到县委的高度重视和肩头的责任重大，唯有全力做好工作才能不负组织期望，才能感到心安理得。"（2005年10月11日，合写者巩军）

党员"进"和"出"群众来作主

——成安县党务政务机制创新调查（中）

从根本上保证党员的先进性不变质，关键是严把入口，畅通出口。河北成安县的"公推公示制"为把严党员入口关找到了有效途径，"党员民意否决制"为不合格党员的处置找到了解决办法。这个长效机制的核心就在于党员进出上，让群众民意说了算，这也为党员经常受教育提供了制度支持。

"公推公示"，群众不同意的，不能入党

成安县委常委、组织部长陈希斌说："从新中国成立算起到现在，村

支部几个领导先定下人选，再召集党员表决通过的党员发展模式一直沿用了几十年。此后的任何一个时期的任何一项关于党员发展的制度不管怎样变，总也没有跳出老党员发展新党员的小圈子。这种选拔机制带来的弊端显而易见。少数人从局限的视野中选人的直接后果是候选人群范围的狭小和素质的低下。"在2003年的调查中显示：在成安全县9384名农村党员中，年龄在50岁以上的占60.1%，40—50岁的占23%，40岁以下的仅占16.9%。其中初中以下文化程度的占80.4%，高中以上文化程度的仅占19.6%。许多农村党员难以适应时代发展要求，更难以体现和保持先进性。因此，成安县委认为，缺乏公认度，就缺乏群众基础，没有群众基础，就没有号召力，也就没有了凝聚力和战斗力。无论是党组织还是党员，如果没有号召力、凝聚力和战斗力，就从根本上丧失了先进性。要想从根本上解决选人范围小、党员公认度低这一困扰基层组织建设的基础性问题，唯一的办法就是改变这种落后于时代要求的制度，取而代之一种全新的、能够最大限度提高党员的公认度的党员选拔培养机制。

成安县县委书记王晓桦说："群众参与推荐，全体党员直选，全程进行公示是保证群众公认度的好办法。"他们结合当地农村发展党员的实际，在党员进口上推行了"公推公示制"，主要包括"两推两决三公示制"。"两推"，就是在确定新党员培养对象时，首先以户为单位，由村民以无记名投票方式，从申请入党人员中票决推荐政治素质强、致富能力强、带富能力强的"三强型"优秀人才为入党初选对象。推荐票超过到会人员50%以上的，确定为入党初选对象。然后，召开党员大会，全体党员以无记名投票方式，从入党初选对象中推荐入党积极分子。推荐票超过应到会人员50%以上的，确定为入党培养对象。两次推荐均当场投票、计票、公布结果。"两决"，就是党支部接收预备党员和研究预备党员转正时，都要召开党员大会进行讨论，并采取无记名投票的方式进行表决。表决时，当场投票、计票、公布结果。

同意票达到应到会有表决权的党员50%以上的，可接收为预备党员或予以转正。"三公示",就是对入党培养对象、预备对象和转正对象,以书面形式向党员群众公示,接受社会监督。

公示内容主要包括培养对象、预备对象和转正对象的基本情况、党员和村民代表推荐表决情况和其他需要公示的内容。这项制度完全打破了过去的党员选拔方式,通过最广大群众的直接推荐,最大限度的参与监督,使新党员的吸纳达到群众公认的最大值。

"党员民意否决制",群众认为不合格的,清理出党员队伍

王晓桦说:"如何发现、处置不合格党员的问题一直是难以有效解决的难题。一些地方出现的个别党员干部一方面违纪违法;另一方面却评先受奖的怪事经常见诸报端,一些历年多次受奖励表彰,而几乎一夜之间变为阶下囚的案例,也不在少数。对党员缺乏行之有效的监督制约机制,对党员的错误倾向、错误行为做不到及时警示和有效防止,党员的先进性就无法从根本上得到保证。一些人的错误行为可以瞒过领导、瞒过上级,却绝对蒙骗不了群众。让群众来为党员打分儿,来当评判员才是治本之策。"

从 2004 年开始成安县在党员出口上推行了"党员民意否决制"。"党员民意否决制"主要包括四个程序:一是组织人员,发放否决票。进行党员民意否决时,否决对象包括所有党员。否决票的发放范围包括农村和机关两个层次的党员和群众。农村按户发放,一户一票;机关(包括学校和企事业单位)按人发放,一人一票。发放否决票前公布参加否决的人数或户数。参加党员民意否决的人数达到应到人数的 80% 以上为有效。二是单独写票,独立投票。为保证写票人能够不受外来干扰,真实表达意愿,投票现场设立单独写票台和独立投票箱。填票人领取党员民意否决票后,根据自己的意愿自主填票,自主投票。三是统一计票,公开唱票。投票结束后,当场打开投票箱,统一计票,现场唱票。计票、唱票人员由支部书记提名,与会者举手通过。四是公布结果,做出结论。计票工作结束后,公布每名党员的民意否决票数,并计算否决率。对党员的民意否决分为预备党员、

正式党员和担任领导职务的党员三个层次：预备党员的否决率在 1/3 以上的（含 1/3），取消其预备党员资格；正式党员的否决率在 1/3 以上的，党组织将进行诫勉谈话并限期一年改正，第二年否决率仍在 1/3 以上的劝其退党。否决率在 1/2 以上的，党组织直接令其退党；担任领导职务的党员，否决率在 1/3 以上的，免去职务，改任虚职，同时党组织与其诫勉谈话，限期一年改正。第二年否决率仍在 1/3 以上的，免去留任的虚职，并劝其退党。否决率在 1/2 以上的，直接免去其担任的领导职务，并责令其退党。

保持党员先进性，重在构建吐故纳新的长效机制

王晓桦分析说："要保持党的先进性，建立吐故纳新的长效机制是关键。只有让最广大的群众来发现人才，选择'纳新'，把适应时代要求的人才吸收到党内；只有把评判权、决定权交给群众，让群众来确定'吐故'，把蜕化变质的党员清理出队伍，才能使每个党员时时都感到如芒在背，时时都牢记党的宗旨，时时都保持与时俱进的精神，始终体现党的时代性、先进性。"（2005 年 10 月 11 日，合写者巩军）

"通透式"办公带来政务新风
——成安县党务政务机制创新调查（下）

近两年，河北成安县针对党政机关工作中存在的突出问题，以"通透式"办公为切入点，整合行政资源，创建了"通透式"办公方式，使各县直部门进行集中办公，把党政部门的权力置于群众监督之下，推进了机关权力的公开透明运行，让群众和政府领导、干部面对面的交流、办事，群众找部门反映困难、办理事项形成"无障碍直通车"，既转变了机关作风又降低了行政成本，探索出一条政务改革的新模式。

传统办公方式弊端多

成安县县委书记王晓桦介绍，传统的办公模式是"一个单位一套院、一个领导一间房，从东跑到西，互相推诿扯皮"。这种传统的办公方式其弊端很多，概括为五个字，即高、低、远、近、暗。"高"是指资源配置分散，运行费用高；"低"是指相互封闭，工作效率低；"远"是指推诿扯皮，使党群干群关系疏远；"近"是指助长了部门内小团体意识，造成小团体成员间的无原则亲近；"暗"是指传统办公方式缺乏监督，易滋生暗箱操作、权钱交易等腐败行为。我们认为，传统办公方式越来越不适应经济发展的需要，越来越不适应构建和谐社会的需要，越来越不适应党风廉政建设的需要，越来越不适应"立党为公，执政为民"的要求。这就要求必须开创一个能够高效服务、便于监督、方便群众的办公方式。

"通透式"办公创新办公方式

王晓桦介绍，这种"通透式"办公主要包括四个方面：一是集中办公。就是将党政机关的办公资源集中整合，形成综合办公、系统服务的格局。我们用资产置换的办法建起了县委政府综合办公楼。综合办公楼集中了计划、审计、安检、物价、民政等59个单位和部门，另有12个职能部门在大楼内设立了办事窗口。无论项目审批，还是群众办事，不出大楼就能办结。综合办公楼作为放大了的"一条龙"式服务大厅，提高了党政机关为群众办事的效率。二是透明办公。就是将党政机关工作人员置于敞开透明的环境下办公。在综合办公楼内，我们将相互关联的科室安排在集体办公室办公。每个工作人员之间用矮屏分隔，既便于相互沟通又便于相互监督；单位领导人与工作人员之间用玻璃分隔，使单位领导人与工作人员之间也实现了相互监督。这种相互监督，增强了党政机关为群众办事的自律性。三是开门办公。就是四套班子及各单位领导的办公室充分对群众开放。无论是客商谈项目、办手续，还是群众反映问题，一律开门接待。为把开门办公落到实处，我们还实行了"一证、两图、两卡"制度。"一证"是工作人员戴证上岗；"两图"是在综合办公楼内设置"项目审批流程图"和"群众办事导示图"；"两卡"是在领导干部办公室的门上和办公桌上，设置两个职位明示卡，卡上标明领导的姓名、职务、分管工作、办公室电话和手机号码等。开门办公为人民群众到党政机关办事提供了极大便利，使其进得来门，找得到人，办得成事。四是下基层办公。就是领导干部走出办公室到基层去办公。我们实行了固定的下基层办公制度。县级领导每周一到乡镇办公，接待群众来访，听取群众意见，处理群众反映的热点和难点问题；乡镇主要领导每周六到村现场办公，直接处理群众生产、生活中出现的问题。下基层办公加强了党政领导干部与基层群众之间的接触与沟通，转变了干部作风，密切了党群干群关系。

"通透式"办公使行政权力公开透明

成安县通过建立"通透式"办公模式，把党政权力转变为群众排忧解难的服务程序，这主要体现在：首先，通透式办公分清了部门职权。在通透式办公形式下，任何行政不作为、乱作为都将从日常工作最直接为民服务中暴露出来。各行政部门和每个工作人员，为保证自己依法正确行使职权，自觉要求弄清自己到底有哪些权力，如何行使权力。经过集中清理审核，县政府本级、51个行政部门和9个乡镇政府，确认职权共计2840项。其中，县政府81项、行政部门2356项、乡镇政府403项。

第二，通透式办公为职权公开构建了平台。权力清理工作完成后，县政府本级、51个行政部门和9个乡镇都制定了职权目录，每项权力都制作了详细的权力流程图，并将这些资料制成电子软件、公开牌匾和宣传图片，在上网公开的同时，充分利用通透式办公这个平台进行公开。县委书记、县长等县级领导办公电话和手机全部上栏公开，群众找书记、县长畅通无阻。在综合办公楼外设立了38块政务公开栏，公开县政府本级职权，以及每位政府县长的基本情况、分管工作和负责履行的职权。还通过电子触摸屏，公开县政府本级、51个行政部门和9个乡镇的职权目录和权力流程图。各部门也在综合办公室设立了工作程序图和职权公开台，公开本部门的工作程序、职权目录和每项职权的流程。群众随时了解县政府和各行政部门的职权和行使情况。

第三，"通透式"办公为权力运行提供了保障。该县制定了公开办事、限时办理、一次告知、否定批报、动态管理、责任追究等行政权力公开透明运行十项制度，使得任何不公开、不透明的行为都能被及时发现，从而为行政权力公开透明的运行提供了有力保证。

"通透式"办公带来新变化

成安县实行"通透式"办公，推进党委政府权力的公开透明运行，给党政机关作风和社会带来崭新的变化，主要包括：

一、降低了党政机关的运行费用。在综合大楼内办公的 59 个部门，原来在城区，占地 400 多亩，近 5 万平方米办公房。现在仅占地 60 余亩，办公面积不到 1.5 万平方米。过去，这些单位的水电暖及安全卫生设施重复配置，开支很大。现在实现了办公资源的集中使用和节约化管理，减少了费用开支。仅去年县直 59 个部门共节约费用 750 多万元。二、促进了社会稳定，密切了党群干群关系。实行通透式办公，实现权力公开透明运行，解决了党委政府与人民群众的关系畅通问题，疏通了渠道，加强了联系，增进了沟通，抓住了解决和化解社会矛盾的主动权，促进了社会稳定，使行政权力成了为民服务的直通车。去年，全县没有发生一起到市赴省进京集体上访。记者在该县党政综合办公楼见到了商城镇农民张绍堂，他告诉记者："过去进县委和政府大院那是难上难，一个小事找好多部门互相推诿扯皮，把百姓逼着越级上访，现在我见县委书记和其他领导很方便，群众有苦可诉、有难可解，这才是真正的人民的政府。"三、有效地解决了纪律涣散等机关工作顽症，提高了工作效率，提升了服务质量。机关面貌呈现出"四少四多"的局面：迟到早退的少了，坚守岗位的多了；上班闲谈的少了，研究业务的多了；被动应付的少了，积极主动的多了；推诿扯皮的少了，乐于奉献的多了。过去十天半月办不成的事，现在只需 1—2 个工作日就能办结。在去年搞的投资商调查中，对党政机关的满意率平均达到 96%。四、确保了党风廉政建设的真正落实。通透式办公使党委、政府权力运行的各个环节都是公开透明的，这就铲除了权力暗箱操作的条件，从而杜绝了权钱交易等腐败行为的发生，过去那种不作为、乱作为的现象，也从根本上得到了遏制。五、促进了县域经济的超常规发展。通透式办公，创造政通人和的社会环境，增强了对外地客商的吸引力。目前，全县已引进项目 108 个，总投资 30 多亿元。其中 48 个项目已竣工投产。全县经济呈现出强劲的发展态势。（2005 年 10 月 11 日，合写者巩军）

报告反馈⊙

　　成安县党务政务机制创新调查推出后，得到国家政务公开办公室的重视，他们专门派人到成安县总结调研。河北省领导在听取记者汇报后，带领记者到成安县专题指导总结，并作出批示要求在全省总结推广。

邱县践行科学发展观调查

潜绩较之显绩更为难能可贵
——一个经济弱县的科学发展观（上）

邱县是河北省南部的一个平原农业小县，人口只有 20 万，农民就有 19 万，不靠山、不临水，是传统农业占主导地位的经济弱县，年财政收入仅 4000 多万元。最近两年多的时间，新一届县委班子没有把目光仅盯在 GDP 增长上，而是立足长远，对经济社会发展资源重新整合，把经济发展建立在一个扎实可靠的基础之上，构建经济社会协调 GDP 的和谐区域。近日，记者到邱县进行了采访，虽然这里还没有彻底摆脱困窘的局面，GDP 和财政收入也未实现大幅增长，但经济结构呈良性态势，经济增长潜力凸显，用艰苦的实践诠释了一个经济弱县的科学发展观。

不要"政绩面子"，去掉虚假经济增长

当地干部群众谈起新一届领导班子，不约而同地谈到"降低经济增长指标和争取财政困难县"这两个"破天荒"的举动。县委、县政府换届后的 2003 年，该县农业连续遭受三次大面积雹灾，十几万亩棉花几近绝收，两家财政支柱企业停产，织染厂因厂区实施整体搬迁处于停产半停产状态，宏宝药业在媒体曝光后被查封，天灾人祸致使当年收入损失近亿元，经济指标大幅下降。在这种情况下，县委经过认真研究和征询意见之后，作出了在邱县历史上具有重要意义的抉择：年终考核如实地上报各项经济发展数字。GDP

从上年度的增幅 16% 下降到 1.5%，财政收入也从 7000 多万元降到 5000 多万元，多项指标在其所属的邯郸市倒数第一，其中 GDP 增幅在全省倒数第一。这一举动，无异于"离经叛道"，一时成为圈内私下议论的热点。为搞清原委，市里还专门组成调查组进驻该县核实。对此，全市政界说法各异，而邱县的干部群众却态度鲜明，拍手称道。市统计局核查的结果，证明了邱县上报数字的真实性，市里的主要领导也给予了肯定和支持。该县县委书记白清长说："这样做县委的压力是有的，但决不是标新立异，实在是事出无奈，班子成员内心也不想犯此大忌。作为一届领导也想出彩，但这要看什么情况，邱县远不是这种情况。年年复加的高指标是一个历史现象，不是哪届、哪任干部的责任，但党性、良心却告诉我们，邱县该直面冷酷的现实了。邱县要想真心实意地发展，就不能永久坐'没底的轿……'"时任县统计局局长的尹建霞对当时的情形仍记忆犹新："当时，邱县的情况可谓冒天之大不韪，但是邱县却卸下了数字包袱，发展的步子踏实了。"现在，一些地方数字年年"平稳增长"，似乎已形成一种为政惯例和潜规则，而挤干数字水分，如实上报经济指标，虽是党性的正常要求，但做到这一点确需政治上的勇气。

放弃"小康县"帽子，给企业"放水养鱼"

当地人们所说的第二个大举动就是争取财政困难县。邱县是 20 世纪 80 年代河北省评定的小康县，人少地多，广植棉花，农民还是比较殷实的，但由于工业企业在转轨过程中连续几年大面积滑坡，财政状况到了难以为继的地步。2003 年换届之初，县财政连起码的公教人员工资发放都难以维持。邱县在自曝家底降低经济指标的同时，积极向上争跑。为争取到"财政困难县"，县委主要领导先后十多次到省里说明情况，主管副县长也曾先后几十次到省厅"据理力争"。虽然邱县名声"大损"，小康县的光环也蒙上了灰尘，但解决了"吃饭"问题，保证了公教人员工资的正常发放。事后，白清长说："报效国家，立足贡献，天经地义，但如果到了'当官养不起衙役'的时候，就不能硬撑了。否则，就会'天下大乱'危害党和人民的事业。当前邱县稳定发展的局面，证明了我们这样做是负责任的。"核实了数字，经济发展就落了地，根据真实可靠的数据才能作出正确的判断，采取相应措施，刺激经济社会的健康协调发展。邱县在这种情况下，没有压着企业搞上缴，而又做出对工业企业发展影响至深的一大举措——为企业减负。邱县前几年一直沿袭着企业上缴财政任务包干的做法。在企业生产经营形势较好的时候，企业尚能按任务包干上缴。但随着企业效益的连年下滑，有的企业就是没有盈利也要挤出资金上缴，致使企业流动资金严重匮乏，甚至连起码的技改资金和职工工资也无法保障，使企业走上愈缴愈穷的恶性循环，自身发展包袱沉重。对此，县委果断实行了"放水养鱼"的政策，对龙港化工、鸿翔纺织、神龙印染等利税骨干企业减免了上缴任务，并随着企业改制完成实行了依率计征。仅龙港化工公司就由原来上缴财政 220 万元降为依率计征后的 40 万元。这样做，虽然县财政暂时失去了一部分收入，却使企业得以休养生息，能够腾出资金抓技改、增投入，为企业发展积蓄了后劲。龙港化工、乐民纺织、神龙印染等企业大力实施技改，仅两年多时间，邱县传统企业就出现整体恢复性增长。目前，龙港化工由原来的单一小氮肥生产发展为小氮肥、液氨、甲醇、二甲醚四个产品，年实现利税达到 500 多万元。

破除"盲目招商风"，为民铺设致富路

在主导产业培植上，县委不刻意追求新、奇、特，而是根据邱县长期的产业发展实际，确定了"两白一绿"（棉业、羊业、林业）三大主导产业，并坚持一抓到底。邱县是全国优质棉基地县，58 万亩耕地常年植棉 40 万亩，棉花是支撑农民收入的当家产业，农民每年都把 80% 的土地种上棉花；邱县回族群众较多，他们有牛羊屠宰的传统优势，陈村回族乡是冀南的羊制品集散地，对羊业发展具有较强的带动作用；老沙河纵贯全县 30 多公里，两岸沙带为林业发展提供了广阔的发展空间。这些传统和资源优势就是"两白一绿"三大产业的基础。

如果脱离这些优势而发展其他产业，对资源、对效益都不是最佳选择。

在采访中，这一思路的可行性也得到了印证。一些群众说，我们以前也种过大棚菜，推广过苹果树，养过牛、鸡。但不是没有技术就是没有销路，结果都"水土不服"。现在县里提出"两白一绿"，我们乐意接受。科学发展观强调的是科学，来不得半点虚假，把经济发展建立在扎实可靠的基础之上，是对一地主政者的起码要求。但就是这一简朴的道理在一些地方也难以落实。数字能上不能下，速度能高不能低，对上报喜不报忧，最终损害的是百姓和国家的利益，与科学发展观的要求相悖离。（2005 年 9 月 20 日）

穷县发展更需要"和谐"
——一个经济弱县的科学发展观（中）

在卸掉经济指标的"包袱"后，邱县开始踏上了以科学发展观统领全局、和谐发展的路子。该县县委书记白清长说："对于一个穷县而言，加快发展是第一位的，但这个发展不能是攻其一点，不及其余，一定要立足于和谐的全面的发展，这样才能有持久的生命力。"

打破"思维定式"，聚集"民本基础"

在采访过程中，记者深切感受到，尽管邱县还是农业县，但其发展思路、发展定位、发展模式已经打破了传统思维定式，向工业强县迈出了实质性步伐。他们注重经济内部的和谐发展，以精深加工业为主导的农业产业化格局初步形成。棉业、羊业和林业的效益已经显现：近百家的棉花精深加工企业为邱县赢得了"棉花之乡"的金字招牌，集榨油、轧棉、纺纱、织布、印染于一体的棉花加工一条龙型经济已经形成，产业集群效应初步显现。康远公司等羊业发展龙头企业，不但带动了全县羊存栏的增长，并以"公司＋农户"的模式，建立了龙头企业与农户之间的新型合作关系。在旦寨乡枣坡村羊场，记者看到了成百上千只羊和一排排整齐的羊舍。村民赵新兰说，经县委、县政府的"撮合"，他已和康远公司签订了羊只销售订单，养羊不愁卖，卖羊不愁卖不出好价钱，年获利1万余元。通过三年锲而不舍的植树造林，全县新植树木800万株，林地面积已达13.6万亩，森林覆盖率由三年前的8%猛增至20%。在该县东锚寨村，记者看到的是成片的速生杨。很多群众在树下种了百合和花卉，有的在树下养起柴鸡。该村村民谈银军告诉记者："过去农民把种树当成副业，这两年县里鼓励种树，还给补贴，种树五年成材，还能发展养殖业，比种其他作物合算。"在抓好主导产业内部链条延伸衔接的同时，他们没有自我封闭地发展，而是强力招商引资，实现县内企业与外资企业和高新技术企业的对接，建设了一批农业产业化龙头企业：总投资9000多万元的恒冠乳业、兴绿原公司、康远公司是养殖业龙头企业；总投资1200万美元的台资企业扭扭食品集团是食品加工龙头企业；总投资两亿美元的鸿祥纺织、神龙印染、龙兴纺织和常山富仕棉业是棉业加工龙头；另外还有天合制药、江宇动力等骨干新项目。

让物质文明和精神文明"双管齐下"，构建和谐县域

"经济发展仅仅是和谐社会的一部分，更重要的是要注重经济与社会的和谐发展，让群众充分享受经济和社会发展的成果。"这是白清长对经济弱县落实科学发展观一句感悟。这两年，邱县虽然财政十分拮据，但是他们在社会发展上的投入却令人不敢小觑。在教育上，针对群众反映强烈的农村中小学规模小、管理不规范、教育资源浪费等问题，邱县在全市率先对中小学布局进行调整，农村小学由172所撤并至50所，农村初中由15所撤并至9所，优化了教育结构，提高了办学水平。两年投资3500万元新建、修建校舍，购置了图书仪器，改善了办学条件。最近又启动了投资1300多万元的县一中扩建工程。在卫生工作上，邱县引进了利用西班牙政府贷款的价值220万美元的医疗设备；从省、市引进350万元资金用于乡镇卫生院升级改造，全县乡镇卫生院面貌焕然一新。针对医疗设施重复建设、恶性竞争、资源浪费的实际，将3家县级医院合并为两家，乡镇卫生院由原

来的 14 家整合为 7 家，全县居民的就医环境有了新的改善。在文化建设上，邱县立足"中国民间特色艺术之乡（漫画）"这一独特优势，一方面下大力培育壮大特色文化社团，探索青蛙漫画进一步发展壮大的新路子；另一方面组建了文联、鱼水情艺术团、清江诗社、诗词楹联协会、太极拳协会等群众性文化团体，定期开展"三下乡"和"彩色周末"活动，活跃了基层群众的文化生活。近年来，邱县农民漫画蜚声中外，不但在艺术上取得了长足发展，而且为推动全县经济社会发展作出了贡献，预防职务犯罪扑克被最高人民检察院肯定，并被国外媒体报道；计生漫画被全国推广；文明生态村漫画在河北省委大院展出；漫画图解中央 1 号文、漫画防"非典"等得到河北省委领导的好评。经济与社会发展是一个和谐统一的整体，但经济发展是显绩，更多的为政者把主要精力都投入到经济发展上，而致力于社会事业这些投入大且短期内看不见、摸不着的工作，让群众得到实惠，作为经济攒足发展后劲的潜绩，需要一个为政者深远的发展眼光。（2005年 9 月 20 日）

为官之要是对百姓、对历史负责
——一个经济弱县的科学发展观（下）

河北邱县在落实科学发展观上形成了自己的特色，也创造出了农业穷县的发展新路子。谈起这几年的探索，该县县委书记白清长代表这一届领导班子，谈起了体会。他说一个经济弱县落实科学发展观的关键要对历史、要对百姓负责，各种决策和工作要经得起时间、实践和历史的考验，不能再干劳民伤财的事情了，要用最小的决策成本、工作和群众配合的成本，来换取最大的经济社会效益，让弱县沿着一个科学发展的道路发展起来。

一、群众的利益高于一切，民情民意是检验决策的试金石。2004 年邱县决定实施道路扩展工程，建设、交通等有关部门制订了两套方案：一是东方大街南延；二是建设大街南延。这是直接关系群众切身利益的事情，在征求意见时难以形成一致意见，白清长提议交县人代会"公决"。在县十三届人大二次会议上，以无记名投票方式对该工程进行了票决。结果出乎意料，两套备选方案的支持率均不过半。有相当一部分代表认为，县财力有限，实施道路拓展短期内也不会收到效益。县委决定，尊重群众意见，两条大街拓展工程均暂缓实施，待时机成熟时再实施。在历史上，邱县曾搞过乡镇企业集资、修建广场集资，导致了一些欠账，群众颇有微词。白清长上任后，代表县委向全县干部群众郑重承诺："决不干花群众钱给个人脸上贴金的事，本届县委任内决不向群众集一分钱。"几年来，该县除了少量的教育捐资、残疾事业捐资外，从不动职工的工资和农民的血汗钱。去年，该县投资1000余万元实施了"村村通"工程，全县218个村有213个修建了村村通公路；投资近5000万元修通了邱旦路、改造了邱广路等县内干线公路，没有让农民拿钱，沿途群众欢欣鼓舞。

二、工作决策要经得起历史检验，经得起百姓评说，决不做竭泽而渔、杀鸡取卵的事情。白清长等县委领导认为，一届党委任期三五年，想出政绩也不太难，但这个政绩一定要以对历史，对后任、后人负责，决不能以"糟蹋祖宗遗产，抢夺子孙饭碗"为代价，来换取一时政绩的"辉煌"。城镇建设是展示一地经济发展水平的窗口，在城镇建设上，邱县没有盲目地"铺摊子"，而是立足经济和社会发展现实，对城镇发展规划进行了科学定位，投入数十万元资金，请国家级城镇规划专家进行论证，并按照"宁可慢些，也要好些"的原则，对每一条街的基调风格进行严格规划，不搞零敲碎打式的补充调整。邱县亟需大项目，尤其是大型工业项目的支撑，但在项目选择上不搞"饥不择食"，凡不符合国家产业政策，不利于邱县长期发展，经济效益再好也舍得说"不"。前年，有家污染不达标的造纸项目有意落户邱县，在了解真实情况后，邱县果断将其拒之县门之外。

2003年邱县建设投资5600万元的污水处理厂项目，其中国债资金3000万元，需地方配套2600万元。当时一些干部群众不理解，认为这是赔钱的项目，产生不了经济效益，但他们在地方财政捉襟见肘的情况下，仍下大力筹足匹配资金，建设了当时河北南部首家县级污水处理厂。目前，20 多家县属企业与污水处理厂实现了联网，日处理污水能力 3 万吨，将使县城规划区内 15.6 平方公里的生活污水、工业废水实现净化利用，也满足了今后十几年县城工业和生活垃圾处埋的需要。虽然污水处理厂带不来直接的经济效益，但不仅为今后县城规划区内的项目建设提供了必要条件，更为邱县人民提供了良好的生存环境。

三、不攀比、不急躁，注重打基础、增后劲，为后人、后任发展铺路子。换届以来，新一届县委班子正确处理了显绩与潜绩的关系，干了许多在别人眼里看"费力不讨好"的事情。如在产业发展上，把别人一向视为长线和冷门的林业作为三大主导产业之一倾力打造，县乡村三级花费了大量心血，彻底改变了"年年栽树不见树"的历史。但是，短期内林业对县域经济发展不会有大的贡献，只有等三五年之后其经济效益才会显现。

在招商引资上，他们致力引进的大项目三五年内对县财政没什么贡献，甚至在项目征地上县财政还要贴钱，只有等几年后，这些产业和项目效益才能真正显现。对此，白清长说："为官一任，想干出一些看得见、摸得着的政绩，是每一个领导干部的正常心态。但这个政绩要服从当地经济发展的总体水平和所处的历史发展阶段。"在企业发展上，每年都把企业技改纳入重点推进项目之列，投入数千万元技改资金。他们还投资 6500 万元实施了电力城网、农网改造工程。这些都属于长线性工作，对邱县今后几十年发展都会起到积极作用，虽然本届县委、县政府见不到政绩，但是对邱县今后发展有着长远而积极的影响。

四、明确用人导向，重用有科学发展观的人。县委班子在用人上力倡形成一股清新之风不唯资历、不唯身份、不唯年龄，不拘一格选人才。原香城固乡副乡长张贵岭年仅 28 岁，经过公开选拔进入县委视野，拟任县科协主席一职。有人担心该同志资历浅，怕难担此任。县委班子坚持任人唯贤，支持组织部按成绩和考评的程序综合得分，确定人选，最终张贵岭走上了科协主席岗位。一年多来，他先后策划并牵头举办了邱县籍博士专家献计献策、聘请老专家到邱县作科普报告等一系列开创性工作，打开了科协的工作局面。县科技局干部董洪波已年届六十，按规定早应退休，但是该同志素质过硬，在科技战线享有很高的威信，且拥有十几项国家级和省级专利。县委多次挽留，董洪波深受感动，在工作上焕发二次青春。农民韩修龙自学成才，书法作品和文学作品经常在全国全省获奖，是省作协会员，为邱县民间文艺的繁荣作出了积极贡献。2003 年，他被选举为县文联副主席，大大激发了邱县大批文学艺术创作人员的积极性，仅 2004 年全县就有正规出版社出版作品五本。

五、以发展为宗旨，在发展中寻求解决所有问题的答案。科学发展观的立足点、着眼点在发展，一些问题只有在发展的过程中才能逐步解决。在推广林业种植时，鞠辛庄、东锚寨两个村把全村 90% 的土地都种上了树，头两年种树基本不影响其他农作物的收成，但树木长大后，怎么办，许多人都有这样的疑问。随着树木的成长群众在树下种百合、养柴鸡，又形成了一些新产业，种树影响收成的问题迎刃而解。在企业改制工作上，邱县提出"企业不改不活"，把所有企业都推向改制的前台，包括商、粮、物、贸、社系统。一些人担心企业改制后实行依率计征，财政支柱可能垮掉。但随着企业改制的进展，企业迸发出新的活力，企业缴税不减反增，消除了一些干部的疑虑。在建设县污水处理厂时，许多人担心污水处理厂建起后也难以正常运转，还要背负国债包袱，但邱县依托污水处理厂的中水回用功能，在污水处理厂旁引进一家用水大户，投资上亿元的棉浆粕项目，仅此一个项目就能实现污水处理厂的正常运转。这些探索说明，只有致力于发展，按照科学发展观的要求，在发展中寻找解决问题的办法，就能把各项事情办好。（2005 年 9 月 20 日）

河北威县青年培育模式调查

新形势催生青年培育新模式
——河北威县青年培育模式调查（上）

近两年来，河北威县着眼长远，站在巩固党的执政基础、加强党的基层组织、保持党的先进性、实现科学发展的战略高度，结合实际，大胆创新，实施了青年培育工程，分层次培育青年干部、农民、工人、学生，着力探索培育 35 周岁以下青少年爱党爱国、坚定信念、能力突出、勇于担当、善于创新的优秀青年。这种"党性信念为基础、远离宗教及各种邪恶势力是关键、创业受益是目标、培训搭台、因材施教、跟踪培养、终生建档"的青年培育模式，使一批优秀青年脱颖而出成为全县干部队伍和农村发展的骨干，党的基层阵地得到巩固，执政基础进一步稳固。

新形势催生新要求

威县位于河北省南部黑龙港流域，总人口 58 万，522 个行政村，境内五教都有，信教群众达 4.05 万人，是河北省民族宗教工作重点县。该县县委书记段小勇介绍，面对经济转型加速期和社会矛盾凸显期，县委把实施青年培育工程，作为加快发展、与宗教和宗族势力争夺阵地的基础工作来抓，是在深入调查研究的基础上作出的一项具有战略意义的举措。实施青年培育工程是巩固党的执政基础的需要，是促进青年茁壮成长的需要，是传承"红色基因"的重要保证，是实现富民强县的需要。

新要求呼唤新做法

威县在青年培育工程实施过程中，针对不同的培训主体，采取了不同的培训方法，有的放矢、因材施教，使培养对象能在短期内对党的认识深化，自我的觉悟提高。具体体现在：

一、核心引领，信念锻造，打造敢于担当的青年干部队伍。针对青年干部普遍存在有文化但理论功底不深，有思想但实践经验不足，有活力但操作能力不强的现象。该县在培育过程中，分期对 35 岁以下优秀青年干部进行为期一年集中培育，探索形成了选、教、练、管、用"五位一体"培育新模式，首期 310 名学员已顺利结业，二期 100 名学员正在培育。

1. 为青年干部"定调子"，坚定理想信念。把加强党性锻炼作为必修课，制定了评分标准，实现了党性教育"软"任务"硬"考核。以班组为单位成立了学员临时党支部和党小组，变阶段性工作为经常性活动；广泛开展党史知识系列教育活动，把《中国共产党历史》《红色的土地、英雄的人民》《中共威县历史》等书籍作为青年干部的必修课，邀请韶山毛泽东纪念馆首任馆长马玉卿教授举办党史知识讲座，举办"学党史，爱家乡"知识竞赛。通过参观警示教育展，加强学员世界观、人生观和价值观的改造。

2. 为青年干部"开方子"，增强综合素质。坚持理论联系实际、学以致用的方针，变传统的"填鸭式"说教为多种教学方法的综合运用，探索实施了研讨式、互动式、案例式、现场式、交流式、情景式、辩论式、体验式等教学新方法，充分调动了教师和学员两方面积极性，做到教学相长。把马克思主义中国化最新理论成果、党史近代史、青年干部素质与能力建设、市场经济与省市县情等 7 方面内容细化为 51 个专题，并制订了详细教学计划；指定了《毛泽东选集》等 12 部自学书目，并确定了 24 个自选专题，丰富学习内容；定期邀请清华大学、南开大学、河北工业大学、苏州大学等省内外高校知名教授讲授城乡建设、产业政策、招商引资等知识，增强了学员战略思维能力。

3.为青年干部"搭台子"，注重一线锻炼。针对青年干部缺乏克难攻坚经历现状，设置了一系列丰富多彩的实践锻炼课，把学员放到招商引资和项目建设、城建拆迁与土地储备、信访稳定和后进村转化等急难险重工作一线接受实践锻炼，形成"人才到一线锻炼，干部从基层选拔"的干部培养选拔链条。围绕服务企业和农村，先后选派青年干部学员到乡镇、村、企业挂职锻炼，形成高质量调研报告86篇，为领导决策提供科学依据。围绕服务中心工作和重点工作，先后选拔79名年轻干部充实到招商引资和项目建设一线接受实践锻炼，抽调127名年轻干部深入到"三年大变样"、新农村建设、信访稳定一线进行实践锻炼，抽调104名同志参与后进村转化治理工作，并在实践锻炼期间探索实行"导师制"管理，按照"一项重点工作、一个工作班子、一名分包领导、一套推进机制"模式，明确分包领导为一线锻炼干部的导师，采取"师傅带徒弟"的模式，具体指导和带领一线锻炼干部开展工作，既压任务也教办法。同时，县委组织部建立一线干部锻炼专门档案，长期跟踪他们工作中的成长变化，为择优重点培养使用提供依据。

二、价值洗礼，两翼齐飞，培养具有高度觉悟的青年工人和青年农民。国以民为本，党以民为基。发展生产、建设家园，群众力量尤为重要。面对建设特色工业强县和特色农业强县的目标任务，迫切需要一支"长、宽、高"型（有一技之长、致富门路宽、政治素养高）青年工人和农民队伍，成为加快发展的生力军。

1.思想上引领，凝聚强大的内生动力。以社会主义核心价值体系为导向，针对青年工人、农民特点，开展内涵丰富的主题教育活动。组织政策水平高、文学素养好、群众工作经验丰富的同志，对社会主义核心价值观、中国特色社会主义等理论内容重新加工，以民歌民谣、威县乱弹等群众喜闻乐见的形式表现出来，便于青年工人、农民消化吸收。抽调各单位理论骨干组成宣讲团，深入乡村、企业，巡回宣讲党的惠民政策和职工合法权益、党的优良传统和作风，增强青年工人和农民的主人翁意识；组织观看冀南党史图片展和中共威县历史展，激发青年工人农民爱祖国、爱家乡，为威县发展再立新功。广泛开展青年工人依岗承诺和先锋志愿者活动，激发青年工人爱岗敬业、岗位奉献热情；通过开展青年农民设岗定责、评星挂牌、党员示范户评选等活动，激发青年农民带头致富、带领群众致富的内生动力。

2. 学习上提升，打造过硬的基本功。利用重要节点和读书周，宣传知识的重要，营造崇尚学习的浓厚氛围；通过开通农信通、工信通信息平台，定期发送各种实用技术，调动青年工人、农民自主学习的积极性。依托县职教中心、农广校、电大等办学机构，开办职业技能教育专题培训，引导青年工人、农民积极参加学历教育。两年来，共有 1.2 万名青年工人和青年农民取得绿色证书和岗位资格证书。建成威县图书馆，引进一大批关于技术操作、农业生产等方面的书籍，方便青年工人、农民借阅；利用远教接收平台，开设安全生产、操作技能、棚菜种植、畜牧养殖等专题专栏，方便他们点播。倡导"213"学习法，即工人每周两小时学时事、1 小时学安全、3 小时学业务；农民每周两小时学政治、1 小时学科普知识、3 小时学实用技术；在县电视台开播威县农民频道，全天 24 小时滚动播出农业科技知识、崇尚新风剧目等，让群众足不出户就能站在"三农"前沿；县财政投资 1000 余万元，为每村装备了农家书屋，给农村青年提供丰富的精神食粮。

3. 技能上强化，增强创业本领。青年工人农民是一线操作者和实施者，是实现全县经济腾飞的直接推动者。通过实施"实用技术人才培养"工程，不断强化技能，提高职业能力。实行订单培训，县职教中心根据企业用工情况，开设了铣工、钳工、数控车床、棉花纺织、电子信息等技能培训班，并颁发职业资格证书和结业证书，目前已培训 5800 余人，85% 员工在本地园区企业就业；开展"送教下乡""持证下田"活动，依托农村两室、种养殖示范基地，对青年农民开展种养殖技术培训 116 期次，累计培训 1.1 万名青年，使 92% 青年农民具备了 1—2 门的实用技术。实行帮带培养，采取"名师带高徒"模式，每年选聘 100 名技术骨干帮带 1000 名学徒，选出 10 名实力雄厚的经营者扶持 100 名创业者，帮技术、帮资金、帮管理、帮服务，涌现出 38 个汽摩配件、葡萄栽培、棚菜种植等特色专业村，850 个示范专业户和 390 个创业示范者。广泛开展十大致富能手、能工巧匠、岗位技能大赛等活动，真正让"身怀绝技"的青年工人、农民脱颖而出，近年来共培树"青年技术能手""生产岗位标兵""种植（养殖）能手"150 人，免费赠送《河北农民报》或《河北工人报》，激发青年工人农民学习技能的积极性。

三、信仰塑造，薪火相传，引导青少年学生树立坚定的理想信念。一个青年的成长关乎一个家庭的幸福，一代青年的成长关乎一个民族的前途。对青少年进行思想教育，让他们了解党的基本知识、了解党的光荣传统和优良作风，培养青少年对党、对人民、对社会主义祖国的感情，是保证党的事业继往开来、后继有人的关键之举。

1. 强化着力点，突出阵地教育优势。将冀南党史纪念馆、114 烈士陵园、义和团纪念馆等爱国主义教育基地作为主阵地，对青少年学生开展爱国主义和革命传统教育。结合青少年成长特点，专门编写了学生版讲解词，增强情节性和趣味性。同时，聘请优秀学生担任"志愿讲解员"，既起到学习教育的目的，又树立了孩子们的自信心和荣誉感。为达到更好地教育效果，对冀南党史纪念馆进行了重新装修，完善了声光电系统，充实了一大批党史资料、照片，并搜集邓小平、刘伯承等老一辈革命家在威县战斗生活时用过的物品，生动形象地反映威县革命的光辉历程及革命先辈艰苦奋斗、顽强拼搏的作风；对 114 烈士陵园进行了修葺绿化，进一步营造了庄严肃穆的环境。

2. 找准结合点，开展特色主题活动。为增强教育活动的实效性，在抓好主题教育、重要节点的同时，抓住入学、入队、入团以及成人宣誓仪式等对青少年成长具有特殊意义的重要时刻，开展爱国主义和革命传统教育，增强党史教育对青少年人生的指引作用。充分利用青年节、儿童节、"七一"和国庆等重大节点，以征文、演讲、朗诵、表演、歌唱等形式，开展丰富多彩的主题教育活动，形成贯穿全年的教育主线。围绕全党重要活动，如社会主义荣辱观、学习实践科学发展观活动、庆祝抗战胜利 65 周年、创先争优活动、庆祝建党 90 周年等，在青少年学生中开展主题教育活动，突出教育重点，反映教育热点，使青少年活动在潜移默化中接受党的洗礼。

3. 探寻切入点，创新党史教育模式。通过积极转变教育模式，进一步扩大党史教育的影响力和实际效果。县电视台开设了"在鲜红的红旗下"栏目，生动展现新中国成立前老党员英勇奋战、领导干部为民情怀和普通党员无私奉献精神；充分利用黑板报、宣传栏、画廊等平台，组织青少年学生以文字、漫画等多种形式宣传党史知识；开展"90位优秀共产党员给90后青少年学生上团课、队课"活动，坚定青少年永远跟党走的决心。同时，聘请各行业的优秀共产党员担任校外辅导员，加强对青少年学生的日常教育。（2009 年 9 月 23 日）

新机制塑造新时代优秀青年
——河北威县青年培育模式调查（下）

经过两年的探索，河北威县青年培育工程，在实施过程中注重体制和机制创新，形成了行之有效的制度保障，也带来了崭新的效果示范效应。

新机制形成新保障

为防止培育工程流于形式，切实增强培育实效，县青年培育工程办公室探索实施了一系列保障措施，保证培育工程沿着健康轨道运行。

——组织保障机制。成立了由县委书记任组长，分管常委和政府副县长任副组长的培育工程领导小组，下设青年干部、青年农民、青年工人、青年学生四个培育小组，组长分别由分管常委或政府副县长担任，并抽调县委组织部、宣传部、农工委、人劳社保局、工信局、教育局、农业局等部门专人组建了专门办公室，具体负责各层次青年的日常培育工作。为增强培训实效性，县青年培育工程办公室分层次对全县青年开展培训需求调研，全面摸清各层次青年的知识结构、学历构成、培训需求等。在此基础上制定出台了《关于实施青年培育工程的意见》《实施方案》和《培训计划》，为培育工程的全面实施提供组织和制度保障。

——师资保障机制。整合党校、农广校、技工学校、电大等师资，抽调理论素质较高的县级领导、县政府宏观管理部门的业务骨干、乡村一线实践经验丰富的优秀人才和离退休老党员、老干部组成兼职教师团，并广泛选拔种养大户、创业致富带头人等"土秀才"和行业标兵、技术骨干、加工能手等"金牌技师"充实到教师队伍，增强授课针对性和趣味性。同时，与河北工业大学签订战略培养协议，定期举办产业政策讲座；依托县城经济技术开发区、常庄梨园屯汽配工业区和七级建材工业区，章台、高公庄蔬菜生产基地，第什营、侯贯养殖小区，建立了23个实训基地，由基地"师傅"现场教学，增强学员的动手操作能力。

——培训管理机制。实行分级负责制，青年干部由县委组织部负责以县委党校为主阵地；青年农民由农工委牵头，其他涉农部门参与，以各村农民夜校为主阵地；青年工人由工信局牵头，以各单位职工学校为主阵地；青年学生由县教育局负责，各中小学具体实施。实行项目式运作模式，每年由县财政拿出300万元作为培训基金，根据各站点培育情况，划拨培训经费。实行月报告、季督查、半年通报、年终考核制，各站点每月初上报上月教学计划落实情况、学员听课情况、存在问题、改进建议，由乡镇汇总后上报县青年培育办公室；季末由县青年培育办公室采取走访座谈、现场查验、问卷调查、知识测试等形式，对培训情况进行抽查；年中由县青年培育办公室依据对各站点的组织培训情况、学员到课率、课题秩序等进行通报排名；年底把各乡镇、各单位落实教育培训情况，纳入各单位年度考核的重要内容，并根据考核结果进行命名表彰优秀辅导站点。为体现规范性，实行实名签到制，分门别类建立培训学习档案，并根据培训情况，对档案资料进行随时更新，做到底数清、情况明。

新探索带来新效果

威县青年培育工程形式新颖、内容丰富，为全县青年队伍建设注入了新的生机活力，广大青年在潜移默化中，自我调整、自我校正、自我平衡、自我超越、自我奋进，在激扬正气中形成了共谋发展的强大合力，唱响了威县腾飞的铿锵旋律。

一是巩固了党的执政基础。青年培育工程从一开始就注重采取寓教于乐的灵活方式，加强理想信念和宗旨观念教育，引导青年爱党爱国爱家乡，有效巩固了党的执政地位。通过培育实践，广大青年进一步转变了传统的生产方式、生活方式和价值观念，培养起正确的集体观念、高尚的道德修养、良好的社会风尚、文明的行为习惯。如今，在广大青年中信教赌博、游手好闲的少了，崇尚文明、崇尚科学的多了；打架斗殴、酗酒闹事的没了，讲究法制、追求正义的多了；小富即安、小富即满的少了，求大发展、大跨越的多了，科学发展、赶先进位已成为广大青年的共同价值追求。据统计，全县信教群众由 2009 年的 4.6 万人，下降到目前的 4.05 万人；到县以上信访案件由 2009 年月均的 23.7 件，下降到目前的 14.1 件，全县上下人心思进、政通人和，呈现出一派欣欣向荣的景象。北狼窝村青年妇女张青连，她为帮助计生贫困户早日走上致富路，积极发挥自己的特长，多次举办缝纫培训班，利用家庭兄弟姐妹在外工作优势，介绍她们到外地做季节工，从而增加了计生贫困户的经济收入。她也成为一名光荣的中国共产党党员。

二是加强了党的基层组织。通过开展青年培育工程，对德才兼备的优秀青年委以重任，给想干事的青年干部一舞台，给能干事、干成事的青年干部一岗位，较好地实现了选任关口的前移。按照"多出人才，出好人才"的要求，在农村实施了"一村一名好青年"评选活动，采取演讲答辩、投票表决的形式，推选出自己心目中的好青年，进行大张旗鼓地表彰奖励，并作为农村后备干部进行重点培养，让农村青年学有榜样，赶有目标；对优秀青年干部，选派到急难险重工作一线进行实践锻炼，使基层单位在推进工作的同时，增强了党组织的凝聚力、战斗力。据统计，在全县青年干部、青年农民和青年工人的广泛参与下，全县 52 个软弱涣散后进支部得到顺利转化，并有 12 个支部跨入先进行列；两年来将 5600 多名农村青年党员培养成技术人才，将 4350 名青年技术人才培养成入党积极分子，青年党员中的394名技术人才推选为村干部，为党的基层组织注入了新鲜血液。

三是激发了青年活力。威县青年培育工程增强了广大青年在理想指路、素质强身、创业致富、修身处世等方面的自觉性、主动性和积极性。如今，在青年干部中形成了自觉学习、大胆实践、勇于担当的新氛围，在青年农民中形成了崇尚科技、情趣健康、言行文明的新风尚，在青年工人中形成了爱岗敬业、无私奉献、革新求变的新境界，在青年学生中形成了信念坚定、志向高远、活泼向上的新气息。涌现出自办琪林养鸡专业合作社的退伍青年谷建朝，创办全财棉业的青年农民企业家刘庆田，创办利民养猪场并注重生态环境保护的李东辉等一批青年农民创业典型；涌现出一批默默无闻、勇攀高峰的产业技术工人，如自主研发灰线喷洒机、路面吹风机等设备的青年护路工人刘玉霞，设计"斜铁式跟踪切断刀片装置"的青年工人李步肖等先进典型。广大青年正在成为创先争优活动的"排头兵"，急难险重一线的"突击队"，推动发展的"生力军"。该县红桃源村19岁学生赵学增，2008年中考成绩498分，名列全县298名，属于中上水平，被县一中录取。但入学后，他一度沉迷于网络小说，学习成绩直线下滑，最低考过全班倒数第9名。通过学习党史、参观冀南党史展等活动，被革命先烈们为了崇高理想而抛头颅、洒热血的奉献精神深深地打动，激发了他刻苦学习、报效家乡的热情。从此，他端正了学习态度，加倍努力学习，今年高考取得了526分的好成绩，被省内高校录取。

四是党的亲和力逐渐凸显，青年人能逐步成熟，能正确处理宗教的影响。贺营乡祁王庄村，离邢台市天主教主教府2.5公里，该村共有人口925人，其中信教群众513人，35岁以下青年占136人，村内建有教堂。通过实施培育工程，该村信教群众特别是青年信教人数明显减少，参与做弥撒等宗教活动比以前有所减少，广大青年农民学科技、学技术积极性日益高涨，外出打工、带头致富青年逐渐增多。全村有近百名青年外出打工，信教青年李华晨回乡建起了家具加工厂，吸引全村及周边近百名农村青年就业。在去年新建村组织活动场所时，群众自愿集资8万元、组织部拨款7.5万元、乡村自筹6万元，建成了建筑面积400平方米，集读书看报、娱乐消遣、议事决策、服务说事于一体的多功能场所，深得群众拥护。

五是促进了县域经济发展。通过培育引领，全县各行各业青年在促进县域经济发展上迎风破浪，尽显作为。青年干部史灿新积极参与全县招商引资活动，不仅成功引进投资4000万元的木炭加工项目，而且响应县委号召，创办了春风散热片厂，吸纳50余名剩余劳动力实现再就业；常庄乡鸭窝村党支部书记潘进广，不仅带头创办鑫源四通汽车配件有限公司，还积极扶持其他村民开办汽配、橡胶、橡塑等加工企业11家，使该村成为远近闻名的汽摩配件专业村；辰威铝业有限公司车间主任刘兰仲，研制的无机硅包覆铝粉和真空镀膜电镀铝银浆，填补了国内空白。据统计，全县青年干部引进项目55个、协议资金26.7亿元，实现和谐拆迁5.9万平方米，青年农民和大学毕业生创办企业摊点114家、创办个体工商户2135个，青年工人进行技术革新239项，为企业节约成本近千万元。实践证明：只要方法得当、正确引导，就能最大限度地激发青年干部身上蕴藏的不可估量的积极性和创造性，促使他们在各自岗位上大显身手，在人生的舞台上演绎精彩。（2009年9月23日）

党建及社会治理调查

调研报告 ⊙

河北魏县邵村强组织　谋发展　实现由乱到治

河北省魏县东代固乡邵村曾是全县红旗村，由于历史遗留问题不断积累，1998年发生了惊动党中央的"邵村事件"。而后，邵村陷入四分五裂局面，村民间矛盾重重、村内环境脏乱差、村经济十多年没有发展。近年来，魏县转变作风，坚持从群众最关心的事情做起，通过"强组织、办实事、谋发展"使这个问题村发生了可喜变化。

"邵村事件"后四分五裂治理邵村成难题

邵村是一个有3800多口人的大村，过去曾是全国绿化模范村、县红旗村。1996年前后，由于果园承包、征购提留、家族矛盾等遗留问题不断积累，干群关系紧张、矛盾激化。1998年11月26日，发生了惊动党中央的"邵村事件"，造成村民1死5伤，时任县委书记、副书记、公安局长等县、乡领导分别受到免职、撤职等党政纪处理。

"邵村事件"发生后，邵村分为邵东、邵西、后邵、邵中四部分，不是按照地理位置划分，而是谁和谁的立场、观点一致就自由结合到一起，以至于亲爷俩、亲哥俩分属不同的生产组，党员分属不同的支部。全村意见难统一，事事难办成，惠农政策落实不好，群众吃尽了苦头。

邵村成了市县乡领导的一块心痛，12年来，换了10任乡党委书记，都没能使邵村有起色。

接"烫手山芋"要敢于啃硬骨头

魏县县委书记齐景海分析说："从深层次看，是干部工作方法简单粗暴、党的政策宣传不够、处理群众利益不公，多年问题叠加积累造成邵村党群干群关系严重对立，症结在于村党组织软弱涣散、党员干部的先锋模范作用没有发挥好。"

为此，齐景海于2008年7月上任伊始，就把邵村作为自己的联系点，多次进村入户体察民情，寻求治理邵村的突破口。特别是在创先争优活动中，魏县县委决定把"合村建总支、党员亮旗帜、实事暖民心、致富奔小康"作为打开邵村这把"十多年锈锁"的金钥匙。

在为邵村党员干部组织的专题学习培训班上，县委书记、组织部长亲自讲课。新上任的东代固乡党委书记刘忠良说："邵村人祖祖辈辈和睦相处，近十年来却互相争斗，不但谁家也没得到好处，而且使怨恨更深。如果再这样斗下去，邵村将与邻村的差距越来越大。这是邵村分裂十多年的深刻教训！"县、乡领导一句句掏心窝子的话让邵村党负干部开始反思过去。当年参与"邵村事件"的村干部李文堂说："十多年折腾来折腾去，最后伤的还是我们自己。"

魏县聘请专家、学者、致富能手和优秀村支书为邵村党员干部讲党课、传技术，并组织他们走出去参观先进村。通过学习和交流，邵村党员干部认识到，邵村原来先进，在于有一个好的村班子；现在瘫、乱、穷，原因是没有一个坚强的村班子。

在广泛征求意见的基础上，新的邵村党总支成立了。以前你争我斗的村干部们，如今坐到了一条板凳上。魏县财政拿出9万多元，为邵村党总支建成7间高标准的村级活动场所。同时，健全了一系列教育学习、议事决策、民主生活会、党务公开等制度。

邵村原有 79 名党员，其中改革开放前入党的占 80% 以上，近十多年来没有发展过新党员。为解决党员年龄老化、观念陈旧的问题，去年以来，邵村先后发展党员 14 名、入党积极分子 26 名，一批高中毕业生、退伍军人、致富能手成为党组织的新鲜血液。

邵村党总支的成立为全村团结稳定和干事创业提供了组织保证。县长殷立君说："邵村如今拧成了一股绳。这说明，邵村群众是通情达理的。接下这块'烫手山芋'关键是要敢于正视矛盾、敢啃硬骨头、敢蹚浑水。"

用干事创业消弭矛盾，凝聚民心

瘫痪多年的邵村如何能由乱到治？县委书记齐景海认为，就稳定抓稳定，早晚会不稳定；担心出事而不干事，早晚会出大事。只有把邵村的党员群众引导到干事创业上来，用发展的成果改善群众生活，才能最大限度地消除不稳定因素。

魏县组织交通、水利、电力等部门到邵村解决实际问题。为解决群众出行难，魏县交通等部门帮扶 40 万元，党员干部带头集资 15 万元，对村内 3.2 公里的街道全部进行高标准硬化。邵村原来一直用邻县的高价电，价格高达 1.6 元 / 度，用电高峰时，别说浇地，就连照明也难保证。魏县安排电力部门改造邵村电网，群众用上了磁卡表和平价电，结束了十多年来使用外县高价电的历史。魏县还安排水利部门以每户 160 元的优惠价格为邵村居民接通了自来水，仅此一项，全村 900 户共节省支出 18 万元。

当看到县、乡在真心为邵村办实事时，邵村党总支组织党员干部带头，群众参与，投入到修路、办电、引水工作中，群众在干事中摒弃前嫌，消除隔阂。

邵村依托果园产业基础，村党总支多次聘请技术人员为果农免费授课，帮助村民，更新果树，提高果品效益，发展采摘经济。2010 年，邵村果品总产量由 2008 年的 6500 吨增加到 8100 吨，净增加收入 320 万元，人均增收 800 多元。同时，这个村积极引进果品、养殖、肉食品加工、蔬菜大棚等项目，吸引外出成功人士回村办企业，鼓励群众投资创业，有效带动全村经济发展。（2011 年 3 月 16 日，合写者王民）

威县以三种文化塑造社会主义核心价值观

两年多来，河北威县以"红色文化引领、传统文化辅助、群众文化活跃"三种文化塑造社会主义核心价值观，引导群众正确认识文化、感受文化、享受文化，用文化内动力推动区域经济社会发展，取得了良好效果。

县委书记段小勇说，威县位于河北南部，有 58 万人，境内五教俱全，信教群众达 4.05 万人，社情民意复杂。面对这种县情，从 2009 年开始，威县转变发展思路，弘扬红色文化、挖掘传统文化、活跃群众文化，落实发展规划、创新文化机制，通过文化大发展、大繁荣塑造全县人民群众的社会主义核心价值观，通过文化推动全县经济社会发展。

一是以红色文化为中心塑造社会主义核心价值观。威县曾经是冀南区党委、行署、军区及所属机关所在地，有丰厚的红色文化底蕴。前些年，文物损失严重，参加革命的不少老党员相继去世，党史文化保护和继承成了问题。从 2009 年 7 月开始，威县县委派人跑遍十几个省市，走访 3000 多户干部群众，抢救整理了一大批珍贵党史资料，建成冀南党史展览馆，出版《冀南区首府威县革命斗争纪实》等书籍和影像资料。

在此基础上，威县开展形式多样的党史教育，引导干部群众特别是青少年继承党的优良传统、辩论证认识现实问题、树立正确信仰追求。一年多来，有 10 万名中小学生参观了冀南党史展览馆，出版的党史图书和影像资料全部送到各机关单位和村党支部，组织群众学习讨论，进行新旧社会和改革开放前后对比，使群众真正认识到了党对群众的关心，也认识到红色文化的内涵和生命力。农民王寅杰说："过去看到很多党史资料遗失很痛心，县里建成了展览馆，可以随时参观学习党史，深受教育。"

针对民族宗教大县实际，威县开展了青年干部、农民、学生党性培育工程，让农民自己组织演讲、群众自我感悟，5万多名干部、农民和学生从中受到深刻教育。

二是挖掘传统文化，与时代发展结合，赋了传统文化新的形式和内容。威县是文化部命名的"中国民间特色文化艺术之乡"，有省级以上书协、美协会员147人，书画人才2000多人。威县制定发展规划，列入财政预算，挖掘传统文化，激发群众活力。在每个村建成文化大院，多次举办威县农民书画展、周围五县书画联展。一批书画新人走向全国，有150多人在全国获奖。目前，全县爱好书画艺术的农民突破两万人，成为活跃农民文化生活的主力军。

在推动书画艺术群众化的同时，威县积极保护和修缮历史遗存。在做县城规划时，发现明朝都察院御史王浚墓正好在一条主要街道上，为保护好这座古墓，把道路一分为二绕开古墓，修建了王浚公园。目前，包括威县义和拳议事厅在内的24处文化遗址不仅得到保护，还成为中小学生受教育的场所。中学生郭晓寒说："参观了义和拳议事厅才知道，威县是义和拳运动起源地，虽然最后失败了，但他们不畏列强、挽救中华民族命运的壮举永远值得缅怀，这是爱国主义的真实表现。"

威县还积极挖掘传承14项非物质文化遗产，编印了《威县非物质文化遗产代表名录和传承人名单》。很多年没有起色的威县乱弹、梨花大鼓等传统曲艺焕发新春，把它们与传播红色文化结合，创作了不少抗战题材新剧目，《冀南香城固战斗》常演不衰，威县还专门拿出事业编制帮助传承这两项国家级非物质文化遗产。

三是活跃群众文化，丰富群众日常生活。群众自发组织京剧协会、民间花会、秧歌协会等群众文化组织400多个，每年两次举办群众文化汇演。近两年，威县建成了大剧院、图书馆、档案馆，各个乡镇建成综合文化站。投资3000多万元，建成了占地135亩的人民广场，不仅为群众休闲娱乐提供了好去处，还积极组织群众开展反映时代精神、歌颂美好生活的各种文艺演出活动。

威县以"红色文化引领、传统文化辅助、群众文化活跃"三种文化塑造社会主义核心价值观，带来了全县崭新的发展局面。

——扩大了党的群众基础，挤压了宗教发展空间。两年来，信教群众逐年递减，青年群众入党热情越来越高。据统计，全县信教群众由 2009 年的 4.6 万人，下降到目前的 4.05 万人。贺营乡祁王庄村共有人口 925 人，其中信教群众 513 人，35 岁以下信教青年有 136 人。通过实施培育工程，祁王庄村信教群众明显减少，弥撒等宗教活动有所减少，外出打工、带头致富的青年逐渐增多。信教青年李华晨不仅脱离了宗教束缚，而且回乡办起了家具厂，吸引村内及周边百余名农村青年就业。

——群众观念发生变化，文明生活成为时尚。如今，威县青年信教赌博、游手好闲的少了，崇尚文明、崇尚科学的多了；打架斗殴、酗酒闹事的少了，讲究法制、追求正义的多了；小富即安、小富即满的少了，求大发展、大跨越的多了。信访案件由 2009 年的月均 23.7 件，下降到目前的 14.1 件。梨园屯镇红桃园村 19 岁学生赵学增，一度沉迷于网络小说，学习成绩直线下滑，通过学习党史，被革命先烈们的奉献精神激发他刻苦学习、报效家乡的热情。今年，赵学增以 526 分的高考成绩，被二本院校录取。

——新文化塑造新型农民，一批典型脱颖而出。常庄乡孙庄村农民孙华杰致富后不忘乡亲，投资 50 多万元建起了幸福院，免费赡养孤寡老人。目前，共有来自 6 个村的 13 位孤寡老人在这里得到照顾。此外，威县还涌现出"中国好人"张现增、"河北见义勇为英雄集体"梨园屯冰窟救援群体等一批先进典型。

——文化大发展给群众带来经济实惠。2010 年，全县居民人均储蓄 8500 元，比 2008 年增加 2459 元。李庄村党支部书记贾东华说："人均收入增加的背后是生活方式的改变和生活质量的提高。过去群众晚上和农闲时没事干，经常打麻将，甚至信教拜佛，现在看红色影视、文艺演出，一

起探讨脱贫致富路子和实用科技知识。"（2010 年 9 月 28 日，合写者王民）

报告反馈◉

　　《河北魏县邵村强组织　谋发展　实现由乱到治》报道刊发后，引起公安部和河北省政法委重视，充分肯定邵村由乱到治的历史转变，这一经验具有典型意义。

　　《威县以三种文化塑造社会主义核心价值观》刊发后河北省主要领导作出批示，威县做法对河北省大多数县都有借鉴意义，符合河北省建设文化强省的实际，要求省委宣传部进行总结推广。随后河北省宣传部文化处与记者进行座谈，听取记者调查经过，感谢记者。目前，这组报道已经下发各县市。

邢台市创新民主生活会制度破解"换届综合征"难题

　　党的十六大以来，河北省邢台市认真贯彻落实科学发展观，创新民主生活会制度，切实加强思想政治建设，努力提升各级干部的思想境界和执行力，有效破解了"换届综合征"难题，促进了全市经济社会又好又快发展。

　　邢台市委书记董经纬介绍，我来邢台市工作近 6 年了，赶上 4 年都有市、县、乡换届任务。虽然每次换届我们都是严格按照《干部选拔任用条例》和相关配套规定进行的，总体上比较平稳，结果绝大多数干部群众也是基本满意的，但也遇到了一些共性的"换届综合征"问题，主要表现为：个别干部在换届时，一是心浮气躁，过度在意个人的进退留转，干工作精力不集中，有的心理失衡、闹情绪；二是跑、找、要，对下拉票，对上跑关系现象时有发生；三是当个人欲望得不到满足时，搞自由主义，个别的甚至诬告诽谤他人。这些现象引起了市委的高度重视。

　　这几年，邢台市针对这些换届中发现的突出问题，科学分析问题的根源，在不断健全完善用人机制的同时，注重加强换届后思想政治建设，特别是有的放矢加开专题民主生活会，学习中央和省委有关要求，解剖典型事例，通过征求意见，开展批评和自我批评，消除心结、理顺情绪，提高思想境界，形成了风清气正、健康和谐的政治环境。在创新民主生活会形式、内容等方面主要表现为：

一、以过程民主保证结果民主，奠定和谐换届的坚实基础。这几年，他们坚持在用人源头上进行创新，探索干部初始提名权制度改革，减少"换届综合征"带来的负面影响。从 2003 年起对县处级重要正职岗位实行市级班子领导实名推荐，在一定范围内公开拟提拔的人选后，征求市委委员意见，最后召开市委常委会进行票决，确保了用人质量，以公信力树立了良好的用人导向。今年 2 月在推荐县级正职和县处级部门正职时，继续实行署名推荐，由市委委员、候补委员和市级干部进行署名推荐，并在一定范围内公开了推荐票数，而后，经市委常委会充分沟通酝酿，确定各职前 5 名为初步人选；按规定程序考察，并向上级备案后，由市委常委会票决出最后人选。选人过程的民主保证了选人结果的公信度，由省规划设计院聘用后调任市规划局副局长的郑占锋同志对记者说，这样用人大家感到公开、公平、公正，被推荐上去的干部众望所归，没有被推荐的也无话可说。沙河市委书记王建国同志认为，真正在民主集中制基础上确定的人选，社会形象好，群众基础好，也产生了良性循环的效果。

二、因时而异确定主题，做到有的放矢。2005 年之前，邢台市安全生产形势严峻，又恰逢部分新任县级班子成员走马上任。市委及时增开一次专题民主生活会，重点在思想作风、工作作风、领导作风方面进行深刻反思，最后从中找到了作风疲沓这个"病根"，市委全会讨论通过了《关于加强以抓落实为核心的作风建设的决定》，在全市深入开展了以抓落实为核心的作风整顿，把抓落实作为最基本的政治职责、最主要的工作思路、最有效的工作方法，一举扭转了部分工作的被动局面。

2006 年 7 月，市第七次党代会召开，同年第十一个五年计划开始。新一届市委班子需要加深沟通，尽量缩短磨合期，在新的起点上推动科学发展需要新思路、新措施。市委加开了一次以"实现'十一五'良好开局、切实抓好各项工作落实，向党和人民交一份合格答卷"为主题的专题生活会，达到了承前启后、坚定信心、振奋精神的目的。

2007 年下半年，省、市两级人大、政府和政协三套班子换届，面对进退留转，部分干部思想比较活跃。邢台市、县两级加开以"执行换届纪律，强化组织观念"为主题的民主生活会，大家开诚布公地交流了思想，认真开展批评和自我批评。一致表示要提高思想境界，遵守换届纪律，切实纠正各自的不健康思想，达到了互相提醒、互相勉励，共同维护健康和谐政治环境的目的。

今年以来，宏观经济形势变数增多，迎接奥运，维护社会和谐稳定的压力增大，市级三套班子进行了换届，人选顺利到位，同时，省委对邢台市委常委班子进行了调整、加强。市委认为在这种特殊的形势应该召开一次生活会，有针对性地加强班子换届后的思想政治工作。经认真研究，确定了"珍惜岗位，有所作为，进一步提高思想境界和强化执行力建设"的主题。通过生活会，增强了市委、县委常委班子的凝聚力，进一步增强了在特殊之年履行特殊政治责任的信心，进一步明确了在科学发展大业中提升思想境界和执行力的方向。

三、确保剖析深度，解决关键问题。邢台市委严格按照中央和省委有关规定做好生活会前征求意见和建议、开展谈话谈心活动等准备工作。通过发放征求意见函、召开座谈会、深入基层搞调研等多种形式，征求市人大、政府、政协党组和各县（市、区）委、市直党政机关、群团组织、企事业单位、民主党派以及部分市级离退休老干部对市委常委班子及成员的意见建议。比如，今年 8 月份增开的"珍惜岗位，有所作为"专题民主生活会，市委就召开了不同层次、不同类型座谈会 13 个，参加座谈人员 122 人，征求意见建议 286 条；发出征求意见函 400 多份，共征集意见建议 437 条。

为确保剖析深刻、触及灵魂，一方面，主要领导带头，做到以情感人。

董经纬同志和市委副书记、市长姜德果同志每次生活会都带头带着感情，从自己出身、经历讲到现实的问题，讲自己的真实想法。在今年7月份的生活会上，董经纬同志就坦诚地讲述了自己的思想历程。谈到换届过程中对个人职务上的一些想法，情绪曾有过波动，但是很快就平静下来，认识到市委书记岗位很值得珍惜，这个岗位饱含着党组织的信任和重托，也饱含680万邢台人民的信任和重托；决心要提升思想境界，常怀感恩之情，保持奋发有为、干事创业的热情，以优异的业绩回报党和人民。姜德果同志也坦诚地谈到，市长这个岗位也很值得珍惜，虽然在这个岗位近四年，但感到有干不完的活儿，感到责任很大，压力很大；唯有尽职尽责，才能回报党和人民的信任。两位主要领导同志推心置腹的发言，使其他常委同志听了十分感动，纷纷打开了感情的闸门，把心里话说出来。另一方面，寓理于事，就事论理，做到以理服人。每次生活会都学习中央和省委领导同志有关论述，从中悟出道理，深刻剖析问题存在的根源。比如，在最近召开的以"珍惜岗位，有所作为，进一步提高思想境界和强化执行力建设"为主题的民主生活会上，市县两级领导干部认真学习中央和省委关于提升思想境界的有关要求，按照胡锦涛总书记提出的"四实"，即说实话、办实事、出实招、求实效，倡导"四个追求"，即追求理想的实现、追求知识的提升、追求人格的完善、追求心灵的和谐，坚持做到省委书记张云川同志提出的"开拓创新、求真务实、公正廉洁、和谐共事"，进一步增强了常委班子的凝聚力，增强了四套班子合力。

四、落实整改措施，保证效果。这几年，邢台市委为加强市县两级班子自身建设，先后通过了《市委常委会议工作细则（试行）》《关于加强常委会自身建设的意见》《关于加强理论学习的决定》《讨论决定干部任免事项投票表决办法（试行）》《关于加强以抓落实为核心的作风建设的决定》等，确保了民主生活会的质量和整改措施到位。2006年市七次党代会之后，新一届市委班子为了进一步健全机制，提高效率，强化问责，制发了市委常委会学习、议事决策规则、转变作风、廉洁从政、行为守则五项"制度规定"；围绕提高科学决策、民主决策、依法决策水平，市委、市政府聘请包括北京、上海著名院校、科研机构专家教授等作为决策咨询顾问，聘请北大两名博士后作为市长助理。

五、培树典型，弘扬新风，发挥示范效应。董经纬介绍，市委副书记、市长姜德果在这次省级三套班子换届当中不跑、不找、不要，做到了三个带头，带头集中精力干工作、带头遵守纪律、带头维护团结，为全市领导干部树立了榜样，也赢得了广大干部信任和支持，这次市级人大、政府、政协换届选举，他在各职人选中得票率最高，除一张弃权票外，其他全部为赞成票。南宫市委书记孙学良在两个县做过县长、书记，正处已经 8 年了，做了很多实事，群众反映很好。在今年换届时他没有提拔上去。邢台市委宣传部的一名副部长说："在换届时有的人给我打招呼，让我推荐投票，但是也有很多同志从不打招呼，尤其是孙学良书记从来不打招呼。"在问及孙学良为何不去跑关系、拉选票时，他说："我在南宫找到了我的舞台，这几年思路对发展快，还有很多事情没做完，我不能走也不愿意换位子，再说大家一听说我要走人心就乱了，最重要是影响招商引资，一些项目因为我走可能就会'黄'了。"邢台市委抓住这一正面典型，在领导干部会上旗帜鲜明地表扬鼓励，并由此开展了"岗位与我的人生价值"讨论。威县县委书记孔祥友对此感触颇深："我也在几个县做过县长、书记，要说这次换届没想法那是瞎说，我也是公示对象，没提拔起来，当时还是有情绪的，但通过民主生活会逐步解开思想'疙瘩'，使心情很快转化过来了。'县域是一个大舞台，看你能干不能干'，很快就把主要精力放在了县里发展大局上。"

六、把民主生活会自上而下延伸到乡镇，逐级解决干部思想问题。中组部要求的每年召开一次民主生活会，邢台市委在此基础上，坚持市县两级每年至少加开一次民主生活会，并把这一制度延伸到乡镇，把干部"官本位"思想解决到萌芽状态，解决少数干部由于没有提拔起来而导致的"换届综合征"。威县副县长赵新河介绍，通过民主生活会，把干部的心气理顺了，大家都有这样一个共识：当干部就得"立志为群众谋大事，不为自己谋大官"；平时关系很好，为了争位子，降低人格、失去朋友不值得；大家都一心扑到了工作上，为群众谋利益上，想"跑官"的人没空子钻了，就纠正了一些不正之风。今年7月，南宫市公开选拔8个乡镇一把手，他们不仅让组织、纪检全程跟踪监督，还让相关的普通干部和农民群众参与投票，20个候选人经过面试和笔试确定了15个考察人选，最后把8个最优秀的人选安排到位。一位参与投票的干部说，这样公开透明、公平公正地用人，大家都认为该用的人用起来了，没有人不服气的。

董经纬介绍，邢台市通过不断创新民主生活会制度，加强领导班子思想政治建设，使各级干部都能正确对待组织、正确对待同志、正确对待自己、正确对待职务升迁变化，呈现出班子团结有战斗力、经济突破有新思路、惠民和谐有新表现的良好局面。6年4次换届一次比一次顺利，在今年上半年换届选举中，各职人选均以全票或高票当选。其中，市人大各职人选平均得票率99.50%；市政府各职人选平均得票率99.19%；市政协各职人选平均得票率99.00%，5名正职人选得票率99.37%，得票率与以往历次换届相比是最高的。2007年全市生产总值可达890亿元，是十六大之前2002年的1.8倍；全部财政收入突破85亿元，是十六大之前2002年的2.8倍；城镇居民人均可支配收入达10575元，农民人均纯收入达3879元，分别比2002年增加4702元和1286元。今年上半年，生产总值完成475亿元，同比增长12%；全社会固定资产投资增长24.1%，规模以上工业增加值增长17%；城镇居民人均可支配收入增长15.2%，农民人均现金收入增长11.4%。1—8月份，全部财政收入完成76.8亿元，同比增长39%，财政收入占生产总值的12.4%，与十六大之前同比提高5.2个百分点。这些指标基本上都高于全国、全省的平均水平，发展态势良好。截至8月底，节能减排顺利推进，市区二级及以上天数达到232天，与2006年同比增加38天，在全省列第二位；预计今年可以实现"双过一"，即全市生产总值过1000亿元，财政收入过110亿元。（2008年9月14日）

魏县"积分评议制"创建农民入党新机制

河北魏县李辛庄村在农民入党工作中推行"积分评议制"，通过为个人参与村集体活动积分和党员、村民代表民主评议积分，按照两项积分多少和组织程序确定入党候选人，解决了在入党工作中出现的不公开、不透明问题，创造出一种适合农村基层的农民入党新机制。

该村支部书记李志林介绍，这种机制主要内涵就是在一年当中，看每个人主动参与村里公益情况，按照公益活动的不同内容进行记分，这样一年下来每个人就有了积极表现的积分。在这个积分基础上，为防止个别人仅为入党而积极表现，品质、能力不太好情况出现，再由村里党员代表、村民代表对每个人进行民主评议，得出一个民意积分，把这两个积分加起来，排出分数名次。按照入党的名额和积极分子的人数，再由党员大会讨论确定入党人选和积极分子人选。这对大家都很公平，也很民主，全村人都没有意见。

李志林说，过去在确定入党人选时，家族和个人因素起作用很大，很多有文化的年轻人表现再好、带领群众致富本领再强，也很难顺利入党，这也引发了群众不满。李辛庄从2003年新建"两委"班子后，村支部想办法将选拔入党积极分子的权力交给党员群众，让大家来选人，把真正有文化、德才兼备的年轻人吸收到党内来。我们不设定年龄界限、文化界限，但这三年实践证明，最后进入积极分子和吸收为预备党员的都是有初中以上学历、有一定水平和能力的35岁上下的年轻人。分析原因主要是这些人身强体壮、见过世面、在日常活动中提的建议有水平、适合村里实际，逐步被群众所接受和认可。这些人进入党组织里来，对村里培养后备干部和村经济发展都有好处。

记者在村支部档案里看到，全村1080口人，除了18岁以下孩子和60岁以上的老人，给全村560人都建立了参与村里公益活动的积分档案，这些档案是开放的，群众随时可以查看。这些积分活动主要包括打扫街道卫生、村里打井、帮助困难村民、配合村里工作等。每个人积分情况和参加的具体活动每半年公布一次，供大家评议。村里有 24 名党员，这些党员都是党员代表，还按比例选出 21 名村民代表，再有村民代表和党员、加上村里德高望重的老人代表一起选出了 40 名评议代表，这样共有 85 名代表。每年年底，在个人积分的基础上，进行全村代表民主评议，代表每人一分，以积分多少确定人选。

该村一些党员、村民代表介绍，今年 2 月 18 日，对去年的 17 名入党积极分子进行了民意投票，结果李同玉个人积分 130 分，代表评议的民意积分 70 分，总分为 200 分，排第一；第二名是李如贵总分为 198 分；第三名为李金环为 150 分；在村党支部安排下，经过党员大会全票通过将这 3 人确定为预备党员人选。李金环告诉记者，此种确定人选的办法给了我内在的动力，这可以鼓励每个村民积极参与村里的活动，主动帮助别人。

魏县县委副书记张子跃介绍，这种机制的推行给李辛庄带来三大变化：一是入党成了很多年轻人的最高追求。解决了过去农村个别党员威信低、起不到模范带头作用的问题。全村这三年入党 8 人，积极分子达到 100 多人，年轻人都在排着队、积极工作、争取早日入党。二是村里面貌焕然一新，家家户户干净整洁，互帮互助成为良好的风尚。记者看到该村街道到处是干干净净，村民家里是整洁有序。三是农村经济发展加快，在"两委"指导和村民的相互帮助下，村里有 80% 农户找了家庭经济发展的路子，发展特种玉米等特色种植，人均现金收入增长迅速，三年平均增幅达到 20%，今年全村人均现金收入将达到 3300 元左右。（2010 年 11 月 12 日）

馆陶县全程差额选任干部　探索基层用人新机制

去年以来，河北省馆陶县以"重品行、重才干、重实绩、重民意"为主要原则，以"好中选优，优中选强"为目标，采用"全委会提名、常委会票决，全程差额、层层遴选"的方式选任出了6名乡科级干部，在基层干部人事制度改革上进行了积极探索，形成了行之有效的用人新机制。

馆陶县委书记武金良介绍，近两年，馆陶县委在选人用人上，始终坚持把群众意见看成差额选任干部的关键因素，改"伯乐相马"为"群众选马"。在具体运作中采用了"差额推荐、差额考察、差额酝酿、差额票决"的全程差额、一差到底的方式，确保真正把那些德才兼备、想干事、能干事、干成事、亲民爱民的干部选拔上来。

人选：优中选强，群众意见得到切实尊重

一、全委会差额推荐提名，扩大民主，拓宽选人视野。县委全委会在提名推荐路桥乡乡长人选时，根据实际情况，将不是县委委员的其他在职县级干部、乡镇党委书记和县直单位主要负责人一并纳入提名主体。组织上述人员从8个乡镇人大主席中，按职位与人选1:5的比例进行署名差额提名推荐。在提名推荐其他副科级职位时，进行了两轮推荐，首先由拟任职位所在单位或系统干部群众按1:3的比例差额推荐，然后再由领导班子成员从入围人选中按1:2的比例进行第二轮署名推荐。推荐结束后，马上计票，乡长人选按得票多少取前五名，其他职位分别按得票多少取前两名人选，并报经县委研究同意后，差额确定了5名乡长人选考察对象，其他职位分别差额确定了两名考察对象。

二、全方位差额考察，多方了解，客观评价考察对象。为把考察对象考准考实，县委组织部制订了详细的考察方案，采取了到单位考察、到群众中了解、相关主管部门打分、征求纪检、计生部门意见等方式。一是到考察对象所在单位考察。抽调了经验丰富、政治素质高、作风过硬的人员组成考察组，深入到考察对象所在单位进行考察。考察组按照考察方案规定的考察预告、民主测评、个别谈话、调查核实、综合评价等程序统一进行考察。二是认真听取"两代表一委员"的意见。深入相关的"两代表一委员"当中，认真听取他们对考察对象的评价意见。三是相关主管部门打分评价。就考察人

选近两年分管工作完成情况和受奖惩情况分别征求了有关县直部门的意见，并让有关部门对他们分管的工作进行打分排队。四是征求纪检、计生部门意见。书面征求县纪委、县计生局等单位对考察对象执行计划生育情况和遵规守纪情况。考察组综合各方面意见，对每个职位的人选进行全面分析，客观比较，找出每个人选的优势和不足，形成翔实的考察材料。

三、多层次差额酝酿，遴选比较，实现好中选优。一是听取考察组汇报。县委书记、副书记、组织部长专门听取考察组汇报，并征求了考察组的意见。二是多方征求意见。对乡长人选，县委书记分别征求县长、副书记、纪委书记、组织部长、县人大主任和其他分管县领导的意见。对其他职位人选，重点征求相关单位主要负责人意见。三是县委组织部对考察对象提出评价意见。县委组织部对酝酿意见进行汇总，并进行了"五看五比"，即看测评结果，比群众基础；看个性特长，比适岗能力；看任职资历，比基层经验；看工作实绩，比政绩优劣；看社会评价，比廉洁状况。经过以上环节，组织部召开部务会，综合分析有关情况，按照1:3的比例，从5名乡长差额考察人选中确定了3名差额票决人选，其他职位按照1:2比例分别确定了两名差额票决人选。

四、常委会差额票决，演讲亮相，确保优中选强。今年9月28日，县委召开常委会，11名常委全部到会，会议专门指定县纪委副书记、监察局局长为监票人。为确保票决公平、公正，对会议进行全程录像。常委会上，县委组织部首先汇报了拟差额票决人选的基本情况、工作简历和提名、推荐、考察、酝酿等情况，然后13名票决人选按照抽签顺序，分别就本人基本情况、任职经历、工作实绩、任职优势和任职打算进行了5分钟的竞职演讲。演讲结束后，县委常委对差额人选现场进行署名投票表决，当场计票，当场宣布结果。经过票决，乡长人选中，南徐村乡人大主席李文军得同意票10张，排名第一，县委常委会提名他为路桥乡乡长人选。其他5名得同意票超过半数且最多的同志分别被确定为陶山中学副校长、县一中副校长、馆陶镇宣传委员、发改局副主任科员任职人选。会后，对乡长人选按规定征求了县委全委会成员的意见并在县电视台进行公示后履行了相关法律程序。

过程：全程阳光操作　人人登台让群众评说

为增强干部选任工作透明度，排除干扰干部选任工作的不正之风，让干部群众对怎样选任干部、选什么样的干部放心、明白，县委在差额选任过程中实行了阳光操作，全方位监督。在阳光操作方面，坚持实行了"两公开"，一是全程公开选任信息。县委对差额选任的每个环节都进行了公开，根据选任工作要求，分别将空缺职位、任职条件、选任程序、差额推荐情况、考察预告、考察人选的基本情况、票决结果、任职公示等信息在选任过程中及时在县电视台等媒体进行发布，进一步扩大干部群众的知情权。二是差额人选公开亮相。推荐乡长提名人选时，让符合条件的 8 个乡镇人大主席在县委全委（扩大）会上公开亮相，简要介绍个人基本情况，加深大家对候选人的印象；在县委常委会票决前，13 名票决人选进行了公开演讲，展示各自的履职能力。在全方位监督方面，重点强化了"四项监督"。一是强化了对拉票贿选的监督。县委对拉票贿选行为进行了明确界定，设立公开电话，明确专人负责，及时受理群众举报。县委规定，对群众反映的拉票行为，经查实后，取消其选任资格。二是强化了群众监督。坚持干部考察预告制度、任前公示制度和任后试用期制度，让群众有充分的时间反映干部的工作和生活情况。三是强化了纪检监督。在干部差额选任的各个环节都安排纪检监察人员进行全程伴随式参与。四是实行全程纪实制度。对干部的初始提名、推荐、考察、酝酿、讨论决定等各个环节全程纪实，做到了纪实与程序对应，程序一步不缺，纪实一项不少，做到追责有依据。

新机制：干群认可带来崭新局面

这次差额选任乡科级领导干部工作取得了初步成效，在社会上引起了较大反响，产生了良好效果，为逐步建立差额选任干部新机制奠定了坚实基础。一是进一步扩大了干部选任工作中的民主。"全程差额，一差到底"的差额选任办法，实现了公开、民主、竞争、择优，切实落实了群众的知情权、参与权、选择权和监督权。通过实行县委全委（扩大）会议差额提名推荐，扩大了干部选任提名主体范围，从源头上扩大了干部工作民主。实行差额考察、差额酝酿、差额表决，使更多的优秀人才纳入县委的选任视线，有效避免了"少数人在少数人中选人"的现象。全程公开干部选任信息，使干部选任在阳光下操作运行，提高了干部工作的透明度。退休县级干部宋向华说："这次县委差额选人，每个环节都进行了公开，使干部群众明白了要选什么样的人，怎样选人，选了什么样的人，老百姓信服！"二是有效防治了选人用人上的不正之风。通过差额选任干部，营造了公开、公平、公正的选人用人环境，有效防止和杜绝了拉票贿选、跑官要官等选人用人方面的不正之风，保证了选任结果的公平、公正。当选的路桥乡乡长李文军说："感谢县委为我们提供了这次展示才华的机会，差额选任干部，选出了压力、选出了动力。在今后的工作中，我一定恪尽职守，创先争优，努力工作，决不辜负县委和广大干部群众的信任和期望。"三是切实提高了干部工作的公信度。这次差额选任干部工作的成功实践，增强了干部的竞争意识，打破了论资排辈的陈旧观念，促使了优秀人才脱颖而出，体现了"好中选优、优中选强"的要求，在全县树立了"重品行、重才干、重实绩、重民意"的用人导向，进一步鼓舞了广大干部的士气，催燃了广大干部干事创业的激情，有效提高了干部工作的公信度。落选干部王洪宝说："通过差额选任，使我看到了差距，看到了不足。今后我将继续扎根基层，练就过硬本领，有这样的好机制，使我对今后的成长进步充满了信心。"

通过这次差额选任干部的有益尝试，进一步坚定了馆陶县委差额选任干部的信心。目前，县委正在研究制定《差额选任重要干部实施办法》，在今后的工作中，选任乡镇党政正职和县直部门重要岗位领导干部，将实行差额选任方式，使差额选任干部工作逐步实现制度化、常态化。（2010 年11 月12 日）

让党员干部既能干事又不出事

——行唐县深化廉政风险防控机制的探索与启示

记者调研了解到，近年来，河北省行唐县坚持"治未病"，不断深化廉政风险防控机制，前移权力行使监督关口，通过厘清职权、查找风险、公开公示等环节，将"红灯"亮在"越轨"之前，着力构建不想腐的教育机制、不能腐的制度机制、不敢腐的惩戒机制，取得了初步效果。行唐县"教育在前、制度在前、监督在前、预警在前"的相关探索对推动反腐"标本兼治"具有一定的启示意义。

"红灯"亮在"越轨"前，干部心中有敬畏

"不查不知道，一查吓一跳。原来权力这么大，风险点这么多。"行唐县安香乡党委书记白录平，直言触动深刻。记者在他的办公室里看到，墙上挂着巨大的廉政风险防控板，上面清晰地标明党委书记的岗位职责、廉政风险点、风险等级及防范措施。记者看到，"在本乡（镇）国有资产及各类集体资产、资源处置工作中，不执行有关规定，未经批准擅自处置；弄虚作假，高值低估；违规干预，谋取私利"等 8 个红色标识的高等级的风险点，赫然醒目。

行唐县委常委、纪委书记邱庆欣介绍，2013 年年底至今，县委把加强廉政风险机制建设作为县委履行党风廉政建设主体责任的重要抓手，出台了《关于进一步深化廉政风险防控机制建设工作的实施办法》等，依据每项权力的重要程度、自由裁量权大小、腐败现象发生概率，结合群众关注程度等条件，将涉及人、财、物管理及群众利益密切相关的事项确定高、中、低三级风险点（对应红、黄、蓝三种颜色标注）。该县共查找出 1206 个廉政高风险点，"有权力就有风险"成了党员干部的共识。

"如果早一点建成并运行这套体系，前任领导可能就不会出事。"行唐县交通运输局党组书记张天吉感叹，交通运输既有行政执法又有工程建设，本身就是高风险行业，而廉政风险防控机制就是针对岗位风险、制度风险、流程风险、外部风险，对现有制度漏洞进行认真查找，对"盲区"及时增补相关制度，修改完善与法律法规和廉政要求不符的议事规则、决策程序。

行唐县独羊岗乡党委书记陈彦君告诉记者，以前的决策确实有些触目惊心，"资金使用工程发包就是领导一句话，'三资'管理的规定也有，但有些掌握的不太清楚，一些项目被群众误解，造成大量群众上访。"现在，把原先制度规定系统化、固定化，财务开支由原来的一支笔，变成了经办人、主管领导、一把手三支笔签，重大事项都需要公示公开。"每一条风险点都像一面镜子、一条高压线"，陈彦君说，廉政风险点既成为认清岗位职责和外部环境存在潜在风险的过程，又为全体党员干部上了一堂生动的廉政教育课。

邸庆欣表示，该县根据不同部门、不同岗位的廉政风险种类和特点，实现全覆盖，对症下药。截至目前，行唐县没有发现一起违规出让车辆、土地、房屋等国有资产问题，其他工作违规问题明显减少，违规用权问题得到有效遏制。

织密制度的"笼子"干部既干事又不出事

谈起廉政风险防控机制建立的初衷，邸庆欣告诉记者，当初在全县党风廉政建设工作中发现，党员干部之所以发生违纪违规问题，主要有几方面：有的个别党员干部的权力缺乏有效的监督，滥用职权，故意违纪违规，谋取私利；有的党员干部不明白自己的职权，稀里糊涂犯错误，"工程上马，干部下马"的现象屡见不鲜；有的干部流动较快，熟悉适应新岗位有一定时间，容易被"误伤"。

针对这种情况，邸庆欣认为，廉政风险防控工作中，只有通过"清权"、主动"晒权"、规范"用权"、严密"制权"、监督"束权"，才能把权力关进制度的"笼子"，让党员干部既能干事又不出事。廉政风险防控同时需要处理好"四个关系"，即主观风险与客观风险的关系、廉政风险与业务风险的关系、个人风险与单位风险的关系、一般风险与高等级风险的关系。

为进一步查准、查实工作中存在的廉政风险点，行唐县重点突出处把握好"找、问、审、汇、公"五个环节，全面开展廉政风险点排查防控工作。

——"找"就是县委抽调专人成立督导组，督促各相关单位和乡镇按照法律法规和单位"三定"方案，认真科学界定每个班子成员和其他工作人员的岗位职责，审定岗位职权，摸清权力底数，列出职权清单，并有针对性制定出每个风险点的具体防范措施。

——"问"就是督导组组织审计师、会计师、律师、人大代表、老干部、服务对象和纪委监察局的相关科室负责人，对照廉政风险点等级划分标准，对上报的廉政风险点及其风险等级进行最终审定。

——"汇"就是各单位在编制好职权目录的基础上，对梳理出的权力事项进行流程优化和再造。针对梳理出的每项职权，按照权力行使先后顺序，逐项编制"权力运行流程图"，明确办理环节、每个环节的具体内容、完成时限、责任科室及责任人等。

——"审"就是廉政风险分级管理，层层传导责任，最终县委审核把关，高等级风险点由县委直接监督；中、低级廉政风险点由本单位进行监督。县委采取每季度定期检查、不定期抽查、暗访、受理举报、民主测评等形式对高等级风险点进行监督检查；各单位作为本单位落实防控责任主体，通过明确防控责任、定期检查、不定期抽查、会议等方式，对本单位廉政风险防控工作进行监督、乡镇（开发区、城区）党委（党工委）负责组织监督村（社区）的监督工作。

——"公"就是各单位、各乡镇（开发区）要在单位或科室显著位置，公布涉及人、财、物、事管理等重要权力部位以及其他涉及群众切身利益方面事项的权力运行流程图、风险点和风险等级予以公开，并公开举报电话，接受社会和群众的监督。

"廉政防控机制建设对干部来讲就是系上了安全带"，行唐县教育局局长邸健表示，领导干部不仅自己不犯错误，还要自己带的队伍不犯错误。廉政风险防控机制创新、健全相关规章制度，形成有效的廉政风险防控"制度链条"，说白了就是不能越位也不能缺位，"不干活不行，干活干错不行，干慢了不行，该干的没干好是失职，干错了是渎职"。

行唐县独羊岗乡北贾素村村支书封小香说，以前乡村干部在面对重大事项，如村重大项目、重点工程等方面，确实存在一些滥用职权乱作为、胡作为的行为，存在签订某些合同时程序不公开、不规范行为，这导致了村内矛盾重重。廉政风险防控机制向下一直延伸到村支书、村主任、村会计岗位上，村"两委"廉政风险点、风险等级目录、权力运行流程图通过开设专门公开栏，在村内显著位置公开，"群众眼睛亮了，干部形象好了，干群关系和谐了"。

"四前"模式提升干部自觉和自律

邸庆欣等认为，改革中的廉政风险点实践经验表明，在新旧体制的转轨过程中，两种体制交替并存，行政行为、企业行为、市场行为往往混淆不清，新的权力制约监督机制又未能及时形成，这就使得一些滥用权力谋取私利的行为有机可乘，成为腐败的高发期。

受访的人士认为，落实主体责任和监督责任，强化责任追究，敢于动真碰硬，成为有效推进廉政风险防控管理体系建设和运行的关键。行唐探索的"四前模式"（教育在前、制度在前、监督在前、预警在前）可以有效提升干部自觉和自律，对推动反腐"标本兼治"具有一定的启示意义。

一是执纪、监督、问责工作的有效抓手和载体。廉政风险防控机制将全面法律风险控制方法引入到惩治与预防腐败体系建设中，从事后弥补转为事前预防，并首次将党内纪检规定与法律相结合，扩大风险识别范畴。从事前防范、事中控制及事后补救三个层面，进行有效指导和梳理，对以法治的思维和方法预防腐败具有积极的指导意义。

二是权力运行得到有效规范，党员干部规矩意识明显增强。通过理权、晒权、控权，每位党员干部的职责更加清晰，行职用权的流程更加透明，再加上群众监督，倒逼党员干部规矩意识明显增强，有助于从根本上治理腐败，提升廉政建设质量。

三是具有"以廉促勤""以廉促政"的双重效应。廉政风险预警防控机制提升了广大党员干部执行制度的自觉性，同时各类制度、规范、工作机制等也在这一过程中融入到廉政风险预警防控的措施之中，实现了廉政建设和业务改进的联动，具有"以廉促勤""以廉促政"的双重效应。例如，行唐县推进行政审批制度改革，再造行政审批流程，摸索出了"一站式"的行政服务运行机制，行政效率上升明显，整体经济发展环境也随之优化。（2016年5月25日，合写者朱峰）

肃宁模式探索我国农村管理和发展新路径

近两年来，河北肃宁县适应农村社情民意复杂、社会管理亟待创新、发展需要战略转型的需要，通过"五个全覆盖"探索农村管理和发展的新路径。即在党组织的领导下，把农村基层党组织建设、基层民主组织建设、基层经济发展、基层管理服务和基层维稳工作结合起来，形成有机统一的整体，促进农村各项事业发展，带来稳定、发展、和谐的局面。

新做法塑造农村管理和服务新模式

安卫华说，这些年农村发展出现很多新问题，主要体现在基层党组织作用弱化，基层民主得不到保障，社会管理自由松散，矛盾纠纷多，治安不稳定，农民与大市场脱节，抵御风险能力差。基于这样的背景下，农村社会管理"五个全覆盖"模式才应运而生。

安卫华介绍说，肃宁模式的核心是走群众路线，让农民群众成为自我管理和服务的主体，变政府主导为农民主导，政府搭台，群众唱戏。在推进过程中，重点突出让农民群众自我管理、自我发展。

——拓展党组织覆盖领域，让党员成为群众的主心骨。围绕基层党组织全覆盖，在全县推行党员挂牌制度，让党员家庭把牌子挂在家门口。对全村每一名有职党员和无职党员全部定岗定责，要求每人每年内都要办3—5件好事。在张庄村记者看到党员家庭门口都挂出了"党员家庭"牌子，如果年底村民大会评议不过关，就摘牌。对无职党员的科技示范岗，如果一年内在科技方面无所作为也要摘牌。

——群众自己的事情自己做主。围绕基层民主建设，肃宁县建立常设机构村民代表大会，解决党支部村委会"两张皮"的问题。重大村级事务由党支部提议，村代会决定，村委会执行，村民监督小组监督，有效杜绝村级财务把关不严、个人说了算等问题。张庄村选出28名村民代表和3个村民监督小组成员。村民监督小组组长张全领说，在审核村里财务账目时我们发现一笔408元的单子应该是协调费用，却写成了饭费，我们及时予以纠正，月月张榜公布。

——让能人出头，给群众舞台。肃宁县按照产业分类组建各种专业合作社，把分散土地置换成种植、养殖基地等，既提高了农民的组织化程度，也增加了农民的收入。一年来全县共获得无公害产品认证74个，有机食品认证4个，新注册农产品品牌12个。窝北镇百道口村百胜蔬菜合作社和天津物美超市签订蔬菜直销协议。合作社经理崔福杰说："我们的蔬菜再也不愁销路了，全社70多户每年多收入40多万元。此外，我们还能及时掌握全国蔬菜价格市场行情，提前调整种植结构。"

——村里统揽，家庭承包，村级事务管理成为农民群众的好管家。在推进农村公共事务管理服务上，重点推进农村道路、健身活动场所、家庭卫生环境督查、垃圾处理等，还有农家矛盾纠纷协调处理、红白事务等，解决一家一户管不了也管不好的事情。

——让台阶式的维稳成为农民的"保护神"。肃宁县在维稳组织建设上推行了以群众为主体的群防群控网络体系。在村一级建综治工作站，设"一干两员"，即综治专干、治安隐患信息员和矛盾纠纷调解员，专抓农村社会稳定和安全；在过去生产队或现居住片区的基础上，建综治小区，管40—60户农户，区长普选产生；综治小区再往下，每10户设一综治小组，小组长也是普选产生。在各村设立治安巡防队，实行专职巡防队与每家每户轮流值守相结合，在全村开展治安巡逻防范。由区长、组长和群众组成巡逻队，每天进行常态巡逻。而巡逻人员也是一天一更换。过去沃北镇刘坦村一些村民因为小的纠纷没人管，村民之间你给我点个麦秸垛、我给你烧点玉米秸，每年都要有几起人为的"小火灾"，矛盾也越积越大，现在通过小区长、小组长做工作，彻底浇灭了"纠纷火""矛盾火"，一年来没发生一起"放火事件"，村民之间关系融洽了、村风和谐了，群众的安全感、责任感、集体感大大增强了，也减轻了乡、村两级工作压力。

新模式催生农村发展新局面

肃宁模式的推行不仅带来了农村发展的新局面，也带来了深刻的启示。

一是通过"四个覆盖"，使农村社会管理形成了完整的网络，各组织之间相互联系、相互影响，共同作用于农村各项事务的管理，充分调动了各方参与的积极性，从而大大提高了农村管理的有效性、针对性以及对农村社会的可控性，广大农村干部群众也从中得到了实惠，发自内心地支持和拥护这项工作。

二是激发了农民群众主人翁意识。农村致富能手、种养大户、红白理事会成员等"能人"都被充分调动起来，这些"能人"有的担任了经合组织领办人，有的在"3＋1"维稳组织中当上了小区长、小组长，有的被选为村民代表。这样，既拓宽了基层党组织吸收新鲜血液的渠道，发展党员有了可靠的群众基础，从而进一步优化党员和村干部队伍结构，使党在农村的执政基础更加稳固。

三是全县维稳治安形势日渐趋好，出现了本村本县无偷盗，外县小偷不敢来的情况。去年以来，通过村级维稳组织，全县共排查出重点矛盾纠纷 681 起，成功化解 663 件，农村信访案件的存量同比下降 40%；协助公安机关破获各类案件 20 余起，农村治安案件发案率同比下降 30%。

四是农村经济彻底改变了产业分散，规模层次低的难题，产业化规模化附加值逐年提高。目前，全县已建立各类经济合作组织 303 个，其中，行业协会 10 家、专业合作社 292 家，涉及全县 206 个村，入社会员达 9200 多人，带动农户 4.9 万户。通过这些经合组织，把农业生产各个环节的利益"捆绑"在一起，一头牵农户，一头联市场，为农民开通了"致富路"，架起了"致富桥"。

中国社会科学院城乡发展研究院秘书长徐翰国、河北省社科院院长周文夫等专家通过调研分析认为，这种模式符合我国农村社会管理创新的发展方向，值得深入研究。

这种模式抓住了解决当前农村问题的核心和关键，解决了农民组织化程度低、"一盘散沙"式的生产生活方式，形成了一个完整的农村社会组织体系，用共同的追求凝聚了人心、用紧密的组织团结了群众、用指导服务的方式联系了农户、用群众的办法治理了乡村，既巩固了党在农村执政的群众基础，又突出了农民群众的主体地位，保持和发展了广大农民群众创业致富的劳动热情，为农村经济和社会事业健康快速发展凝聚了强大合力。

这种模式实现了党的领导、人民当家作主与依法治国三方面的有机统一，解决了党支部个别干部专权、村委会争权、村民无权、村民难自治的新问题，在基层推行普选制，把村级事务的决策权、执行权和监督权分开，由支部书记兼任村代会主席，形成了"党组织领导，村代会决策，村委会执行，村民监督委员会监督"的治理结构，党的领导、人民当家作主和依法治村得到了落实，在农村的实践中迸发出其独特的生命力，深受农民群众欢迎。

这种模式促进了农村政治、经济、文化、社会建设的全面、协调发展，打破了各自为政的条条框框，打破了就稳定抓稳定、就民主抓民主、就增收抓增收、就党建抓党建的局限，克服了农村工作难以统筹兼顾、宏观微观难以协调的窘迫局面，具有较强的可行性和操作性。（2012 年 4 月 15 日）

有的放矢：问题反思篇

问题是实践的起点，抓住问题就能抓住经济社会发展的"牛鼻子"。以问题为导向是调查报道的优秀品质。社会调查要善于发现问题，然后提出问题；勇于正视问题，然后研究问题；敢于挖掘问题，然后解决问题。念好"准"字诀，就要在提出问题时能有的放矢，研究问题时能实事求是，解决问题时能对症下药。新看病难调查、农民职业病调查、耕地开发利用状况调查等恰恰体现了记者看问题的本领和善于反思的精神。

关注农民职业病

职业病新变

"矽肺""苯中毒"……2002年的河北"白沟"事件以及2003年福建省仙游市贵州民工"尘肺"事件让人们对职业病开始了广泛的关注。与之类似的当前迫切需要解决的职业类疾病被列入了与《职业病防治法》相配套的《职业病危害因素分类目录》当中，成为我国的法定职业病，相关劳动者的权益受到了法律保障。

专家指出，中国劳动者面临的职业病防治形势相当严峻。目前，非但法定职业病尚未得到有效控制，随着生产和生活环境的变化，一些新的职业病、原有职业病的新变种，正悄然袭来，威胁着劳动者的健康。

谁来关注农民的"职业病"

河北省魏县后大磨村的马金凤，养了10多年鸡，虽然成了远近闻名的富裕户，但自己的身体却垮了。鸡的螨虫使其皮肤瘙痒难以根治。在魏县一个1500多口人的村，去年大面积种棉花，由于打农药，500多人出现中毒症状。成安县张横城农民张韶堂由于30多年从事棉花生产，得了严重的农药中毒风湿病，为治病，家庭生活陷入困境。在沧县黄递铺乡也有很多群众给枣树打药而中毒。

记者近日在河北农村采访时了解到，由于长期在污染严重、生态恶化和不符合卫生条件的环境下作业，进行种植、养殖和作坊式加工，不少农

民得了农业类"职业病",得病类型也在逐年增多。从调查情况看,目前农民职业病的类型主要包括六大类八种病:

第一类是肺类病:包括发霉肺病和蘑菇肺病。发霉肺病主要是长期从事晾晒、翻动、运输和加工发霉柴草、粮食、饲料等物料过程中,由于反复吸入散发在空气中的芽孢霉菌或热放线菌而感染的一种过敏性肺炎。一般接触4—8个小时就可发病。而蘑菇肺病是指长期在潮湿的地下室或密封环境的大棚内,从事蘑菇栽培工作,因空气不流通吸入大量的真菌孢子而诱发的一种肺病。这两种肺类职业病的发病症状主要是发热、咳嗽、气短、胸闷、无力,到晚期会出现心慌、水肿和肺组织纤维化等心衰体征,甚至导致心力衰竭而死亡。平乡县一农民因长期从事铡柴草、给棉花打药等农活,导致肺部感染,先是发热、咳嗽,最后转成肺癌。

第二类是大棚病。主要是指长期在塑料大棚内温度高、湿度大、空气流通性差、闷热难耐的环境下劳作而出现的头痛、恶心、呕吐、全身乏力、食欲不振等典型症状。这类病在大棚种植蔬菜、草莓等作物的地方发病率较高。

第三类是中毒伤害病。主要是指因长期从事喷洒农药劳动而引起的职业病,特别是给棉花、枣树等打药,有时要连续打几天,导致农民出现中毒症状。

第四类是虫类病:包括螨虫类病和钩虫类病。螨虫类病主要指从事养鸡、养鸭等养殖业的农民,因感染鸡鸭身上的螨虫等微生物而引起的皮肤过敏、瘙痒,导致速发性哮喘,严重的肺功能受到损害,丧失劳动力。而钩虫病是钩虫幼虫蚴钻入人体皮肤引起的病症。特别是农民给田地浇水,赤脚在刚施过肥的水里走动,还有农村砖瓦窑厂雇用的员工,长期和泥土打交道,都会引起这种病。病发后出现丘疹、疱疹,奇痒无比,会导致严重贫血、肝脾肿大等。

第五类是类丹毒病;这种病主要是指饲养猪、牛的农民感染上家畜身上的丹毒杆菌引起的急性传染病，多发生在手和臀部，除皮肤病变外，体温会升高到40摄氏度，反复发热，很难治愈。

第六类是药类白血病。最近几年，农村白血病患者增多，多与使用剧毒农药有关。有50%左右的病例是直接由农药中毒引起的，主要病因是很多农药、除草剂中苯类衍生物抑制脱氧核糖核酸的合成，导致染色体突变，破坏造血系统，引起白血病。

中国疾病预防控制中心职业卫生与中毒控制所副所长周安寿研究员说，这些农业类疾病的确和农民长期从事的劳动有关，但是按照《职业病防治法》规定："职业病是指企业、事业单位和个体经济组织的劳动者在职业活动中，因接触粉尘、放射性物质和其他有毒、有害物质等因素而引起的疾病。"并且，长期以来，由于我国的农民不属于职业工人，因此，他们所患的这些疾病并未被纳入职业病的范围。

周安寿说，尽管在实际工作中，各地职业病防治所的工作范围也包括诸如农药中毒预防这一块，但改革开放以来，由于投入严重不足，各地职业病防治所大多处于萎缩状态。"我到一个县，看到整个疾病控制系统，全部150人，一年却只有10万元的财政拨款。"投入长期严重不足，有些职防所只能私自搞创收，有些人员流失。

对于农民"职业病"问题，九三学社成都市委会部分成员曾建议有关部门采取灵活、浅显、易懂的方式，教育引导农民重视对各种病症的由来的认识及了解防治方法，切实保护农民的身体健康。

事实证明，宣传和预防对于降低农民"职业病"的发生率，效果十分显著。几年前，周安寿研究员曾参与了一个国际组织针对农药中毒展开的调查，调研小组拍摄了宣传农药喷洒规范的短片，他们发现，农民看完这部短片后，中毒率大大降低。"宣传和不宣传，二者的区别很大。"周安寿说，在农村中开展职业病预防的宣传成本并不是很高，问题的关键在于"要有人来做，当地政府要有这个意识"。

"高科技病"呼唤职业卫生指导

现代科技带给劳动者的不仅是办公自动化和现代化，也将一些"怪病"带进了办公室：胸闷头疼，莫名其妙地烦恼，做事打不起精神来，耳鸣、脑子嗡嗡作响、眼睛酸累、思维迟钝，爱钻牛角尖，颈、肩、背常常有酸痛、麻沉的感觉。这便是近年来日渐增多的"高科技职业病"，其中最常见的就是"电脑病"和"空调病"。

1996—1998年，北京职业病防治研究所曾连续三年对电信行业、电视台、报社激光照排车间电脑作业人员进行调查。结果显示，30%左右的被调查者不同程度患有颈肩腕综合征，主要原因就是由于使用键盘时身体被迫适应操作需要，引起骨骼肌系统的疲劳损伤。另有60%左右的受调查者由于经常注视荧光屏，导致眼肌高度紧张，长期疲劳，出现视力下降。

另有调查显示，城市中40%—50%的人因长期处于空调环境中而造成自身免疫力下降，表现为全身无力、嗓子疼、低热等症状。专家指出，空调改变了人们生活的环境条件，是诱发感冒的一个因素；复印机释放的臭氧则会刺激人的呼吸道，引起咽道疼痛、咳嗽等症状，复印机静电所产生的碳尘也对人体有害；常接触 B 超的医生中，青光眼的比例明显增加。从近年来北京市职业卫生调查结果分析，现代职业会引发许多疾病：20%以上的接触性皮炎发生率，主要由图书、档案、文献管理作业环境中霉菌、螨虫所致；而视屏作业环境中不良工效学桌椅、照明及劳动组织、工作时间所致的颈肩腕综合征和腰背肌损伤发生率则高达30%，视觉系统损伤60%以上，心理行为异常15%以上，女性生殖系统损伤的8%，免疫力下降约20%；精神紧张作业中不良人体因素（脑力负荷、心理压力和精神紧张等）引起的高血压、冠心病发生率达15%，高于一般人群10个百分点。

北京大学公共卫生学院卫生管理学系副主任宋文质教授在谈到法定职业病时说，职业病问题是和传染病同样重要的公共卫生问题。它不仅仅是一个疾病问题，也是一个经济问题，不采取有效措施，将成为严重社会问题。

当前的职业病扩散趋势如不尽快遏止，中国将每年为此失去大量的强劳动力，其结果将影响到整个经济的可持续发展。

同样，职业类疾病如不得到遏止，也将面临同样的问题。而目前的职业病防治重点主要是依据国家法定职业病名单及其有关职业损害，很难达到保护所有工作者健康的目的。因此，有必要改原有的职业病防治为更加宽泛的职业卫生维护，将职业类健康问题的关注和预防范围扩展到更广泛的职业群体。（2004 年 5 月 17 日）

一万元的补偿能换来我的健康吗
——一位农民职业病患者的遭遇

河北省清苑县南大冉镇农民杨凯已经 62 岁了，但还是家庭主劳力，家庭收入主要靠他打工挣钱。不幸的是，他在打工过程中得了"慢性铅中毒"，身心受到严重伤害。虽然经过艰难求助，得到一万多元赔偿，但他说："一万多元的赔偿能换来我的健康吗？"

打工得职业病，反被老板克扣工资

2002 年 10 月，杨凯到保定市一家企业做烟道清理工，活儿虽然又脏又累，但工资能按月拿到手，他便全身心投入，几天一清理，将烟道清理得干干净净。不幸的是，到 2003 年 9 月，他突然感到身体不适，出现呕吐、腹痛、听力下降等症状。为了省钱，他硬扛了一段时间，但病情愈来愈重，只好到河北省职工医院住院治疗。可是，一个月过去了，病情仍不见好转，一些内行人劝他检查一下，看是不是得了职业病。2003 年 12 月，他来到河北省保定职业病防治所住院治疗。经过反复检查确诊为"慢性铅中毒"，这是一种由于长时间在含铅量超标地方工作导致的职业病。他说："用工单位老板知道后，不但不给我积极治疗，还克扣了我住院前 3 个月的工资。

我多次找用工单位交涉，均遭拒绝。"

医疗费无着落，求助无门

"我得了职业病，反被用工单位克扣工资，已经让我很难受，但病情不见好转，医疗费逐日递增，更让人揪心。我先后到两家医院就医治疗，加上打针吃药花费，到今年 2 月底，欠医院的医疗费已经 1 万多元。我和家人多次找用工单位，希望给我部分资助，让我支付所欠医疗费，但用工单位始终不给钱，也不谈补偿，我无可奈何。"杨凯说。

保定职业病防治所的同志看到杨凯的境况，主动给予照顾。住院期间，能减免的都给减免了，还鼓励他增强信心，总会有办法帮他讨回公道。杨凯说："在他们的鼓励下，我确实有了希望，盼着能在各级领导帮助下，得到治疗，继续生活下去。但保定职业病防治所的同志和我的家人一起到用工单位交涉几次后，仍没有结果，我失望了。农民求助就这么难吗？我想，如果病治不好，求助又无门，就不治了，等死算了。"

身体垮了，有补偿也得不偿失

今年 2 月，在保定职业病防治所的帮助下，杨凯终于拿起法律武器为自己讨回公道。他在万般无奈的情况下，怀着一线希望，找到保定市卫生局执法三中队，讲述了自己的遭遇。

保定市卫生局执法三中队了解他的遭遇后，经过调查发现，杨凯打工的单位虽然是一家正规企业，但是并没有职业病防范意识，更没有给打工人员发放任何防护用品，其行为已经违反了我国职业病防治法，杨凯反映的问题完全属实，应该依法给予保护。不久，执法人员依法决定：企业立即整改，改善农民工劳动条件；支付杨凯住院期间一切治疗费用；支付拖欠杨凯的工资，并给予适当经济补偿。可是，这家企业迟迟不履行决定，杨凯又一次陷入失望。

保定市卫生局执法人员看到杨凯的处境后，与用工单位协商，如果再不履行决定，就要通过法律渠道解决问题。在执法人员耐心说服下，企业只好和杨凯协商，达成补偿意见，给予杨凯一万多元的经济赔偿。杨凯说："这一万元是执法人员多次交涉的结果，靠我自己一分钱也要不回来。我很感谢执法人员，可我的病不是一万元就能治好的，多少钱也买不来我的健康。"他呼吁，农民打工一定要注意身体安全。（新华社石家庄2004年5月17日电，合写者巩军）

职业病害得农民苦不堪言

由于对环境危害缺乏了解，很多农民得了职业病也不明白，不仅自己苦不堪言，还常常拖累全家陷入经济困境。

2003年，河北省保定市职业病防治所曾对保定所属22个县（市）农民职业病状况进行调查，发现农民患职业病情况相当严重，仅保定市就有患者5万多人。

四川农民罗应国在河北满城县一个采石场打工，工作两年多后，由于粉尘侵害，得了二级尘肺病，经常胸闷、疼痛。他说："我今年才28岁，老板只给了我3000元补偿，可我一年的医疗费就需要五六千元，今后我怎么办呀？"

河北安新县农民王大乐，是个体铝冶炼加工户。1996—1999年连续4年在家中进行铝灰筛选、碾压、熔化加工，导致自己和妻子、孩子患上慢性砷化氢中毒，至今已经患病5年。由于3人都经常吃药，家庭生活十分困难。

河北定兴县农民孙红云今年才19岁，但她在去年打工时患上了苯中毒和再生障碍性贫血，经常头痛、头晕、恶心，身体受到严重损害，住院治疗后病情虽有好转，但仍难治愈，需要长期治疗休养。她为此已经花费1.2万多元。她说："我父母找老板交涉多次都没有结果，我打工本想减轻家里负担，谁知道这种职业病害苦了我，也害苦了我的全家。"

河北邯郸市农民马金凤是个体养鸡户，鸡粪感染了她，她经常皮肤刺痒，是典型的职业螨虫病，虽然对生命没有威胁，但刺痒却让人难以忍受。

长期种植棉花的成安县农民张绍堂，由于经常给棉花喷洒农药而得了农药中毒综合征，经常头痛、恶心。

一些长期在县级医疗机构工作的医生认为，农民患农业类职业病是近几年出现的新情况。但目前，由于地方财力不够，难以给农民更多的帮助。（新华社石家庄 2004 年 5 月 17 日电，合写者巩军）

短评：给农民职业病患者撑起"保护伞"

面对农民职业病患者逐步增多的态势，有关部门应该给打工农民更多的就业指导和必要的帮助，使农民在增收的同时拥有健康的身体。而对那些已经患了职业病的农民，有关部门则应该给予及时救助，为他们撑起依法维权的"保护伞"。

给农民撑起"保护伞"就是要创造健康安全的就业环境。农民在就业过程中，之所以会得各种职业病，关键的问题是就业单位没有创造一个健康安全的工作环境。农民为了挣钱，只好在不安全环境甚至在有害物质包围空间中劳作，用身体换取收入。

给农民撑起"保护伞"就是要给他们就业指导，让他们在规范操作中增加收入，避免身体受伤。农民得各类职业病的问题日趋严重，另一个原因就是许多工种没有操作规范和行业资格准入标准，唯利是图的老板受利益驱动，让农民在没有任何保护措施的环境下干活。

给农民撑起"保护伞"就是要给他们创造有病可治、保障健康的救助制度，让他们得了病能及时治疗，不要因没钱而延误治疗。虽然我国已出台职业病防治法，但许多企业和用工单位不能认真履行，加上对农民职业病执法力度不够，出现了农民得职业病救治难、依法保护难等问题。国家应该尽快出台农民职业病患者治疗、补助办法，依法规范农民职业病患者的诊断、治疗和救助，给农民职业病患者打造一个快速诊断、快速治疗、依法补助的"绿色通道"。

给农民撑起"保护伞"就是要给他们创造依法保护切身利益的法律环境，使他们通过快捷、有效的渠道得到必要救助和补偿。（新华社石家庄2004年5月17日电，合写者巩军）

四大难题困扰农民职业病救助

针对农民职业病日益严重的问题，河北省一些卫生防疫部门专家认为，目前有四大难题困扰农民职业病救助。

农民对职业病知识缺乏，加上就业难度大，农民为挣钱不惜以牺牲自己身体为代价。许多脏活、累活，城里人不愿意干的岗位，只要能挣点钱，农民就会争着干。

农村医疗卫生事业滞后，农民职业病患者病情鉴定难、救治难。县及乡镇基本没有职业病鉴定、救治机构，更没有医护人员，农民患了职业病只能到市或省大医院检查，而到大医院就医费用高，让部分农民患者望而却步。

不少从事种植业、养殖业的农民缺乏行业规范和操作标准，导致很多农民在粉尘、有害物质含量很高的条件下作业，加大了患职业病的危险。

农民打工流动性大，特别是在矿山中做工，导致农民患职业病后难以诊断救治，继续打工严重损害身体。

针对农民职业病特点，一些专家建议，应加大宣传力度，让农民知道职业病的危害；应尽快解决农民职业病鉴定难的问题，合理布局和建设农民职业病鉴定机构；在发展农村医疗卫生事业时，要把预防和救治农民职业病纳入总体建设规划，构筑中央、地方和农民三者共同投入的经费筹措机制和救治办法，让患病农民早发现、早诊治；随着职业资格准入制度的实施，应尽快制定农业种植、养殖等农民易患职业病的行业规范和操作规程，实行行业安全生产资格准入制度；要在全国范围内定期开展农民职业病调查，及时掌握农民职业病发病情况和发展趋势，为控制和预防农民职业病提供依据。（新华社石家庄 2004 年 5 月 17 日电，合写者巩军）

河北农药市场调查

假冒伪劣农药损农又害人
——河北农药市场调查（上）

1997 年国务院颁布实施《农药管理条例》后，在各级农药管理部门的努力下，河北农药管理工作取得明显的成效，农药登记率、农药质量和标签合格率等方面有了大幅度的提高，但也存在农药管理不规范，假冒伪劣农药不断流入市场等问题。来自河北省农业厅的调查显示，假冒伪劣农药在农药市场中仍占有20%以上的比例。一些农药专家说，农药管理必须强化，存在 1% 的假冒伪劣农药，也会危及群众生命安全，不能掉以轻心。

根据河北省对农药市场的检查发现，农药市场的问题主要表现在：

第一，假冒伪劣商品屡打不完、屡禁不止，特别是复配制剂多，掺水、掺油、剧毒等问题突出，已经造成对群众生活、生产的重大损失，甚至危及生命。这类危害包括两个方面：

一是剧毒农药对蔬菜水果的危害，导致新鲜果蔬农药残留高，对人体有害。在河北邯郸一个产鸭梨大县，记者看到有的梨农由于仍用溴氰菊酯、氧乐果剧毒农药喷洒鸭梨，导致鸭梨黑斑、萎缩病严重，农药残留高，人吃了头痛，10 多万斤鸭梨只好烂掉。而"大枣之乡"沧州，也有一些枣农打了有毒的农药，棉铃虫没有控制住，却导致枣农药残留高，损失惨重。而河北青龙满族自治县王思阁一家因吃的白菜中有剧毒农药1605，而造成 3 人中毒死亡、两人被送医院急救的事件，经过卫生防疫部门检测，是他自家种的白菜在一周前刚刚被打过剧毒农药。该县卫生防疫站的有关负责人介绍说，1605（学名对硫磷）属剧毒类有机磷农药，一般作为广谱杀虫剂喷洒在蔬菜和部分水果上，残效期为7—10天，目前，此类农药的法定最大残留极限为0.7毫克/千克。同时，1605还是一种神经毒剂，它可以从消化道、呼吸道和无破损皮肤三个途径侵入人体内，使人出现头晕头痛、恶心呕吐、胸闷无力、视物模糊等轻度中毒症状。欧盟在去年12月31日起正式禁止320种农药在欧盟的销售，其中涉及我国的达60多种，包括种植业常用的氧乐果、三脒磷、甲氰菊酯、丙溴磷、稻瘟灵、盖草能、恶霜灵等品种。禁止进口的主要理由就是残留超标。

二是剧毒农药对人畜的伤害。由于农药好储存，价格不太贵，成为危害农民群众生命的一大罪魁祸首。有人喝剧毒农药或者以剧毒农药危害他人的事时有发生。

第二，国家禁用、无证、假冒伪造农药登记证号农药比例仍然居高不下，占到14%左右。由于目前河北仍没有规范的农药交易市场，特别是县及以下农药交易，虽然规定农业部门是供应主渠道，但个体、私营经营农药的摊点很多，受利益的驱使，无证农药、禁用农药在农村大有市场。记者在河北邯郸、保定等地看到，农民大量购买农药是以政府农业部门渠道为主，但应急购买则是以个体商贩为主。成安县一位农民告诉记者，去年他种了5亩棉花，在个体商贩手里买了一次农药，棉铃虫没有打死，人却中毒了，后来发现是禁用品种。

第三，农药标签问题突出，表现方式五花八门。较为普遍的问题是擅自扩大登记作物和防治对象。在河北很多农村的农药经营单位，都打着"××总代理、总经销"的招牌，甚至有些企业名义上打着总经销的幌子，实际上是自己偷偷加工生产，严重冲击了农药市场管理。

第四，多头管理实际使农药市场出现"管理空当儿"。目前工商、技术监督、农业等多个部门都在参与农药市场的管理，而实际上各地农药经营商反映，管理就是罚款，增加收入，而不是控制假冒伪劣商品。一个经营商告诉记者："市场如没有假冒伪劣商品，这么多部门罚谁的款，还怎么创收。所以，农药市场这么多年，年年都在管，年年仍在乱。假冒伪劣一日不除，这些部门就可罚款有据，罚款有理。"（新华社石家庄 2004 年 3 月 2 日电）

农药管理亟待全面整治
——河北农药市场调查（下）

针对农药市场的管理混乱、假冒伪劣商品泛滥成灾的问题，河北省农药主管部门和经营单位认为，在农药经营市场全面放开后，相关的法律法规建设也要跟上，要全面规范农药经营许可制度，规范交易行为，严惩生产、经营假冒伪劣农药的单位和个人，要让经营假冒伪劣农药者倾家荡产甚至追究刑事责任，以法管理农药，逐步形成规范、有序的农药管理制度和经营市场，保护农民群众的切身利益。

河北省农业厅专家、高级农艺师高增芳等介绍说，加强农药市场管理，要彻底改变过去多头管、多头罚款，而又管理不好的问题，冲破管理体制障碍，理顺各种利益关系，以新办法、新措施来治理农药市场。

一是要建立和完善领导责任制和责任追究制。这也是保护农民群众根本利益的需要。要建立上下各级之间的责任制，特别是县、乡镇和村三级农药管理领导负责制和责任追究制，对不履行职责给农民造成损失的地方，要依法追究领导的责任，不能像目前这样表表态度、出出文件、走走看看，伤害了群众才重视，领导只是承担轻微责任。

二是要完善《农药管理条例》，建立和健全与《条例》相关的规章制度和技术规范，特别是地方实施细则和农药管理标准，改变目前的多头管理为一证管理制度，强化农药经营市场资格准入制度，没有准入资格的一律取缔，不能再开小口子，理顺危险化学品管理和农药管理的关系，细化相关处罚措施，对农药市场加强监管。

三是理顺体制，健全体系，根本扭转市场混乱的局面。首先，国家和地方都要明确一个以技术为依托的农药专管部门，不能各方插手都为利；其次，省级农药检测部门要尽快从农业植保站或农技部门独立出来，保证执法的公正性和权威性；第三，建立健全县级农药管理职能。县级在农药管理环节是最为重要的，但目前，执法能力却是最为脆弱的。要尽快建立县级农药执法队伍，提高人员素质和执法水平。

四是尽快引导和建立具有我国农村特色的农药连锁经营模式，解决目前连锁经营起步晚、经营规模小、规范程度低的问题。以崭新的经营理念和模式，实现生产和市场的全面衔接，减少管理成本，让农民群众从中获利。

五是进一步加强对农药品质和标签的查处力度，坚决打击制假、贩假等违规行为。针对目前农药质量不高、标签问题严重的情况，可在一个地区做农药专管专营的综合试点工作。

六是建立农药生产、经营单位和个人的诚信档案，保护诚信单位和个人，扶优治劣，重点扶持一批信誉好、科技含量高的农药生产、经营企业，扩大生物、无公害农药的产量，逐步让其占领农药主要市场。对屡教不改的企业要彻底整治，违反法律的要依法追究刑事责任。（新华社石家庄2004年3月2日电）

河北农业综合生产能力状况调查

"五低"困扰潜力巨大

—— 河北农业综合生产能力状况调查（上）

农业生产综合能力决定着农业发展的后劲，也是建立农民增收长效机制的基础。记者近日调查发现，目前，河北省农业综合生产能力虽然取得了很大的成绩，但仍受到"五低"因素的困扰，仍有巨大潜力可挖。

河北省副省长宋恩华说，改革开放以来，由于实行家庭联产承包经营，国家逐步加大对农业的投入，农业政策和相关制度不断完善，农业综合产出大幅度提高，解决了长期没有解决的温饱问题，农业综合生产能力建设达到历史最好水平。2003 年，河北省农林牧渔业总产值达 1956.9 亿元，亩均 2177 元，是 1952 年的 13 倍。但总的看，河北农业综合生产能力还不高，特别是与发达国家相比还有很大差距，突出表现为"五低"：

一、物质装备水平低，农业生产方式落后。虽然小麦播种、收割、玉米秸秆精碎等实现了机械化的操作，但大多数农作物的小规模耕作仍是以人工为主，属于落后的农业生产方式。

二、科技贡献率低，现代科学技术还没有在农业生产中得到广泛应用，农机推广难问题仍很突出。农民对科技的渴望和很多农机成果难以走向田间地头的问题依然没有根本解决。

三、要素利用率较低，水资源和化肥等生产资料浪费严重。耕地荒废、漫水灌溉、盲目使用化肥和农药的问题没有根本解决，造成水资源的大量浪费和耕地资源的破坏。

四、集约化程度低，经营管理粗放。以土地资源为主体的农业综合经营仍处于粗放状态，社会化服务体系各个环节的管理较粗放。

五、劳动生产率低，农产品市场竞争力不强。虽然很多现代化的农业生产技术得到广泛的使用，但土地的效益仍然不高。农村青壮年劳动力生产效率也很低。众多的农产品还是处在直接出售或者粗加工的状态，农业产业化程度不高。

面对农业综合生产能力建设的艰巨任务，深入研究分析各种条件和因素，从长远看，河北省提高农业综合生产能力还有巨大潜力。一是光热资源潜力。据测算，河北省平原区还有 30% 的光热潜力可开发利用。二是耕地开发潜力。河北省还有未开发利用的土地 6210 万亩，可开发成耕地的后备资源 220 万亩；现有耕地多为 4 级，土壤有机质平均含量仅为 1.1%，且普遍缺磷、缺钾、少氮。通过加强后备耕地资源开发、培肥地力，将有效提高耕地的产出率。三是农业科技潜力。目前河北农业科技进步贡献率为 50%，远远低于发达国家 70%—80% 的水平。因而，应通过实施"科教兴农"战略，大幅度提高农业产出水平。四是治水节水潜力。河北水资源严重匮乏且利用率低，目前有中低产田 6000 多万亩，占耕地总量的 2/3；灌溉水有效利用率不足 40%，平均每生产 1 千克粮食耗水 1 吨，约为发达国家的 4 倍。通过大力发展高效节水灌溉和旱作农业，打破水资源制约，将现有中低产田改造成稳产高产田，可增加 600 万吨的粮食生产能力。五是环境保护潜力。目前河北有 10% 的耕地不同程度地受到工业"三废"污染。通过加强生态建设，科学开发利用和保护林地、草原、水面、生物等资源，严格控制环境污染，可以有效提高资源综合利用率。六是政策拉动潜力。国家对农业支持、保护和引导力度的加大，农村改革的不断深化，各项农业制度的完善，都将大大调动农民生产投入的积极性，为农业综合生产能力建设提供强大动力。（2005 年 7 月 11 日）

综合配套构建新平台

——河北农业综合生产能力状况调查（下）

针对目前我国农业综合生产能力建设方面的不足，河北省副省长宋恩华认为，农业综合生产能力建设需综合施策。在新阶段加强农业综合生产能力建设应借鉴国内外经验，吸取历史教训，按照科学发展观的要求，从实际出发，始终遵循自然规律和经济规律，兼顾经济、社会和生态效益。既要注重加大投入，又要重视制度创新；既要保障农产品有效供给，又要促进农民增收；既要开发利用资源，又要重视资源和生态环境保护，促进可持续发展。总的思路是：立足自身实际，以农业增产、农民增收、农产品竞争力增强为目标，以打破水、土地资源缺乏的制约为核心，以体制、机制创新为动力，以加大物质投入和技术投入为重点，大力加强基地建设，全面提升农业资源的产出效率。当前，应着力抓好以下五点：

一、保面积培肥力，提高耕地质量。针对耕地面积不断减少、质量不断下降的实际，把控制耕地面积减少、提高耕地质量作为农业综合生产能力建设的首要任务来抓。一保面积。全面落实《国务院关于深化改革严格土地管理的决定》，实行最严格的耕地和基本农田保护制度。建立土地节约利用机制，引导乡镇企业集中连片发展，杜绝抛荒撂荒。二抓节水。搞好灌区改造，大力发展以管道灌溉为主的节水灌溉，加强中低产田开发和旱作农业建设，同时努力提高水资源利用率。三培肥力。结合优势农产品产业带建设，深入实施"沃土工程"，改善土壤养分结构。探索建立"农户培肥力政府补贴"制度，力争 5 年内耕地质量普遍提高 0.5—1 个等级。

二、加快科技创新与推广，提高支撑水平。以良种良法和农民培训为重点，强化科技创新与推广，切实解决先进技术少、推广难的问题。在农业科研方面，以小麦、玉米良种繁育、重大灾害综合防控、光热资源综合利用、单项技术优化集成、储藏和加工技术为重点，实施科研攻关，努力增加主要粮食品种的有效技术供给。深化农业科研体制改革，大幅度增加农业科研投入，增强科研单位的活力。在农技推广方面，坚持"一完善、两创新、一加快"：尽快完善以政府为主导的多层次、多成分、多形式、多功能的农技推广体系；创新利益分配机制，创新推广手段，调动推广人员的积极性，充分利用以农业信息网络为主的现代传播媒体推广农业技术；加快农业基地建设，努力在标准化生产、加工增值、社会化服务上取得突破。

三、加大农业投入，提高保障能力。坚持政府投入、社会投入一起抓，进一步优化物质投入结构，破解农业投入长期不足的难题。首先，加大政府投入力度。目前国家已具备了以工业反哺农业的实力，各级政府应自觉地调整国民收入分配格局，进一步提高财政支农比例。其次，用活财政资金。改革财政资金使用的方式、方法，加强资金整合，集中财力办大事：加大对引进大型新建项目的贴息扶持和人员奖励力度，切实发挥财政资金对社会投入的引导调节作用。第三，优化投资环境。搞好项目谋划，妥善解决项目建设用地，大力改善水、电、路等配套条件，简化投资手续，努力创造社会资金投入农业的良好政策环境。

四、健全防护体系，提高抗灾能力。重点防御重大动植物病虫害、旱涝灾害，卓有成效地减少其对农业综合生产能力的破坏，保护农业生态环境。一是健全农产品质量安全检测体系，对农产品质量安全实行全程监管。二是健全动物重大疫病防控体系、农业生物灾害预测预警系统和应急控制体系，防止重大病虫害和农业检疫性有害生物的侵入和扩散。三是建设农业气象灾害监测预报预警体系，提高对气象灾害的综合防治能力。四是完善防洪保安体系，加快大中型病险水库除险加固和骨干河道治理，提高抗御特大自然灾害的能力。五是完善生态环境保护体系，充分发挥森林植被保护农田的作用。

五、发展循环经济，提高资源利用率。农业循环经济是未来农业的发展方向。要以"减量化、再利用、资源化"为原则，大力促进农业内部和第一、第二、第三产业间的生产循环，提高农业资源综合利用率。一是编制发展规划，明确发展战略、总体思路及分阶段推进计划，制定切实可行的措施，用循环经济理念指导农业发展。二是创新关键技术。重点组织开发具有普遍推广意义的资源节约和替代、能量梯级利用等技术，努力突破制约农业循环经济发展的技术瓶颈。三是抓好试点示范。近年来，河北省一些地方创造的"牛—粪—菌—沼—肥""林—草—牧—菌—肥""猪—沼—鱼—肥"等循环经济模式，取得了良好效果，应完善总结，搞好示范，及时在面上推广。（2005 年 7 月 11 日）

河北超采地下水专题调查

河北地下水开发程度居全国之首
——河北水专题之一

据从河北省水利部门获悉，近年来，这个省地下水开发利用程度不断提高，目前已高居全国之首。

到去年底，河北地下水开采量已从 20 世纪 50 年代的 28 亿立方米增加到 173.21 亿立方米，供水量占全省用水总量的 74.5%。而城镇生活和工业用水的 81.9% 和农村用水的 96.7%，都是靠地下水提供。仅 20 世纪 90 年代，全省地下水超采量已累计达到 996 亿立方米。目前，河北省用不到全国 1% 的地下水资源量，养育了全国 5% 的人口，生产全国 6% 的粮食，达到了全国近 6% 的国内生产总值。

据了解，河北工农业用水从 20 世纪 50 年代初期的 40 亿立方米增加到去年底的 221.5 亿立方米。近几年，由于河北连续干旱，降雨量在 400 多毫米，且有连年下降的趋势。2001 年降雨量为 414.9 毫米，比上年减少 65.3 毫米。城镇生活、工业用水和农村用水只能靠地下水来维持，众多地方只好打深机井来保持工厂、企业的机械设备和生产线的正常运转。目前全省机井已由解放初期的 1800 眼，增加到去年底的 85.59 万眼。（新华社石家庄 2002 年 4 月 17 日电）

河北超采地下水已造成多个"漏斗"群

——河北水专题之二

由于连年的超量开采地下水，已导致河北地层下降，形成以各个省辖市为中心的多个"漏斗"群。

河北地下水主要贮存在松散岩类孔隙中。西部山区和中间平原地带的淡水区地下水主要靠接收大气降水和地表水及山前孔隙水补给，补给和开采条件相对较好。而中东部咸水区深层淡水，水位埋深大，不能直接接收降雨等补给。据测定，目前东部深层水是经过6000—25000年长期地质时期形成的，基本属于一次性资源。但连续6年的干旱，已经使缺水地层无法补给水源，再加上工农业用水量的剧增，超量开采有增无减。

河北西部和中间地带的浅层地下水年均可开采量为77.01亿立方米，20世纪90年代年均开采量为104.4亿立方米，超采27.5亿立方米，超采率达35%；深层地下水年均开采量25.79亿立方米，均为超采量。90年代深浅层地下水合计年均开采量为130.33亿立方米，二者超采合为53.32亿立方米。京津以南平原是河北省平原地下水超采最为严重的地区。

由于长期超采，导致河北地下水位持续大范围下降，至去年底，中间地带平原区主要地面沉降区已发展为8个。其中沧州地区沉降达1953毫米。河北省测绘局对沧州、保定和邯郸3个城市的连续三年监测表明，地面沉降在连年加速，地下水位也在逐年下降，浅层地下水平均埋深下降到12.34米，比60年代中期下降了10米。邯郸、邢台、石家庄、保定4市地下水位平均埋深达19.4米，平均每年水位下降约0.7米。石家庄市以南、邢台市以北山前平原地下水位下降最为严重，其次是邯郸中部地区。

"漏斗"群已增加到河北全部的11个省辖市，各个"漏斗"区的面积也在逐年增加，在沧州、廊坊等地的漏斗区已连成一片。唐山市和保定市的漏斗区已发展到以市区为中心的300平方公里和400平方公里；廊坊市的漏斗区面积已达 352 平方公里，并以每年 18 平方公里的速度增加。中间平原地带无地下水面积已达 1700 平方公里，出现了人畜饮水都极其困难的新"旱庄"。（新华社石家庄 2002 年 4 月 17 日电）

超采地下水给河北带来多种经济社会损失
——河北水专题之三

由于多年超采地下水，已经给河北带来多种经济社会损失。主要表现在：

1. 海水入侵，造成经济损失。海水入侵主要在冀东沿海。最新测算表明，秦皇岛市海港区和抚宁县海水入侵面积已达 55 平方公里，海水入侵内伸最远达 65 公里。抚宁县由于海水入侵导致土壤盐碱化的面积 26667 平方公里，34% 的机井变咸。每年因为海水入侵而使企业机械设备腐蚀造成经济损失 396 万元。

2. 机井报废速度加快，提水成本上升。由于地下水位下降和沉降区的扩大，使众多原有的机井不能有效使用而报废。目前，每年大约有 5% 的机井因不出水而报废，有 40% 的机井只能出半管水或更少，打井的水源地一换再换。据调查，东部 42 个县一年因为增加提水设备而增加开支 8.56 亿元。

3. 整体生态环境趋于干化。由于超采导致地表面水层平均从 1 米下降到 3 米，土壤大面积缺水增加 50% 以上，使平原区土壤大面积干化或荒漠化。张家口、承德的部分地区植物枯死，扬沙天气增多。由于地表缺乏绿色，太阳照射使地表温度升高。近几年，石家庄已成为全国最热的"火炉"之一。

4. 地下水质量下降，水事纠纷和为水移民增多。根据对保定、廊坊等市的地下水质监测，多数水已达不到饮用标准，在黄骅等东部县市有数万人饮用高氟水或苦咸水，有百万人由于缺水而到外地拉水或移民。村与村、县与县甚至省与省之间为争水而闹纠纷的事情经常发生。河北、河南因争漳河水曾发生互相炮击事件。（新华社石家庄 2002 年 4 月 17 日电）

河北省地下水开发利用前景堪忧

——河北水专题之四

河北省水利厅的专家介绍说，河北即使维持目前的地下水开采水平，开采量不再增加，供水区的深、浅层水位仍会继续下降，已无多少地下水层可以再开采。河北地下水开发利用前景堪忧。

据介绍，"十五"期间，河北省地下水年开采量将维持在 170 亿立方米左右，需求量则要 280 亿立方米，缺水量为 110 亿立方米。但再缺水，地下水的开采量也难有大的增加。

在中西部的山区和平原地区，2010 年以前，石家庄市区、邢台市区和永年、磁县等地的地下水将被疏干，无地下水可用，面积将达 1863 平方公里。2020 年以前，邯郸市区也将成为地下无水区。到 2030 年，河北将有大面积的地下水被疏干，只好开采深度在百米以下的第三含水区，由于该区富水性差，地下水位下降速度将明显加快。

而东部地下水的继续开采，将会造成不可挽回的损失，一是海水入侵造成含水层的永久性破坏，使子孙后代彻底失去宝贵的后备水源；二是地面沉降迅速发展，危害加重。据预测，到 2030 年，沉降量大于 700 毫米的面积将达 28836 平方公里，接近平原区总面积的 1/2，造成极为严重的环境地质灾害。（新华社石家庄 2002 年 4 月 17 日电）

耕地开发利用状况调查

人地矛盾突出　耕地浪费严重
——耕地开发利用状况调查之一

　　联产承包责任制在农村推行已经 30 多年了，为了稳定承包责任制和社会秩序，第一轮和第二轮的承包，每家每户的人口和耕地数量均是按照第一轮核定的数字。但几十年的发展，每家每户人口出现了大增大减，但耕地还是原来的亩数，这就造成人口和耕地的矛盾突出。这样做虽然稳定了联产承包责任制，但却造成人口少耕地多的户耕地资源的大量浪费，甚至出现很多撂荒地。而有户把种不过来的耕地私自转让出租，造成耕地挪作他用，甚至滥挖乱用的现象比较严重。

　　记者在河北邯郸、邢台、石家庄等地了解到，很多村人地矛盾突出，争地现象严重。几乎每个村 20 岁以下的年轻人都没有耕地。一家几口人无地的现象也很严重。一些知情的村干部和村民介绍，魏县的大磨村有 1700 口人，而其中的 700 多名 22 岁以下的人都没有耕地。成安县的张横城有 600 口人，没有耕地有 200 口人。

　　永年县大张村一些村民介绍，该村从 1989 年土地承包后，再也没有重新分过地。在十三个由原来生产队改成的村民小组中，1、2、4、13 小组人均 1.1 亩地，而其他 9 个小组人均 1 亩。全村 35 岁以上夫妻两人加上两个孩子 4 口人的家庭只有 1 口人的耕地的户占全村的 12%，像连社军、连士民、张民善等户。而家里只有一口人耕种三四口人的耕地也不少，像常上海、马少行、王树堂等户。

而有些地方人口增减明显，有的户地多种不过来只好荒一部分，有的户地少，有劳动力也是无地可种。永年县东杨庄村沈恩得，1983年分地时是8口人、7亩地，现在是3口人仍是7亩地。他说："全家就我一个劳动力，我种不过来，只种3亩多好地，其他的本来承包出去，但地上质不好，又不好浇灌，没有承包就荒着了。"

在不少村里过去的生产队还一直存在，改成了村民小组，但村民小组之间的人均耕地不同，也加剧了人地矛盾。在魏县的前大磨村有8个村民小组，第一组人均有两亩半地，而第八个组人均只有8分地。第一小组的有很多农户地多人少出现多户耕地被撂荒，而第八个组很多农户人多地少无地可种。

在很多地方女方到男方落户很多年了也没有给耕地，还有些地方把妇女当作门外人，男方到女方落户的，不给耕地，这也加剧了人地矛盾。临漳县北史庄村村民李明说："我们村在第一轮分包耕地后，快20年没有重新调整过。我家分地时全家6口人、7亩多地，而现在两亩多耕地被划分成住宅用地，家里只有5亩耕地。两个儿子媳妇和两个小孙子辈的都没有地。"石家庄市新华区杜北村一些村民介绍，村里有十几户是男方到女方落户的，双方结婚也好多年了，孩子也好几岁了，但村里仍不给一分地，只好做点小生意维持生活。

在一些村里，耕地流转，没有人管，私自流转严重。在有砖窑的高邑、清河等县，砖窑用地多是私自兑换的耕地。在魏县的一个村有一座砖窑，开窑五家，为了制砖取土方便就把自己的耕地和窑周围的农户私自兑换，把十多亩的耕地都挖成几米深的大坑了，不可能再复耕。这些村民为了换地生产土砖，基本上把自己的耕地快兑换完了，一旦土烧砖窑被禁止后，他们将无地可种。

一些村干部介绍说，人多地不增、人少地不减的做法维持了几十年，虽然知道不合理也不符合每家人口发展的实际，但国家要求要稳定联产承包责任制，一旦打破过去的办法重新按照最新的实际人口分给耕地怕出现个别人闹事，影响农村稳定。（2004 年 12 月 10 日）

配套服务残缺　重复劳动加剧

——耕地开发利用状况调查之二

记者调查发现，围绕耕地为核心的社会化服务体系的不健全，更是加大了农民对耕地的投资，也造成农户对耕地的重复劳动较多，但耕地效益并没有增加。而以耕地为核心的社会化服务体系处于层次低、组织散、管理乱的状态。这就导致农具是小型的重复的购买，大型的购买不起。对土地的劳动也是重复劳动多，劳动繁杂，难以根本从繁杂的劳作中解脱出来。

分散种植模式，农户重复投资严重，大型机械化生产农具缺乏

分散的种植方式，加上缺乏组织引导，就导致每家每户在小型常用的农机具购买出现重复投资，而大型联合收割机等大型的、价钱几千、几万甚至十几万的农机具单家单户难以购买，一到农忙就极度缺乏的问题出现。

今年麦收季节，记者在邯郸市的广平县西朱庄村秦红全的麦田里看到，一台大型联合收割机正在收割麦子。但记者吃惊的是麦子仅只八分熟就被收割了。记者询问为何急着收割，秦红全说："联产承包责任制好是好，但长期以一家一户为单位的分散种植，导致每家每户在播种、浇水、收割等各个环节上重复投资、重复购买农机具，如浇水的塑料管带等，几乎是家家都有。但像大型联合收割机这样的大型农机设备，一家一户购买不起，几家联合也没有人组织，就导致一个村只有一台或两台的联合收割机，有的小村还一台也没有。这台收割机是外村的，来收割一次不容易，人家走了再也不好叫过来了，就只好把生的麦子也收割了算了。我这块地是 1.7 亩，本来亩产只有 400 千克，这一提前收割就

要减产 20%，但也只好这样。"

成安县农民张绍堂给记者算了一笔账：由于地块小，收割机难以下地，很多地块只好由人工收割。如果集中种植，别说几百亩就是几十亩，联合收割机就可以下地了。这样导致每年在麦收季节，他家都要购买镰刀等小型割麦工具，年年购买。还有一家一块地就几分，到了浇水时，一家浇完再另外一家，水龙头也是重复用来用去，这样也导致水资源的浪费。再说，种棉花，一家一户各自打药，你家打完，虫害就跑到邻居的地里。这样你家打药、他家打药，但病虫害仍是难以防治住。要是能几十亩统一打药，又省钱效果又好。

社会化服务体系不健全，分工不明确，低层次社会配套服务多，高层次的协调分工不够

记者调查发现，以农业服务为目标的各种专业合作组织仍是不健全。省这一级有鸭梨、优质麦等专业协会，但却是"高高在上"，基层农户难以享受其提供的服务。而有的县市建立的优质麦等局部的协会，但又缺乏大的市场行情信息，也难以给农户提供促销等服务。在魏县记者看到虽然有县级鸭梨协会，但没有给梨农具体的服务，梨农仍卖梨难。而在成安、广平、藁城等不少的县市却是没有一家为农业服务的转移合作组织。比如棉花防治病虫害，目前是一家一户各自防治，缺乏专业的病虫害防治合作组织。（2004年 12 月 10 日）

分散经营制约生产力发展

——耕地开发利用状况调查之三

记者看到，在很多地方，分散的种植导致土地的开发利用程度低，耕种土地仍是一种养家糊口的行业，难以有效推进以耕种为核心的农业产业化和生产力的大发展。一些专家分析，随着农业科技的发展，对规模种植的要求越来越高，很多农业科技和高新技术，只有通过大规模的种植利用和成果转化，才能发挥科技的作用。这种分散种植的模式，过去曾经解放过生产力，但现在已对农业生产力的进一步解放起到了阻碍的作用。而这种分散的种植模式，带来的弊端主要是：

一、科技难推广。临漳县农业局长李清玉介绍，该县有 62 万亩耕地，分给了 13 万农户，一家一户就是几亩地。农民种地主要是打点粮食，而靠种粮致富还很难。由于分散种植，也导致很多农业科技难推广。这就形成恶性循环，一项技术农业科技人员要一家一户反复做工作，成效也不一定明显。而没有科技支撑的农业效益就上不去，效益低下，就逼迫青壮年农民不得不外出打工挣钱，而家里只剩下老年人和妇女，种地的效益就更差了，只是维持种粮吃饭的状态。

国内大型纺织企业、石家庄市常山纺织集团董事长韩希厚分析说："每年都将大量使用棉花，但由于国内分散种植和采摘，导致异型纤维等'三丝'存在严重，对高密度的纺织面料质量影响太大，只好改用进口棉花。这也主要是因为以家庭为单位的棉花种植方式不能大面积推广棉花种植的新技术，机械采摘也推不开，而导致国产棉花质量不能保证，降低了在国内、国际市场的竞争力。"

二、土质下降，耕种难有循环效益。武安市农业局局长冯守桢分析，分散、不科学的种植方式对耕地的破坏严重，造成土质下降、土壤板结，造成很多农作物需要而耕地含量丰富的微量元素难以有效吸收。这些问题主要包括：1. 土壤污染严重。剧毒农药、化肥的大量使用和滥用，导致各种有害物质侵害耕地，造成土壤污染。据 2000 年对河南省基本农田保护区采集的 110 个土壤样品进行分析，土壤中重金属检出率为 100%。2002—2003 年，在对河南各地 500 个土壤采样的监测中发现，铅、镉、汞、砷等 8 种元素检出率为 100%。2. 土壤逐步退化，肥力减弱。不科学的种植方式导致土壤的微量元素含量严重不均衡，很多耕地钾、磷含量严重不足。很多耕地土层变浅，保墒保肥能力下降。像河北、河南的土壤养分分级标准统计，耕地每千克土壤中有机质含量平均为 8.9 克，处于全国耕地第五级水平，属下等。3. 土壤利用程度低，产出效益差。土壤质量的下降，导致土壤利用效率低，土壤产出效益低，耕地中低产田面积逐年扩大。到目前，河北的比例在 50% 左右，河南省耕地中中低产田占 73%，其中低产田占 35.4%。

这种方式导致最严重结果就是土地生产效益下降，种地就是打点粮食、种点经济作物，难以通过换季种植、多种种植等方式把耕种产业做大、做强，形成生态循环模式。

三、分散种植难以形成大规模的农产品流通，导致农村农产品市场发育不完善，农户小生产、小流通的生产方式以及由此造成的农业市场化经营程度低，已经成为制约我国农业进一步发展的一个重要因素。

记者走访发现，在很多农村农产品交易市场很少，即使有也是低层次、满足很小范围内的农产品初级流通市场，而真正的高层次、辐射范围大的市场则是稀少。比如蔬菜，在邯郸县、永年、曲周等县种蔬菜的农民很多，面积也很大，但没有大型的蔬菜交易市场，农户多是自种自销。而小麦、玉米等大众农产品的大型交易市场更是这样，农户和全国大市场之间的距离很遥远。一些农户说，一家一户的种植，缺乏市场信息，往往是今年看啥市场挣钱，明年就一哄而起，后年赔了钱，再少种。这跟农产品市场发育不完善有直接关系，让农民吃亏不少。（2004 年 12 月 10 日）

耕地产权虚化　农民利益受损
——耕地开发利用状况调查之四

联产承包责任制本来是双层经营体制，但实际上集体经济成了空壳，只剩下农民家庭经营这一层次，但长期以来对耕地产权的虚化，使耕地处在集体管不了也管不好，而农民想管理但耕种权不明确，耕地随时可能被征用，又不想更多投入的状态，这就造成很多农村干部打着集体的旗号，擅自倒卖耕地，自己捞取私利，而国家利益和农民利益受损的局面出现。

耕地不是我的，我也不敢好好耕种

很多农户给记者反映，耕地归集体所有，自己只是耕种而已，但又没有明确一家一户对耕地的耕种权，自己想搞农田设施建设，但投入后一有变化，村干部就想法不让你种，你没有明确的法律法规保护自己的耕种权力。这就导致农民不愿意对土地进行更多的投入。在一些还出现过承包户在承包期限内，土地就被强行征用或被村里强行承包给他人的问题。

霸州市堂二里镇十村村民赵光介绍，该村在1999年进行第二轮土地承包，但到了2001年9月村里就不让种小麦了，中止承包经营权。记者看到这些村民手里都有其上级市廊坊市人民政府给的30年的土地承包经营证书。赵光说，村里不让村民种地，却把840亩地不经村民同意就承包给了别人。在这种情况下，群众怎么给土地投资。

很多农民认为，农民对耕地使用权的不确定性，会让农民对耕地的耕种处在一个不用心种、不投入种的心态。新乐市何家庄村民李培德介绍，该村800亩的基本农田，在去年的退耕还林中硬被上级部门强行种上了树。30年的承包权就这样被剥夺了。

村干部乱卖耕地　国家和农民利益受损

很多农民反映，村干部非法占地或出租地的问题严重。农民虽然知道村务要公开，尊重农民的意愿，但村干部不开村民代表大会，他们擅自转让土地，由于土地产权虚化，村民也无法依法维护对土地的耕种权。清河县的许家娜村，村支书不经村民同意，将本村450亩耕地卖掉，村民至今也不知道卖地收入哪里去了。邯郸的一个村的村主任擅自将295亩地承包给外村人，但承包人不交承包费也没事，农业税却仍由村民负担。现在这块地有大面积撂荒现象，村民意见很大。另一村支书非法出租耕地210亩给个人建厂使用，支书自己则占地10多亩建了住宅楼。还有一城关村村支书在集体土地上占地5亩，自建几十间房屋用于出租。

而石家庄市南辛庄村村干部不经村民同意，就把47亩耕地卖给一个民办学校，至今有210万元的卖地款没有给村里，村民更是对卖地款不知去向，甚至最后有村民找学校说理要钱被打的事件发生。

而涞水县政府前几年从农民手中征用了1122亩耕地要招商，几年下来一个外商也没有招来，而政府背上沉重的负担，几百亩的耕地农民也没法耕种被荒芜了。当时该县以每亩6000元现金，以及一个农转非指标征用耕地，而目前县政府背着几千万元财政负担，而农民转为非农业户口的1000多人也无活可干、无地可种。（2004年12月10日）

稳定联产承包　健全配套机制
——耕地开发利用状况调查之五

长期坚持的家庭联产承包责任制基本制度是好的，应该长期坚持的，它是符合我国农村人口多的国情，但在长期的实践中，一些弊端和问题也日益凸显出来，严重制约了耕地的产出效益和农业产业化的推进。而当前我国耕地开发利用正处在一个在稳定联产承包责任制基础上的一个大变革的关键时期，就是要敢打破一些不适合科技推广、知识普及的"症结"，进一步稳定联产承包，完善相关机制，引导规模开发，第二次解放土地的生产力，使农业给规模种植、规模开发要效益，全面推进农业产业化，建立和国际接轨、具有国际竞争力的现代农业。

河北省土肥站高级农艺师高增芳等专家分析认为，耕地制度的改革涉及千家万户，要稳定推进、重点突破，在几个阻碍生产力发展的"症结"上，进行深层次的改革，这主要包括：

——明确国家对耕地的所有权，也确定农民对耕地的耕种权。改变过去长期确定的农村土地归集体所有的做法，明确国家对农村耕地的所有权和农民对耕地的耕种权，让村级组织只是代理国家对农民耕种进行监督管理，明确耕地的产权。一是明确农民对土地使用权物权化。让农户享有对自己承包土地及其附属设施的占有、使用、处置、收益的权利。二是把土地使用权法定化和长期化。除国家重大建设项目征用或者国家重大政策变化之外，任何人不得以任何方式，强占农民对土地的使用权和经营权。

——稳定联产承包责任制的基本制度，但要采取措施鼓励农民以土地入股，进行规模种植和开发。通过股份合作制、民营农场等组织形式，让农民以土地数量入股，组成土地开发公司，建立股东大会，由农民选择能人带领大家搞耕地规模开发。农户按股分红，可以直接参加土地的耕种，成为农业产业工人，也可以外出打工，从事第三产业。可以在安徽、上海、广东等耕地开发程度高、农村经济发展好、农民实力强的地方进行土地入股、规模开发的试点工作。

——打破乡村为单位的耕种管理模式，健全以耕地为核心的社会化服务体系，形成耕种、浇灌、田间管理、收割、运输、加工、销售等多个环节相配套的、市场分工明确的各种合作组织。

——以村为单位，按全村实际人数重新进行耕地资源的承包经营，按每家每户实际人数来调整耕地，解决人地矛盾的问题。时间越长，人地矛盾就越突出，要尽早解决。

——规范土地流转，建立区域性和全国性的土地流转市场，建立土地流转登记备案制度，解决民间私自流转，耕地秩序混乱的问题。虽然在《农村土地承包法》和《物权法》当中都对农民对土地的承包和转让做了明确的规定，但界定标准不明确，农民对土地流转的权益仍是无法保障。所以应该进一步明确国家和农民对土地权限，界定农民私自转让、地方强行征用、国家正常征用的具体标准，保护国家和农户应得的利益，防止地方政府利用征地来损害农民利益。

——规范基层政府及其部门对农民土地经营的干扰行为，给农民依法承包经营耕地创造良好的社会环境。这些乡镇和村里非法干扰农户耕种的事件屡见不鲜，而法律法规对此界定不明确。这就需要尽快制定新的法规来规范基层政府对农民承包经营土地的干扰行为，使农民对土地的经营权、生产决策权和收益权不受侵害。（2004 年 12 月 10 日）

农交会专题

调研报告 ⊙

农交会上看人才：企业招聘"冷" 农民求才"热"

记者近日在第六届中国(廊坊)农产品交易会上发现了这样一种怪现象：一边是企业招聘"门槛高"，乏人问津；一边却是农民求才若渴，四处奔波。

农产品展览和农业科技人才交流，是这次农交会的两项重要内容，然而两个会场却呈现"一冷一热"的现象。18日下午，记者在农业科技人才交流中心看到，偌大的会场人迹罕至，多数前来招聘的企业工作人员有的聊天看书，有的甚至收拾行装准备打道回府了。许多企业的工作人员说，前来应聘的科技人员寥寥无几，符合条件的就更少。记者注意到各家企业的展示牌上，对农业人才的需求不是本科就是硕士，很少有专科以下要求的，甚至有的乡镇、村办企业还要求有中高级以上职称。偶尔有学农的大学生前来咨询，也是"败兴而归"。前来应聘的河北职业技术学院张向华告诉记者，她是学园林专业的大专生，可都被许多企业的"高门槛"吓得望而却步了，真不知道哪里才是他们这些中等农业科技人员的天地。

而在科研院所、涉农企业云集的农产品展览会场里，却人来人往，热闹非凡。附近各县的农民纷纷挤在他们感兴趣的展台前，或细细观赏高技术的农业产品，或围在农业专家身边问这问那。一位来自固安县搞特种养殖的农民说，现在搞农业结构调整，我们一怕市场变得快，二怕科学管理跟不上，现在好容易赶上这么个好机会，可得好好问一问。河北农大一位老师告诉记者，农民对农业科技新成果表现出了异乎寻常的热情，但他们普遍担忧，引进新项目，技术跟不上怎么办？

两个会场"一冷一热"，凸显出我国目前农业科技人才的尴尬局面。中国农业大学校长陈章良认为，现代农业已经成为一个与分子生物技术、信息技术等高新技术密切相关的新型产业。目前农村需要大量的中级以下的实用性农业技术人才，大量的技术型企业也不是只需要高级职称、高等学历的人才。企业应该放下架子，把众多大中专毕业生和中级以下职称的农业科技人才请进公司，量才录用，使他们成为企业推广农业技术、对农民进行技术指导和技术培训的桥梁，成为我国农业技术成果转化的一个重要的中间环节。这些中低级职称人才和大专学历以下的毕业生也要转变观念，到农村和农民中间去施展才华。（新华社石家庄 2002 年 10 月 24 日电，合写者杨守勇）

"土"农业长出"洋"产品

河北省盐山县 55 岁的农民王振和站在第六届农交会的展览馆里，指着琳琅满目的各色农产品说："过去种地是一把锄头一驾犁，可如今的高科技农业让俺这种了一辈子地的老农民都越来越看不懂了。"

从"傻、大、笨、粗"到"高、精、尖、洋"，如今的农业生产正悄悄改头换面。在农交会会展中心里，曾多次参加全国各地农交会的河北农科院的一位专家也有同感：前几年农产品交易会，不是玉米就是棉花，要不就是大豆、谷子、花生等传统农产品；而现在的展览馆里，这些传统产品已变成凤毛麟角，取而代之的是大量"名特新优"，有时候一些"怪异"的新产品让他这个农业专家都大吃一惊。

记者在农产品展览馆粗略数数，80%以上的农产品是色彩艳丽的花卉、形态各异的优质水果等"精细农业"和生态农业。河北农大培育出的"盆景果树",将高大的乔木果树缩至盆内,结出的苹果、鲜橘等个头却状如原物,"平时可看,熟时能食",引得观者如潮。即使是仅有的几处玉米、花生等传统产品展台前,也早已"物是人非"了:沧州市大化三产公司培育的转基因"黑花生",使得一位外国朋友尝后连呼"OK"……

在"前进中的河北信息化农业"展台前,几位工作人员正为观众现场操作农业技术咨询电话新系统。一位农民悄悄地问:"这电脑上种田是咋回事?"河北省农业信息网一名工作人员给他当场做了演示。这位农民拨了电话号码,很快他需要的农业科技信息就展现在面前,他触摸着电脑屏幕说:"农民种好地,光有机械化的耕作还不够,还要把信息、网络技术学会才能有更大发展。"近年来,我国农业的科技含量越来越高,机械化程度突飞猛进,信息化建设正在农业生产中"大展身手"。(新华社石家庄 2002 年 10 月 24 日电,合写者杨守勇)

陈章良呼吁,运用"绿箱"政策加快农业科技人才的培养

面对我国农业科技人才严重匮乏和世界一些国家运用"绿箱"政策加快发展本国技术和人才的趋势,参加第六届中国(廊坊)农产品暨优种交易会的中国农业大学校长陈章良呼吁,我国在全面融入世界经济的过渡期内,应充分运用"绿箱"政策,加快农业科技人才培养的步伐,以应对国际挑战。

陈章良说,加入世贸组织后,对农业的许多优惠政策将受到限制,但世贸中的"绿箱"政策允许政府对农业高新技术研究和农业科技人才培养给予支持。科技力量的加强,必然降低农业生产成本,在国际竞争中占有有利地位。而目前我国对"绿箱"政策认识不足,对农业和农业人才的培

养投入仍很有限。随着经济的发展，我国对农业人才的需求日益扩大，而农业院校培养的毕业生和人才却很有限，不少专门培养农业科技人才的科研单位和院校在基础设施、师资力量、科研管理、科研水平、学生教育等方面都存在很大差距，最严重的问题是经费不足。同时，目前高考学生对报考农业院校的积极性也不高。这些都充分说明，我国农业人才培养的形势仍很严峻。

陈章良分析说，我国是农业国，多年以后还将是农业大国。而今天的农业已经不同于以往的传统农业，农业其实已成为与分子生物学、高新技术、信息技术、生物技术密切相关的大产业。运用"绿箱"政策，最主要的是要加大对农业的补贴和经费投入，发展农业产业化，培养一批农民型的专家人才，逐步让农民摆脱依靠农业只能解决温饱、增收却很困难的局面，使农业成为农民发家致富的新兴产业；其次是要加大对农业院校的投入，建设一批具有国际水平的著名科研机构和院校，培养更多的农林类的农村实用人才；第三是要加紧培养更多的、适合我国国情需要的、具有国际水平的农业高新技术人才和普通人才，为今后大力发展农业生物技术、胚胎技术、克隆技术等打好基础。（新华社石家庄2002年10月24日电，合写者杨守勇）

农技成果何以转化难

——第六届中国（廊坊）农交会农业技术交易状况的启示

记者日前在河北廊坊市举办的中国农产品交易会上看到，各地农业科研部门研制成功的上千项技术成果，在几天的展期里仍然"待在深闺人未识"，问津的人很少。中国农业大学校长陈章良分析说，科技成果转化难已经成为制约我国农业大发展的一个重要因素，多种坏节和体制的问题困扰了农业科技成果的转化。

河北省农科院旱作农业研究所的展台四周，摆满了涉及生物防治病虫害、瓜果授粉用蜂等方面的技术效果，特别是生物防治蔬菜病虫害技术是国内领先的新技术。但半天时间却没有一人来洽谈技术项目合作。研究所负责人王有增说："我们所带了7项新技术，但到目前仅转让出去一项，每天来的客商就几个，甚至一天一个也没有。"

天津一家国家级食品研究所的参展人员介绍，他们所近几年研制成功的农业科技新成果有几百项，一年下来和投资商洽谈成功的只有两三项，农技成果转化太难了。这次农交会上带来102项成果，三天时间没有一项转让或合作成功。

河北省农科院生物技术研究所研究人员贾振华介绍了他主持研究成功的国内领先的生物塑料技术的尴尬局面：这项以生物工程为主要技术手段研究出的生物塑料技术，在地膜覆盖或使用后会逐步消化成两种化学元素，对环境和土地没有任何污染，是最理想的防止"白色污染"的替代产品。虽然研制成功两年多了，但至今仍是无人过问。其实只需要两百万元投资就可以实现规模化生产。

陈章良分析说，目前主要有几方面的问题制约我国农业科技成果的转化：一是科技成果本身有待进一步提高。就是说科技机构的技术水平要有一个大的提高。要多研究适应市场和农民需要的新型技术。二是体制性障碍成为最大的困扰因素。农业部门和农业科研部门的体制不顺，上面多头管理、分散研究，但下面与农民联系脱节，没有一种机制能使成果尽快变成大规模的生产，给农民带来实惠。三是成果转化渠道需要畅通。种子公司仍是供应种子的主渠道，但没有全面市场化放开经营。种子公司人员拿公家工资不行，要让他们自主经营，增加供应农村需要新品种的积极性，把更多的新品种、新技术送到田间地头。四是分散的家庭种植，不利于新技术的大面积推广。比如，新技术能增产5%，但一小块地就意义不大，农民的积极性不高。（新华社石家庄2002年10月24日，合写者杨守勇）

报告反馈⊙

　　这是记者今年10月在中国农产品交易会上抓到的一组独家深度报道。记者看到在河北省廊坊市举办的中国农产品交易会一楼展览大厅，来自河北、山东、天津等地的农民如饥似渴地到国内多家农业科研机构的展室内，寻找自己需要的人才，众多的专家、教授等被农民聘请为顾问或技术指导，而在二楼农业人才交易大厅却是冷冷清清，一些企业一连几天，招聘不到一个自己需要的大学生，这给了记者很深的启发，农民需要大量实用农业科技人才，而众多的农业类大学生在大中城市又找不到好工作，很多的农业科技开发类企业也抱怨农业科技人才难寻，这个问题是全国普遍存在的。记者随后走访了很多的农民、企业家和农业科研机构的负责人、专家等，并在会上就这个问题采访了国内著名的农业专家、中国农业大学校长陈章良教授，他全面分析了我国农业人才培养和使用上存在的弊病。这就给写好报道打好了基础。整个报道有理、有据，步步深入，写作透彻，具有较高的指导价值和参考价值。报道播发后，被《新华每日电讯》《四川日报》《甘肃日报》等多家报纸采用，社会反响良好。河北省农业厅所属的河北农业科技开发中心主任高增芳、河北省冀丰种业公司等企业领导打来电话，说这篇报道给了他们很多启发和指导，表示今后招聘人才，不能再只看学历了，要看有没有真本事，能不能成为企业和农民朋友之间的桥梁和纽带。一些农民朋友也告诉记者，报道写透了农民真正需要哪些科技人员。不少大中专毕业生也告诉记者，几个企业在此报道的启发下，修改了招聘条件，他们终于找到了适合自己的工作，非常感谢。

乐凯柯达合资案例分析专题

背景资料：乐凯柯达合资案始末
——乐凯柯达合资案例分析专题之一

今年 2 月中旬，柯达和中国乐凯胶片集团合作一案获得中国商务部正式批准。根据合同，柯达将以现金和其他资产换取乐凯集团旗下的乐凯胶片股份有限公司 20% 的国有法人股，并承诺不吸纳市场流通股，乐凯胶片股份有限公司变更为外商投资股份有限公司。

8 年前，中国共有 7 家胶卷和相纸生产厂家。由于国外产品的大举进入，国内感光材料企业举步维艰，于是国家开始支持国内感光材料行业对外资开放。柯达抓住时机，在与中国有关主管部门进行了多轮谈判后，最终签订了一项为期 3 年的合作协议，即"98 协议"。其主要内容是：柯达与 7 家感光企业中的 6 家进行合资合作（乐凯除外），共投资 12 亿美元；中方承诺，在协议签订的三年内，不再批准另外一家外资企业进入中国感光材料行业。此后，柯达在中国影像市场的业务以每年 8%—10% 的速度增长，实现了本土化生产并占据了约 60% 的市场份额。

而接下来与乐凯公司的合作是柯达实现在中国领先地位梦想而采取的第二步。2003 年 10 月 29 日，乐凯与柯达签署的长达 20 年的合作合同正式确立了双方战略合作伙伴关系。

根据协议，乐凯分两次将其持有的乐凯胶片股份有限公司 20% 国有法人股转让给柯达（中国）投资有限公司和柯达（中国）股份有限公司，乐凯将为使用柯达的某些技术向柯达支付费用，并为柯达拥有的股份支付股息。

柯达将向乐凯提供产品制造工艺技术许可，产品包括彩色胶卷、彩色相纸、数码彩色相纸等，柯达还将对乐凯的彩色胶卷涂布及彩色相纸涂布生产线进行技术提升，并向乐凯集团提供一条新的彩色产品乳剂生产线。上述合作项目，柯达将投入约 1 亿美元现金及其他资产。

双方还商定将在乐凯胶片集团公司所属企业的化学药品、彩色照相原纸、涂塑纸基、PET 聚酯片基等领域就降低采购和生产成本方面的合作继续进行讨论；在上述合作取得成功的基础上，双方将就拓展银盐影像或其他领域的合作进行探讨。

有专家这样评论，乐凯实际上是此次合资合作中最大的赢家。目前，柯达、富士、乐凯在中国市场上分别占有市场第一、第二、第三名的位次。"乐凯与富士合资，只能保持老三的位置。而与柯达合资，有可能在柯达的帮助下，做老二。"乐凯是中国感光材料唯一的"民族品牌"。然而近 10 年在柯达和富士两大巨头的双面夹击之下，乐凯的每一步都走得很辛苦。合资后，乐凯产品的产能和质量若能上去，加上柯达在中国市场上的霸主地位，无疑，将给富士造成极大的市场压力。（新华社石家庄 2004 年 3 月 29 日电，合写者吕国庆）

乐凯与柯达合资案：柯达赢在哪里？

——乐凯柯达合资案例分析专题之二

记者最近从总部设在石家庄的乐凯胶片集团了解到，中国商务部今年 2 月 18 日正式批准的乐凯柯达合资案，目前进展顺利，柯达向乐凯承诺的 1 亿美元注资已有 4500 万美元到账，其余也将在今年内完成。

当记者追问：长达数年的合资谈判为什么能终成正果，而柯达又胜在哪里？乐凯集团高层管理人员坦言：柯达能充分尊重、理解中国文化，在出让技术方面也很大度。这两条经验是境外投资商寻找合作伙伴时最应考虑的。

对于尊重中国文化这一点，时任柯达大中华区主席的叶莺女士有这样的理解：中国传统文化博大精深，但核心是以儒教文明体系为主要内容的爱国爱家、忠于职守、爱岗敬业等。乐凯公司长期坚持的"乐凯控股、使用乐凯品牌和乐凯拥有经营决策权"三原则，就是这种文化在国有大型企业的典型体现，我们正是逐渐理解、尊重了这一点，改变了过去长期坚持的"柯达控股，柯达商标，柯达拥有控制权"的三原则。这两个三原则的碰撞、交流、渗透到合一，就是我们和乐凯成功合作的基础。

叶莺女士认为，柯达与乐凯合作后，柯达公司用先进的管理经验来提升乐凯公司的管理水平，这个提升过程也是柯达进一步深化对中国传统文化理解吸收的过程。

柯达与乐凯成功签约的另一个关键之处是柯达承诺：将向乐凯公司持续转让具有国际领先水平的技术（乐凯支付相应的费用），另外，还将帮助乐凯建一条用于生产彩色胶片等的乳剂生产线及改造涂布生产线。柯达通过出让技术，使乐凯在两年之内能生产出和柯达同样品质的产品。正因为如此，乐凯才放弃富士，转而与柯达公司签约。而更深层的意义在于借助柯达的先进技术，乐凯在原有基础上，拓展新的领域，在继续注重银盐感光材料科研开发同时，从数码打印耗材入手迅速切入数码领域，培育乐凯自己的新增长点，使乐凯逐步形成拥有自主知识产权的胶片核心生产技术体系。

业内人士称，其实柯达所为也是其自身发展的需要。中国感光行业市场潜力巨大，柯达通过参股乐凯，实现强强联合，无论在技术水平、销售收入和竞争实力上都会大大超过其他竞争对手。

比起柯达的胆略，富士就显得有些目光短浅，在资金及技术方面给予中方的苛刻条件使其最终失去了与中方合作的绝好机会。业内人士这样评论：像富士这样的业界巨头在中国市场上没有一个长远的战略规划显然是不明智的。

据了解，目前柯达在中国感光行业的市场份额已达70%，彩扩连锁店达到 9000 家，而富士的彩扩连锁店已萎缩到 2000 家左右。（新华社石家庄 2004 年 3 月 29 日电，合写者吕国庆）

乐凯柯达两强联手实现"双赢"
——乐凯柯达合资案例分析专题之三

专家表示，本次的全行业合作，柯达与乐凯实现了双赢。

对于乐凯来说，主要体现在：

1. 保留了乐凯品牌，使乐凯公司在中国国内市场的占有率进一步提高，尤其是在中低端普通胶片技术方面得到彻底提高，逐步形成柯达、富士和乐凯三足鼎立的格局。

2. 在柯达公司的帮助下，乐凯公司在乳剂及涂布生产等技术领域的整体水平将有质的提高，逐步接近或达到国际先进水平，具备进一步与国际大公司竞争的实力。

3. 通过嫁接柯达公司的先进管理模式和经验，进一步提升乐凯公司的管理水平，提高管理效率，降低管理和生产成本，成为真正意义上的国际大公司，从而使乐凯在中国胶片市场全面对外商开放后，立于不败之地。

而对于柯达来说，主要表现在：

1. 通过与乐凯合作，进一步巩固了中国市场，特别是在中档胶片和专用胶片市场的霸主地位。据了解，与乐凯合资后，柯达在中国的彩扩连锁店扩展至 9000 家左右，而富士彩扩店已萎缩到 2000 家左右。

2. 在与乐凯结盟之后，柯达公司腾出了精力，将主攻方向放到了数码业务上。据了解，柯达公司今后 3 年内将注资 13 亿—17 亿美元用以调整公司战略；投入数码领域的研发经费由目前的 66％提高到 2006 年的 78％。这就预示着柯达将在数码时代打造一个全新的柯达，与富士在这一领域决一雌雄。

3.通过把核心技术转让给乐凯公司，取得中国政府的信任，开辟一个美国大公司和中国进行技术合作的"绿色"通道，为其今后争取中国政府更多的支持奠定了基础。

另据了解，目前在中国的银盐感光市场上，柯达主要以高端产品为主；在区域和消费群体上，柯达主要以大城市为主，面向高收入阶层；而乐凯虽然也开发了准高端产品，但最有优势的还是传统产品和相纸，它们在中小城市的市场占有率更高。因此，柯达和乐凯的产品和细分市场尽管存在一定的"交集"，但冲突并不大。合作会让他们覆盖更广阔的市场和更多的消费群体，进而实现"双赢"的目标。（新华社石家庄 2004 年 3 月 29 日电，合写者吕国庆）

乐凯柯达合资案预示中国感光行业已允许全行业合资
——乐凯柯达合资案例分析专题之四

美国柯达公司以持有20%股份的身份介入中国乐凯胶片股份有限公司，使中国感光行业唯一的国有独资企业变成了中外合资企业。

业内人士分析认为，从柯达公司 1998 年与中国政府达成协议（简称 98 协议），发展到这次双方的深度合资合作，表明中国的感光行业实质上已经全部向外资开放，尽管国家主管部门没有明确证实这一点。

据业界专家分析，改革开放前，中国感光材料行业共有 7 家主要企业。但除了乐凯公司形成了自主研发的产品体系、具有一定的国际竞争实力之外，其他企业均为小规模生产，基本无力与国际大企业竞争。1998 年 1 月，中国政府主管部门与柯达公司达成协议，决定对 7 家企业实行不同的政策。厦门、汕头、无锡 3 家与柯达合资；对上海、天津、辽阳 3 家企业给予适当的经济补偿，但在其后的三年内（到 2001 年 12 月 31 日止）不与其他外商合资合作。经过这样的整合，中国感光行业独剩乐凯一家纯民族品牌企业，但对外资开放程度仍受到某种限制。

与以前的合资合作有所不同，这次乐凯与柯达的全面合资合作，表明中国最后一家民族品牌的胶片企业也向外资敞开了大门，整个中国感光行业全面纳入与国际合资合作经营的范围，行业限制实质上已经突破，外资在中国感光行业的合作空间更大、范围更广。

业内专家认为，中国感光行业将迎来新一轮的竞争高潮，虽然目前乃至今后几年，柯达公司凭借其强大实力以及合作伙伴——乐凯的本土网络，在中国感光行业形成霸主地位，但日本富士、德国爱克发等国际其他同行在中国投资建厂的空间仍然很大，参与中国胶片市场竞争仍有很大的余地。只要外国大公司平等对待中国合作伙伴，充分抓住中国感光行业全面向外资开放的机遇，就能够在中国感光行业占有一席之地。（新华社石家庄2004年3月29日电，合写者吕国庆）

从乐凯柯达合资案看中国国有资产对外开放走势
——乐凯柯达合资案例分析专题之五

美国柯达公司以20%的股份进入乐凯——这一国有大型独资企业，说明中国国有资产对外资开放的领域和范围在逐步扩大。

在柯达入股乐凯之前，鲜有外资在中国A股市场以20%的高比例并购国有股的案例发生，此前没有合作成功的美国新桥入股"深发展"，拟收购的国有股所占总股本也不过约10%。柯达得以获得乐凯如此高的股权，显然意味着国资将加大对外开放的力度，这预示着中国将有更多领域的国有资产允许外资介入，进行资产重组。

香港摩根大通注册财务分析师何启忠预测，中国国资下一个全行业退出的将是商业领域。在目前总额达109410亿元人民币的国有资产中，商业资产占到了33%，即36170亿元人民币。国家将从自己直接拥有的9000家企业中最终有选择地只保留 1200 家，即国企数量将减少八成。根据中国保留与国家战略和安全因素息息相关企业的战略，以及根据重点行业在所有资产中所占的比例推算，能够想见未来国企数量减少的主要领域。

申银万国的秦曦分析师认为，化工、机械、家电、建材、交通运输、设备制造、轻工、医药和航空运输业，属于外资政策壁垒低或者中国传统的劣势行业，也将逐步对外资开放。

但一些专家分析说，虽然中国国有资本对外开放的领域和范围在逐步扩大，但在某些领域还将进行必要的控制，比如"柯达公司在获得乐凯20%的股份后，承诺不吸纳市场流通股"。这说明在感光行业中关键领域国有资产仍将掌握话语权。而铁路、民航等涉及国计民生的重要领域对外资开放的步伐不会太快，而是稳步推进。同时，中国也在逐步关注国资转让价格问题。在中国刚刚施行的《外国投资者并购境内企业暂行规定》中要求"并购当事人应以资产评估机构对拟转让的股权价值或拟出售资产的评估结果作为确定交易价格的依据"。"禁止以明显低于评估结果的价格转让股权或出售资产，变相向境外转移资本。"这也说明中国开始关注许多国有资产转让价格走低的问题。（新华社石家庄 2004 年 3 月 29 日电，合写者吕国庆）

紧扣脉搏：焦点追踪篇

　　焦点追踪调查，既要注重问题聚焦又要关注问题发展，将静态的"聚焦点"与动态的"发展线"结合起来，方能进行深入的动态调研。念好"稳"字诀，就要从问题产生的全面性阐释背景、掌握本质、找准症结；从问题发展的历史性进行问题的动态掌控和辩证分析。无论是西藏社会改革中的系列探索还是企业发展中的种种问题，都抓住了社会脉搏的跳动和舆论的"难点""热点"，体现了记者聚焦与发展的眼光。

西藏机构改革方案执行面临困难

　　西藏自治区政府主席办公会议日前研究通过了自治区政府机构改革方案，但由于西藏政治、地理等因素特殊，方案执行起来将会遇到困难。

　　据西藏自治区机构改革办公室主任丁升旗介绍，改革方案充分考虑了西藏各单位的实际，以转变政府职能，实现政企分开为目的。在与国务院机构基本对应的同时，因地制宜设置机构，重点加强司法行政机关和宏观经济管理部门，理顺行政管理和公司化经营单位的关系，精减自治区和地市级机关工作人员，县级机构基本维持稳定，充实乡镇基层。自治区级机关工作人员精减20%，地市级精减10%，县级基本不动，每个乡镇行政编制由平均9名增加到12名。这样，西藏政府组成部门将由29个减少到23个，直属机构减少到11个。这次改革将减员分流3000人左右，占西藏行政、事业单位吃国家财政人员总数的30%。通过改革，将使自治区级机构"臃肿"状况基本消除，实现"小政府，大服务"目标，基本适应西藏社会主义市场经济发展的需要。

　　丁升旗忧心忡忡地说，由于西藏情况特殊，方案执行将遇到以下困难：一是西藏人才市场没有形成，经济欠发达，就业渠道少，党政机关向企业、社会分流人员很困难；二是西藏特殊的政治环境，需要党统管一切，政府机构职能难以独立行使；三是地域辽阔，层层管理要有一套人马，加上受行业、部门利益驱使，很多单位都强调自己的重要性，不愿被"削弱"；四是电力等实行企业化管理的部门，由于市场容量小，经营困难，希望有一个过渡期；五是一些体育协会等需要按公司、俱乐部方式管理的单位，真正走向市场，举步维艰；六是西藏国家机关对农牧民子女就业最具吸引力，而基层单位条件艰苦，发展缓慢，精减的人员下到基层的难度很大；七是短期内西藏企业发展有限，市场发育不成熟，没有政府部门的扶持，改革难以有重大进展，致使政企难分。（1999 年 12 月 3 日）

关键在于处理好
政策性贷款与经营性贷款的关系
——西藏农行商业化改革调查

搞好西藏大开发，西藏金融界起着积极的促进和推动作用。对于西藏这样的边疆、民族地区，无论是通过政府行为还是市场行为来实施大开发战略，金融界的支持都是至关重要。为此搞好西藏金融体制改革，尽快推动西藏各家银行向商业化经营方向发展就显得尤为重要和迫切。而在西藏金融界，农业银行以它独占鳌头的业务量和业务范围成为整个金融体制改革成败的关键。

从全国金融体制改革和农业银行发展的趋势来看，西藏农业银行要办成商业银行，这是发展的必然要求。要通场定位，以创办商业银行的经营思想，找准体制和机制为动力，加入到西部大开发战略的热潮中，引资和经济发展提供经济的跨越式发展。通过自身的改革，给西藏招商提供良好的金融服务，推动西藏经济，本文分析了影响西藏农业银行商业化改革、搞好服务工作存在的主要问题及原因，对今后西藏农行的改革和发展提出了初步思路。

一、存在的主要问题

西藏农行成立5年多来，在拓展业务、强化管理等方面采取了很多措施，经营效益难以提高，目前也收到明显效果，但在利差补贴到位后，仍年亏损挂账1.36亿元，已成为制约发展的关键因素。究其原因，我认为主要存在以下问题：

（一）受传统的计划经济模式和金融"大一统"格局的长期影响，观念滞后

1.西藏农行自成立以来，在体制、机制、业务经营和内部管理等方面明显带有计划经济的痕迹，一些决策行为偏离了商业银行的基本原则，对以经营为中心、以效益为目标不是很理解。认为西藏政治、经济、地理环境特殊，稳定压倒一切，西藏农行办理的大部分是政策性业务，享受国家的利差补贴，不具备办商业银行的条件，把国家政策引导与商业化经营对立起来，因而缺乏危机感、紧迫感，不思进取的"等、靠、要、混"思想尤为突出，眼睛向上看，工作安排等上级，经营决策靠上级，费用来源有上级，没有真正树立起商业银行的竞争意识、效益意识和经营理念。

2.地方党政部门在计划经济体制下形成的调控、管理金融的观念未能有效转变，干预银行经营的问题难以解决。一方面，政府部门为增加资金投入，缩小地区间的经济发展差异，促进局势的稳定，往往采取行政措施使农行在业务经营和贷款投向上跟着政府的"指挥棒"转，而少有考虑"转"后贷款能否归还和经济效益问题。另一方面，地方政府仍然在很大程度上视各级农行为"第二财政机关""会议项目""首长项目"等形式拍板定案的贷款项目不断诞生，导致大量贷款的沉淀。由于微观利益和宏观利益的矛盾，迫使西藏农行运作和周旋于国家宏观调控和地方微观效益的夹缝之中。

3.公众的金融意识淡薄。西藏和平解放以来，国家为了扶持西藏经济发展，维护社会稳定，曾多次豁免部分农贷；在1995年农行立之初，又决定对20家国有商业企业的部分贷款分别予以核销和计息挂账。无疑，这对于促进西藏农牧业和国有商业，乃至整个社会经济的发展产生了积极的作用。然而也助长了一些群众和企业，甚至个别党政领导的依赖思想，贷款一到手就眼巴巴地等待着"豁免"，似乎认定"豁免"是不变的"定律"，"赖贷村""赖贷企业"不乏其例，增大了农行收贷收息和资产保全工作的难度。

（二）经营环境差

一是西藏经济基础薄弱，生产力相对落后，交通不便，信息闭塞，经

济发展远远滞后于内地。达赖集团的长期干扰和破坏，也使西藏的经济发展受到严重影响。二是企业的经营效益普遍较差，盈利企业屈指可数，大部分企业负债累累、资不抵债，濒临倒闭和破产。三是自然灾害频繁，农牧业抵御风险的能力十分脆弱，农牧业贷款的潜在风险很大。

（三）政策性和经营性业务交叉运作的体制，导致难以追逐利润目标

商业银行以利润目标为主要经营目标。然而，目前西藏农行承担的政策性业务占较大比重，多数贷款执行的是优惠的信贷利率政策，尤其是县及以下行所经营的大部分是政策性业务，且基本上是亏损经营，按照商业银行经营要求，绝大部分机构均应撤并。但现实是西藏农牧区的金融机构不仅不能撤，而且在服务功能上还要加强。政策性业务与经营性业务的交叉运作，既使政策性业务得不到充分体现，又削弱了经营性业务的商业化管理。也就是说，强调西藏农行的双重职能（即政策性和经营职能）并重的相互矛盾性，为向商业银行方向发展缚上了手脚。

（四）资产质量低

西藏经济落后，企业生产经营不景气，农牧业灾害频繁，导致贷款沉淀多，本息收回难度大。企业破产、废、悬空银行债务的问题也日益突出，给农行带来了极大的经营风险。至今，农行是全国唯一一家没有剥离不良资产的国有商业银行分行，不良贷款占比高达54%，今年上半年全行实际贷款利息综合收回率仅37%，表内外应收未收利息达6.8亿元。

（五）按行政区划设置机构难以执行自负盈亏的核算原则

西藏农行的现有分支机构是成建制从人民银行划转过来的，也是按行政区划设置的，原400多个农牧区信用社在农行成立时一并转制为农行的基层营业所，一些营业所的人均存贷款量合计不足30万元。1999年度，全行500多个机构的亏损面达95%以上，无法执行自负盈亏的核算原则。

（六）经营成本高

西藏地域辽阔，交通线长，路况差，至今不通铁路，最远的地区到拉萨有四五天的车程，员工到内地出差、休假、事假等均需乘坐飞机往来。因特

殊的地理环境、较高的物价水平等因素而引起的差旅费、公杂费、修理费、运钞费（县一级未设立人行机构）等，占总费用支出的40%以上。由于客观条件所限，虽然采取了许多措施，但综合费用仍居高不下。

（七）职工文化业务知识的局限性，很难适应商业银行的要求

目前，西藏农行的绝大多数员工是在计划经济体制下走上工作岗位的，熟悉和习惯在"大一统"体制下的人民银行业务，对市场经济体制下商业银行的经营技巧、运作方式还比较陌生。员工队伍的文化业务素质较低，大专以上文化程度的仅占8%，初中及其以下学历的占48%。不仅增大了员工培训的难度，而且一些新业务无法在基层有效地开展。

二、对西藏农行商业化改革的初步设想

（一）牢固树立商业银行的经营理念

首先，要提高认识，转变观念，做到"五破五立"。在市场经济飞速发展，农业银行改革不断深化，金融业竞争日趋激烈的新形势下没有思想的解放、观念的更新，西藏农行的工作就很难迈大步。一是要破除长期以来在计划经济体制下形成的思想禁锢，树立市场经济和追求利润最大化的商业银行观念。二是破除僵化思维，树立敢于竞争和市场营销观念。三是破除等客上门式的官营思想，树立主动服务、超前服务的观念。四是破除"西藏特殊，农行工作难搞"的精神枷锁，树立改革创新、有所作为的观念。五是破除论资排辈、平衡照顾的用人观念，树立任人唯贤、不拘一格选拔人才的观念。

其次，要处理好四个关系。一是农行自身利益与支持地方经济发展的关系。要一改过去只强调社会效益而牺牲自身利益、只强调社会发展忽视农行发展的做法，要在积极支持地方经济发展的同时，注重农行自身经营效益的提高，谋得自身的发展壮大。二是政策性业务与经营性业务的关系。政策性业务是西藏农行的"吃饭"业务，要坚决按照政策要求办，确保国家政策的贯彻落实，实行专款专用，严格管理；经营性业务要按照商业银行的经营法则，以效益为目标，坚持资金向效益好的行业和企业流动的原则，

兼顾"三性"的协调统一。三是防范金融风险和加快业务发展的关系。防范金融风险是商业银行稳健经营的前提，业务发展是商业银行追求的基本目标。要在有效防范金融风险、确保质量的前提下，加快业务发展步伐，追求量的积累，提高市场份额。四是加快发展城区业务与巩固农牧区业务的关系。城区业务是我行业务的大头，必须加强。但在大力发展城区业务的同时，决不能忽视和丢掉农牧区业务，相反要在巩固的基础上，积极挖掘和拓展，形成相互补充、辐射的局面。

（二）明确市场定位，选准主攻方向

目前，西藏分行的城区（地区以上城镇）存贷款业务量占整个业务量的82％左右，区内其他商业银行的业务也都集中在城区。因此，抓住了城区业务也就抓住了业务发展的大头，并以此带动和促进农牧区业务。一是要合理布局城区各营业网点，加强软、硬件设施建设，尤其要在拉萨市区内改造和建设一批规模大、档次高、有吸引力的"精品网点"，增强竞争力。发展优良客户。二是要结合信贷结构调整，把培育和黄金客户作为市场开发工作的主攻目标，形成自己的基本客户群体。三是利用农行机构遍布西藏城乡的独特优势，大力开办代收、代付、代理等中间业务。四是要积极拓展农牧区业务。在西藏区内，县及以下只有农行金融机构，缺少竞争，是我们拓展业务的有利之处，可用较低的成本实现业务的发展。因此，一方面要积极支持农牧区发展经济，培植经济增长点，为业务发展提供空间；另一方面，要发挥网点优势，在巩固现有业务的基础上积极挖掘潜力，拓展新的业务领域，促进我行农牧区业务的快速发展。

（三）稳步推进机构和人事制度改革

1.改革调整机构网点设置。西藏农行的现有分支机构基本上是从人行成建制划转而来，在成立之初就形成了机关化的组织管理体制。今后改革的基本思路是：逐步收缩经营战线，减少重叠的管理层次，将以管理服务为主的组织管理体系变成以经营为主的组织管理体系。一是根据西藏农行的实际工作需要和业务量，管理全县行的内设机构，不强调上下对口，层层设立。二是对同处一地平行的地县机构和距离相近、服务面窄、经营环境差的低效亏损网点，在征得当地政府同意后要逐步撤并。三是在县及以下不再增设机构，对新设的城区机构要坚持"先评估，后报批"的原则。一方面，对于那些吸存率低，经济效益差，建立后即面临亏损的机构要坚决控制住，严禁盲目增点，增加新的负担；另一方面，对于那些虽然一时难以体现可观的经济效益，但从长远发展战略来看，最终会带来可观经营效益的机构要有步骤地发展。在人员编制上，每增设一个机构都应把业务量大小、存款数额的多少、经济效益的高低等几大指标作为确定本机构人员编制的主要依据，以量定编，防止机构臃肿、人浮于事、效率低下的现象发生。

2. 在县及县以上所在地的机构推行全员竞争上岗。目前，西藏农行员工人数与业务量相比，显得过于庞大，劳动生产率低下，人均存、贷款分别为200万元和125万元；高能低就和低能高就的现象并存，员工潜能得不到充分发挥；服务始终得不到彻底改善，社会反映强烈。为此，要在指导职工签订好劳动合同、确保队伍稳定的基础上，实行竞争上岗，优化劳动组合。首先，要对县及县以上所在地的各个机构、各个层次实行定编定岗，推行全员竞争上岗，获得岗位的，履行岗位职责，取得相应报酬。对没有获得正式岗位的员工，可把他们组织起来，吸存收贷、开办代理业务等，在保障最低工资标准的前提下，实行绩效工资；其中的一部分人员可采取内退和协商解除劳动合同关系等方法予以分流。同时，实行员工年度考核"末位淘汰制"，以增强全体员工的紧迫感、危机感和竞争意识。

3. 营造优秀人才脱颖而出的环境和机制。一是继续推行县、区级干部聘任制度，并不断加以改善，使其规范化、制度化。二是试行干部竞聘上岗制，选拔使用优秀的年轻干部。三是要加强对干部的考核和监督，扩大群众参与程度，增加考核深度，加大监督力度。要以经营业绩论英雄，以业绩论干部的进退去留，充分体现商业银行的经营管理理念。

（四）甩掉包袱轻装上阵

由于诸多原因，西藏农行的历史包袱沉重，不良贷款占比达54%，要背如此沉重的包袱向商业银行过渡，其困难是不言而喻的，必须设法予以解决。一是剥离部分不良资产。剥离不良资产是今年国家为商业银行减轻包袱、化解风险、改善经营状况而采取的最直接、最有效的重大举措，但西藏农行没有享受到这一优惠政策。今后，我们要根据国家的有关政策，在总行的支持下，积极寻求剥离不良资产的办法和途径，剥离出部分不良资产，实现资产质量的提高。二是对分设时人民银行"老、少、边、穷"专项贷款和原农行委托贷款中已形成的不良部分，积极与有关部门协商，争取核销处理。三是要采取积极有效的措施，大力清收不良贷款。其一，要从西藏特定的政治、经济环境出发，充分依靠地方党政和司法部门的支持，做好农行的收贷工作。其二，在内部成立专门的清收大队，建立和落实收贷责任制，严格考核和奖惩。再次，不仅要加强对企业大额不良贷款的催收工作，而且要大力开展小额农户贷款清收活动，实行户户见面，笔笔催收。

（五）加快电子化建设步伐

从西藏农行的现实状况看，固定资产的技术含量低，绝大多数是对提高经济效益起间接作用不大的无效资产。而增加经营管理手段投入，有利于增强竞争能力，提高效益，降低成本。因此，西藏农行经营管理方式的转变必须从战略高度加大技术投入，提高经营管理的技术含量。在电子化建设上，一方面要搞好规划和管理，集中资金、分步发展，以拉萨市为中心，以地区城镇为重点，逐步覆盖全区城镇，形成网络。另一方面，不仅要搞好营业手段的技术投入而且要加大管理手段的技术投入，大力引进和开发管理程序，真正提高整个经营管理的现代化水平。

（六）努力提高员工的文化业务素质

人才优势是商业银行在市场竞争中取胜的基础。西藏农行向商业银行转化必须重视员工素质的提高。首先，要抓好员工的市场经济和商业银行经营管理知识等基础教育，使其明确商业银行经营必须遵循的"三性"原则和经营目标是追求利润的最大化，增强商业银行的竞争意识、效益意识、生存观念和发展观念，真正树立起"存款立行、效益兴行、依法治行"观念。

其次，采取"请进来"和"走出去"的办法，与改革步子较快，实行商业银行管理较早的沿海和内地农行建立人才培养往来关系，选拔一批优秀干部到兄弟农行挂职锻炼，拓宽思路，增长见识，学习和借鉴商业银行经营管理方法和经验。再次，采取不同形式、不同层次的培训方式，加大在职人员的培训力度，集中抓好决策、管理、操作三个层次人员的培训，集中注意抓好一线经营管理的地（市）、县两级行长的培训学习。对窗口业务操作人员要分期分批进行应知应会、职业道德、文明服务规范等教育，改善和提高服务质量；对各级管理和决策人员进行系统的专业知识再教育，开展以商业银行经营管理、金融法律法规和领导行为科学为主要内容的培训，提高管理、决策能力。通过教育培训等途径，打好基础，练好内功，为提高西藏农行的经营管理水平，推进商业化改革进程，奠定坚实的人才基础。（1999 年 10 月 20 日）

燕山大学发展模式调查

燕山大学实施教学研一体化创新新机制

近几年，燕山大学不断创新大学自主创新机制，创造出"四级跳孵化"模式，让教师、学生、企业进入科研一线，进入自主创新平台，实现了大学教学研一体化，形成了高校教学、技术创新和科技成果转化的联动机制。

据燕山大学校长刘宏民介绍，我国要建设自主创新型的国家，大学、科研和企业要成为自主创新的主体。而在大学就是要让师生成为自主创新和创业的主体。四级跳模式就是：第一级是创新思想在校内萌芽，经过师生的努力探索，形成科技成果；第二级是科技成果和社会资本结合，在大学科技园孵化基地中积极创业，通过产学研结合孵化科技成果，诞生科技企业；第三级是孵化成长的高科技企业进入大学科技园产业化基地或高新区及其他工业园中进一步发展；第四级是科技企业通过资本运作发展壮大，走向社会成为市场经济竞争的主体。高校科技创新成果在大学校园中进行孵化是四级跳中至关重要的决定性一跳。科技创新成果在这一跳中实现质的变化，通过大学科技园的聚集功能与效应，实现技术资本、智力资本、货币资本、实物资本的结合，初步完成从技术到产品的转变。

燕山大学围绕创造自主创新机制做的主要工作有：

一、积极整合资源，为师生创业搭建平台。学校积极为师生创业提供条件和资金扶持。教师刚创业时学校在严格筛选和科学论证的基础上，给课题项目研究提供种子基金，提供科研设备和场所，进行一级孵化。在项目取得科技成果后，学校再给予立项、争取国家有关部门扶持等支持，直到创办公司，将科研成果向生产力转移，进入大发展阶段，进行二级孵化。1992年，学校锻压实验室和轧机实验室两个项目利用自身有利的研究成果创办了启齿附件厂和双层卷焊管厂，带领一批师生进入社会创业第一线。

二、完善创新机制，努力构建支撑科技创新需要的学科平台。从2000年以来，通过整合师资力量和筹措资金，先后建成了"机械设计及理论"国家重点学科，"亚稳材料制备技术与科学"国家重点实验室。"河北省高精度轧制技术装备工程研究中心"等8个省级重点实验室。这些创新平台的建立，使学校众多师生参与到了一批科技项目的研究中。"亚稳材料制备技术与科学"国家重点实验室，以"亚稳材料制备技术与科学"为主题，注重应用基础研究和应用开发，形成了非平衡相变与亚稳相截留、新型亚稳材料设计、合成与物性、非晶与纳米晶等5个科研方向。还创办了国家级的大学科技园，为师生创建科技孵化基地，成为国内为数极少的拥有国家级重点实验室和大学科技园区的高校之一。燕山大学科技园总经理刘文远告诉记者，目前，学校师生在科技园创办的企业有33家，去年销售收入突破4个亿，利润达到4000万元。通过几年的建设，燕山大学国家大学科技园已初步形成信息化产业孵化基地，光机电一体孵化基地，生物工程孵化基地。园区内已有孵化企业141户，形成孵化面积8万平方米，毕业企业9户。一批应用科技转化为生产力，这里成了师生和社会人才创业的基地。

三、引进和培养相结合，打造具有特色的创新队伍。这几年，燕山大学材料学院从中科院、哈尔滨工业大学等单位引进了5位国内知名教授，促进了材料学科创新队伍的快速成长。长江学者关新平、博士生龙成念、陈彩莲等成了学术带头人和主要研究骨干。整个学校已经形成大型零件成形制造、板形精确控制、液压AGC、并联机器人、控制理论与控制工程等在国内具有较强竞争力的创新队伍。每年都有6000名学生在学到课堂的知识进入科研第一线，进行科技创新，提高实战本领，让师生从课堂知识寻找科技研究课题，从科研一线巩固提高课堂知识。该校每年还举办学生创新技术大赛，把学生创新成果进行大展示、大筛选、大促进。该校高分子材料系教授李青山主持的负离子添加剂应用技术项目和北京铜牛集团合作，开发出了系列健康环保内衣、睡衣新产品。他的学生刘卓进入燕山大学后就跟着他全面参与了这个项目的研究，已成为国内为数不多的掌握负离子添加剂应用技术的人才。这几年燕山大学还被中国人民解放军列入后备军官选拔培养高校之一。正在为海军培养在职硕士研究生。目前在校国防生 226 名。

四、发挥学科优势，开展创新性课堂科学研究和技术开发。燕山大学发挥在重型机械领域的传统优势，以此为创新"高地"，聚集创新效应。学校让师生承担的科研任务主要是国家重型机械及其相关领域的前沿课题、重大技术项目。近几年，在激烈的竞争中，学校在成套技术装备方面获得了攀钢 IGC650HCW 精密冷带轧机关键技术及成套设备研制、凌源钢铁股份有限公司 900 平整机组关键技术及成套设备研发等一批单项合同千万元以上的大型工程项目。其中 IGC650HCW 精密冷带轧机关键技术及成套设备研制获得 1999 年国家科技进步二等奖。燕山大学汽车附件厂在汽车轮毂领域每年获得新技术就有 100 多项。目前燕山大学还开展了重大技术装备和国防科技项目开发，承担了总装备部重点项目"铝锂合金中试试验线"和"空间环境材料研究"等一批总装备部"863"项目。为国防科技创新做着自己的贡献。（2006 年 11 月 30 日）

加快学研产互动　创建自主创新型大学

近几年，燕山大学形成的这种"学研产互动"的办学特色和"四级跳科技成果孵化"模式，为我国机械行业培养了一大批企业家和技术骨干力量，解决了一系列重大理论与技术问题，也巩固了学校在重型机械及装备领域诸多学科的领先地位。

5 年来，燕山大学发挥人才、信息、设备技术等方面的综合优势，完成了多项国家"863""973"攻关项目，拥有自主知识产权科技成果 11 项，申报国家专利 50 项，承担和转化国家各类科技计划 34 项。近 8 年就获得国家科学技术奖 10 项。一批教师成为国内一些科技项目的领头人，一批学生成为国家科技成果的参与者，一批企业成为国内某些行业的技术排头兵。

燕山大学党委书记孟卫东介绍，燕山大学创建自主创新型大学给高校带来了很多新变化。主要表现在：

——自主创新机制提高了高校学生的就业率，突破了这几年大学生就业难的"围城"效应。燕山大学这种学研产结合的教学模式培养出"高分高能"社会急需人才。这 5 年，燕山大学的学生就业率一直稳定在 90% 以上。很多学生没有毕业就被单位高薪聘请。有一名学生一毕业就被国家航天科技集团聘请，年薪 5 万元。

——自主创新机制提高了高校综合竞争力，提升了学校的社会影响。通过创建自主创新教学模式，使燕山大学一批学科进入国家和河北省重点学科，一批科研成果获得国家科技技术奖，学校在全国高校综合排名逐年上升，进入全国先进行列。

——自主创新机制提高了大学师生的自主创新能力，实现课堂知识和科技成果的统一，推动了高校课堂知识科技化进程，也促进了高校科技成果转化与产业化。通过大学的聚集功能与效应，实现技术资本、智力资本、货币资本、实物资本的结合，完成了课堂知识到科学技术再到成果转化到技术产品的转变。这几年燕山大学论文在国内影响力大幅度提高，在国外著名学术刊物发表的论文达到 246 篇，被 SCI 收录 135 篇，论文被引用 429 次。燕山大学一批教师成为长江学者、德国洪堡学者，在国内外影响显著提高。

——自主创新机制促进了高校的学科建设与发展。燕山大学国家重点实验室的建设，本科生工程教学基地的建设，研究生创新基地的建设，都有来自大学科技园的有力支持。通过科技创新和创办实业，增强了燕山大学自身发展能力。今年 7 月"亚稳材料制备技术与科学"国家重点实验室正式挂牌成立，燕山大学的亚稳材料制备技术与科学得到了国家科技部和教育部肯定和支持，国家将拿出更多的资金来扶持燕山大学的学科建设。国家自然科学基金对燕山大学科研项目扶持的力度加大。

　　——自主创新机制提升了高校社会服务功能，实现了大学科技要素与社会创新要素的结合，为区域经济发展做出了重大贡献。大学科技创新面向当地和国家经济建设主战场，大力发展高新技术产业和以科技成果推动传统产业改造，促进产业结构调整。在这巨大的发展空间中，通过大学孵化出数量更多、质量更高的高新技术企业，开发出更多的新产品。去年，燕山大学国家科技园在全国34所大学科技园中，排列第25名。一批校外企业进入燕山大学科技园区进行孵化和创业，大学科技园区成为全国区域性汽车轮毂、冶金机械制造技术创新基地。（2006年11月30日）

重点解决好规模扩展和师资需求

——对西藏创办重点大学的调查

近年来，创办一所高规格、高质量、多学科、具有国内一流水平的重点大学，成为西藏各族人民共同的愿望和迫切要求，也是西藏实施西部人才开发战略、科教兴藏的一项重大举措，必将在国际、国内产生深远的政治影响。但不少西藏教育方面的专家认为，鉴于西藏目前的综合区力，创办新西藏大学要正确处理好扩大规模与师资需求的关系，加大人才培养与引进的力度，加强师资队伍建设，循序渐进，要制定适合西藏经济发展和社会进步要求的大开发急需的交通、能源、生物科技、信息工程和管理技术等方面的应用型人才。

从西藏目前的情况来看，创办新西藏大学还有很多困难和"瓶颈"因素制约：

1.西藏现有 4 所大专院校，西藏大学、西藏藏医学院设在拉萨市，西藏农牧学院设在林芝地区八一镇，西藏民族学院设在陕西咸阳市。学校布局及学科设置不合理，专业重复，且以文、理为主，缺乏社会主义市场经济和知识经济需要的学科，多个学科是按计划经济发展需要而设立的，现在已经不适应当今经济社会发展对人才的需求。如西藏大学 18 个本科专业，多数为计划经济体制下设置的为西藏培养中学教师的师范专业。近几年根据社会发展和人才需求，新增加了 6 个专业，主要是旅游管理、市场营销、工商管理、工艺美术等西藏社会急需的专业，但由于师资力量不足，新开专业教学质量不高。

2. 师资力量不足，高素质、专家学者型的教师为数极少。创办新西藏大学，进一步扩展专业规模，教师需求量更大。但目前在西藏教学水平最高的西藏大学，副教授以上职称的人数只有 60 人，只占教师总数的 20%，年龄偏高、科研素质较低，难以成为名副其实的学科带头人，特别是工科人才奇缺，要新增交通、能源、信息工程、建筑等专业，当务之急，就是解决师资问题。

3. 生源素质低。近几年，西藏高校录取的新生最低控制线，汉族考生文科 290 分、理科 270 分，藏族考生文科 215 分、理科 200 分。生源素质的低下，是制约西藏大学建设的重要因素。

4. 目前，西藏仍是按照传统、计划模式对毕业生进行分配、安排工作，使西藏大学难以按照经济发展和市场需求进行专业调整，招收学生。现在有些专业的毕业生分配工作已经出现困难，如果学校盲目扩大规模，毕业分配工作也就更加困难。

5. "等、靠、要"思想的消极影响，造成的学校管理体制僵化，机构重叠，办事效率底下，教学管理不科学，教学效率低。行政、后勤管理没有规范，没有起到对整个教学质量、提高学生素质的保障作用。

6. 达赖集团长期进行分裂教师队伍和青少年有着不可低估的影响，对学校正常教学秩序干扰较大，虽然通过整顿，取得了显著成效，但在师生中彻底清除达赖影响任重道远。

7. 西藏财力有限，主要靠中央和各省市的支持、援助，创办西藏大学后，不但创办经费要由中央扶持，以后的主要经费也要由中央支持。

针对以上情况，有关专家提出以下建议：

一、创办新西藏大学不能盲目扩规模，要制定详细、科学、适应西藏发展需要的西藏大学发展规划，专业设置要与西部大开发、西藏经济跨越式发展人才需求和师资配备情况紧密结合，适度扩大规模，逐步调整专业，按照 1 万人左右的生源规模，对现有专业进行调整，突出发展工科，下力气办好工学院，并尽快开设交通、能源、建筑及新兴科技专业，尽快输送素质较高、具有专业特长的新型毕业生。

二、在建设西藏大学时，请示中央加大对新西藏大学的支持力度，对新办专业明确对口支援院校，最好为北京和东部地区的重点高校，并通过选派援藏教师、代培研究生、骨干教师进修，以及联合办学、联合招生、加强科研协作与交流等方式，帮助其进行学科建设，博士、硕士点建设，培养高水平师资。同时，除了制定出中央和西藏财政配套支持方案外，还要借鉴内地办大学的经验，采取市场的方式，吸收国内外大企业进行扶持。

三、创办新的西藏大学，必须走教学、科研相结合的路子，深化科研、教育体制改革，与西藏现有科研机构联合办学，努力把新西藏大学办成西藏高科技示范区，带动西藏经济的大发展。

四、在创办过程中，要把好教师政治关，逐步培养出一支政治敏锐性强、反分裂斗争自觉性强、能够自觉抵制各种不良思想腐蚀、忠诚于社会主义教育事业的教师队伍。（2000 年 12 月 1 日）

有钱不敢放贷　无奈资金外流

—— 保定五县市银行资金使用状况调查

中国人民银行保定市中心支行日前对所辖安国、定州、高碑店、涿州、涞水5个县市做的专门调查发现，到2003年6月底，保定市工、农、中、建4家国有商业银行从其设在县域的机构抽调上来的资金达到174亿元，而其中又有相当比例的资金被再度易手，上调到了各自的省分行。虽然在这部分资金中，有存款准备金和备付金"合理"的成分，但绝大部分应该属于县域的资金被"抽逃"了，上级银行成了其下级单位的存款"抽水机"，而支撑县域经济发展的银行资金扶持难以兑现，县域经济发展隐忧重重。

近年来，由于金融格局的调整和资金的趋利性，国有商业银行信贷资金逐渐向大中城市、大中型企业和发达地区集中，其县级分支机构吸收的存款放的少、上存的多，这已是一个不争的事实。据统计，到2003年6月底，被调查5个县、市金融机构内部上存资金高达84.66亿元。由于上存资金能获得较高且稳定的利差收入，没有任何经营风险，各个支行自然是乐此不疲。

与此同时，快速发展的邮政储蓄也成了资金"抽逃"的又一个渠道。统计数字显示，5个县市到2003年6月底的邮政储蓄余额24.24亿元，而其中有97.6%被逐级上存。从调查的结果看，越是经济不发达地区，资金外流的现象越严重，无形中加剧了县域资金供求的矛盾，形成了恶性循环。有人就曾形象地说，设在县域的国有商业银行和邮政储蓄机构，就像一台台"抽水机"，把原本就不充裕地区的资金硬生生地给抽走了。

从金融机构的角度来说，与大企业贷款相比，中小企业贷款零星分散，成本高、收益底、风险大，缺少贷款的内在动力。同时，各家商业银行对中小企业放款设置了比较高的"门槛"：注册资金要 300 万元以上，信用等级至少达 A 级或 2A 级以上的企业，才有获得贷款的可能。事实上，能够达到这个条件的中小企业实属凤毛麟角，一般企业根本就跨不过这道"门槛"。有关人士认为，抽走县域的资金，如果因此就把银行看成"罪魁祸首"，显然有失公允。毕竟银行也是企业，谋求利润的最大化是他们的必然选择。由此说来，在县域经济发展环境不是太好的情况下，资金的上存也就有了其"合理性"。不过，从经济发展的总体来考虑，如此的信贷资源配置，会使得原本就不平衡的地区间的经济差距越发的拉大。

调查表明，各行的资金上存后，对县域经济贷款投入，除存单抵押贷款、个人住房贷款外，其他贷款不论金额大小，均需逐笔报上级行审批，且实行严格的贷款责任追究制度，新增贷款只允许 1% 的损失。否则，信贷人员将饭碗难保。县域得到的信贷资源少之又少，发展后劲可想而知。

县域资金被大量抽走应该引起关注。当然，解决这一问题不会一蹴而就，但办法总比困难多。其一，打造区域信用环境，不断完善信用制度。在地方政府的统一领导下，有关部门要协调联动，全力支持金融机构维护金融债权，逐步形成"一方逃债，八方制裁"的良好氛围。其二，银行调整"定位"。树立在发展中化解风险的理念。调整和完善信贷授权授信制度，适当增加基层行的授信额度和审批权限，制定适合中小企业特点的贷款条件和审批程序，积极研究制定贷款激励机制。其三，对邮政储蓄吸收的存款功能进行重新定位。从促进地方经济发展的角度，制定相应政策，使资金回流。其四，尽快建立中小企业信用担保机构。完善政府补偿机制，多渠道募集担保资金。同时尝试建立商业型、互助型、多层次的担保机构，以补充政府担保体系的不足，还可以尝试成立专项科技创业担保基金，扶持科技创业型的中小企业。其五，进一步改善农村信用社的经济环境。适度扩大利率浮动范围，从税收方面给农村信用社一定优惠。（新华社北京 2004 年 1 月 17 日电）

一种高效治癌系列新药生产陷入困境

一种经过大量临床试验和中国医学科学院肿瘤研究所试验，对治疗癌症效果明显的系列新药，由于缺乏某些政策扶持而使规模生产陷入困境。

这种系列新药是口服液，主要成分是由11余种中药组成的，中药来自纯天然无污染的山坡上，主要对恶性肿瘤有明显的疗效，中国医学科学院肿瘤研究所对该药分别在1991年9月至2001年10月十年进行有关实验。结果表明对恶性肿瘤抑制率分别为68.5%和75.6%等。经河北省人民医院、河北医科大学二院、四院临床应用，总有效率89%。该药物2001年申报国家专利。

中国医学科学院肿瘤研究所研究员王德昌教授分析认为，从历史上，单纯的组方像这种药物对肿瘤的治疗效果这样明显的很少见。在目前国际上治疗癌症肿瘤的药物中，药效也是少见的。

李千德出生在河北阜平县的中医世家，1974年在河北医大邯郸学院学习。他在父亲已有的成果的基础上，几十年精心研究治疗癌症有效药物，他为了弄清楚各种中草药的作用，亲自品尝，中毒住院。他常年在太行山的悬崖峭壁上采药，被村民说成"野人""疯了"，积累了丰富的实践经验，他为了给国家有关部门申报治疗癌症药物的临床试验和效果鉴定，把家里唯一的房子抵押贷款筹集资金，并不断一边实验，一边改进配方，终于有了今天的成果。但由于缺乏某些政策扶持，他的这项具有国际先进水平的专利技术，申报国家新药、规模化生产难以顺利进行。只好在朋友的帮助下，在小医院临床使用，不能满足众多患者之需。

王德昌教授说，中药是我国的国宝，但由于我们政策不配套，已经造成一些中药专利被日本、美国买走，并大规模生产。在我国加入世界贸易组织之后，这方面的问题更加突出。而世界癌症患者的不断增多，在西医、西药等对其效果不明显的情况下，世界上很多人把希望寄托在了中国的中医药上。今年 7 月 1 日，世界卫生组织的资料显示，今后 20 年全球癌症新增患者由目前的 1000 万人增加到 1500 万人。而李千德主任医师的配方是科学的，国家应该尽快推动有关部门对中医药的国际标准，在政策、资金、人才、成果转化、产业化生产等方面给予特殊的支持，提升中国中药的国际竞争力，不仅使中药更大范围地造福人类，也使中医药行业成为国民经济的支柱产业。（2002 年 10 月 15 日）

涉农上市公司"背农"现象值得警惕

近一段时间，涉农上市公司"背农"现象愈演愈烈，成了股市一大新病症。一些企业一面打着农业龙头企业的幌子，从产业扶持政策上捞取好处；另一面却在成功上市后声称因"农业产业形势不乐观"而纷纷改弦易辙，将大量资金从涉农业务中撤出，使通过国家农业产业政策扶持而上市的涉农企业成了扶农"空壳"。有关专家指出，这种涉农上市公司的"背农"现象值得警惕。

三大原因迫使涉农企业"忘本"

涉农上市公司"背农"现象频繁出现让人们不得不思考，究竟是什么原因造成了这些公司"忘本"呢？据有关专家分析，以下三大原因造成了涉农上市公司的"背农"现象：

一、涉农产业短期收益率低，市场竞争逼迫涉农上市公司"转行"。众所周知，农业项目收益比较少，见效比较慢，普遍不具有高增长性，农产品价格也不具备竞争力，这就使坚持以农业为主营的涉农上市公司很难取得令人乐观的业绩。今年1—5月，以"高科技农业"为主营的天歌科技（000509）每股收益为负0.135元；以"粮棉油麻"为主营的丰乐种业（000713）收益也是负0.09元。而天香集团（600225）则迁址上海，并涉足生物医药、金融。不少涉农上市公司都是因"传统农业产业形势不容乐观"而变更主营业务，从单纯涉农转而涉足其他行业、产业的。

当然，并不是所有的涉农上市公司业绩都不佳，但仔细分析就可以看出，即便是收益较好的涉农公司，境况也令人担忧。调查显示，到2002年年底，在 59 家农业上市公司中，有一半公司对补贴收入的依赖度达到 20% 左右，并且这一数字还呈现逐年增加趋势。由此可见，涉农上市公司主营业务的盈利能力越来越低是造成公司"背农"的主要原因。

二、涉农企业上市后管理混乱，缺乏长远规划，盲目投资导致涉农上市公司"背农"。不少涉农企业上市后，过去管理混乱的局面得不到根本改善。上市募集大量资金"一夜暴富"后，大多数公司管理层缺乏长远规划，不是利用募集资金及时开展业绩拓展，而是以上市为平台，"啥赚钱就投向啥，哪里赚钱快就向哪里加大投资"，投资盲目性很大。由于缺乏科学的规划，公司很难将涉农产业和其他产业有效结合，在追求短期效益的同时，公司往往盲目"转型"，背离了最初的发展方向。

目前，涉农上市公司有近百家，但真正经营农业的公司却很少。越来越多的农业类公司上市后"改弦易辙"，做起了房地产、金融、医药等热门产业。仅 2002 年上半年，内地至少有 15 家农业类上市公司参股其他行业，其意图在于"多元化经营"或"通过投资带动业绩增长"；5 家公司完全背离农业，通过资产重组等途径转向非农产业。

三、"包装上市"和虚假重组的弊端给"背农"埋下隐患。在中国股市包装上市在一些人眼中无疑是一条获取暴利的捷径。于是在地方利益和企业、个人利益驱使下，一些不严格按照国家上市标准对企业重组，人为地对没有上市实力的企业进行虚假包装，甚至"拉郎配"，令不合格企业上市的现象时有发生。一批"先天不足"的涉农企业就这样上市，因为它们是依靠虚假业绩硬撑着上市的，所以为维持下去，只能破釜沉舟，通过造假来继续获得国家对涉农上市公司的政策扶持。同时，它们急于找到"救命稻草"，所以会很快转向其他行业，祈求借此有人能拉它们一把。

三种措施拉涉农企业一把

中国证券监管部门有关负责人在接受记者采访时认为，涉农上市公司上市后"背农"做法害人害己，把应该用于农场产业化的资金而挪作他用"背农抽血"更是后果不堪设想。我国是一个农业大国，国家采取措施扶持涉农公司上市是为了更好推进农业产业化，早日把农业做大、做强。这些上市公司应当把短期利益和长期发展结合起来，做好农业产业的开发，提升在国内外市场的竞争力。

目前涉农上市公司"背农"现象应当引起管理层足够的重视，最重要的是管理层要加强监管，采取有效措施拉涉农上市公司一把：

一、严格执行上市辅导制度，加强上市监管，杜绝涉农上市公司隐患。对于企业上市的问题，政府介入应重在政策引导，而不是帮其包装上市。在充分利用国家对农业结构调整以及政策优惠向农业倾斜等因素的同时，必须严格执行企业上市辅导制度，引导企业在上市前"强身健体"，不要给企业一种政府一介入，企业就会很快上市的错觉，防止一些公司"利用"政府发展农业的政策。要避免"拔苗助长"，遵循市场经济规律，让涉农企业在市场竞争中发展壮大，条件成熟后，自然上市。不能因为国家对农业企业有政策倾斜就人为扶持上市条件不成熟的企业上市。

二、要强化对涉农企业上市后的业绩监督。对于以发展农业为旗号获取国家财政、税收支持的企业应严格监督，防止涉农企业在骗取发展农业的社会资金后"背农"。从逻辑上讲，上市公司基于对市场的判断而转行无可厚非，但是，它们将本该属于发展农业的社会资金卷走，这是值得深思的。

三、要促使其运用上市资本平台为农业多作贡献。目前，涉农上市公司对农业是有支持的，但力度不大。国家政策对农业龙头企业的支持力度很大，因此要让上市公司利用好国家政策和上市平台积极稳步推进农业产业化经营战略，待农业产业规模、效益、实力到一定层次后，在此基础上再去开拓其他行业。（2003 年 6 月 28 日）

附录："东北边疆行"活动

　　1993 年，还在中国新闻学院读书的马书平，暑假期间自筹经费，与张军良、陈军两名同学骑自行车到东北地区进行社会实践活动，行程近万里，采写稿件和调查材料近 8 万字。一路上，他们牢记新闻工作者的职责，发扬新华社的优良作风，深入基层，认真调查研究，虚心向群众学习；他们不畏艰难，严以律己，不收一分钱，不受一份礼，受到当地领导和群众的称赞。

一、边疆万里行　一路新风颂

——记中国新闻学院三名大学生骑自行车
参加社会实践的采访活动

新华社《党委工作简报》编者按：

中国新闻学院马书平、张军良、陈军三名学生（两名党员、一名团员），暑假期间自筹经费，骑自行车到东北地区进行社会实践活动，行程近万里，采写稿件和调查材料近 8 万字。一路上，他们牢记新闻工作者的职责，发扬新华社的优良作风，深入基层，认真调查研究，虚心向群众学习；他们不畏艰难，严以律己，不收一分钱，不受一份礼，受到当地领导和群众的称赞。每个共产党员特别是编辑、记者，都应该学习他们这种敬业和奉献精神，勤政为民，自觉同不正之风做坚决斗争，做一名新时期合格的新闻工作者。

中国新闻学院 92 级马书平、张军良、陈军三名学生，自筹经费，利用暑假骑车赴东北边疆进行采访实践。从 7 月 14 日至 9 月 1 日，他们采访了辽宁、吉林、黑龙江和内蒙古三省一区的 20 多个边疆县市，行程近万里。沿途采写了近 8 万字的新闻稿件和社会调查报告，拍摄了 1000 多张新闻图片，风俗人情、风光风景片。有 20 多篇稿件已被《中国青年报》《经济参考报》《中国工商时报》等刊用。《新华每日电讯》《农民日报》《光明日报》《中华工商时报》、北京电视台以及《辽宁日报》《吉林日报》《黑龙江日报》等 19 家中央和地方的报纸、广播电台、电视台报道了他们的社会实践活动。他们的实践精神和采访活动，受到了人们的广泛称赞和大力支持。

他们的采访路线是沿着鸭绿江、长白山、图们江、乌苏里江、小兴安岭、大兴安岭等边境山区和水域行进的，山高水险、地势复杂多变、盘山小路崎岖不平，再加上七八月份正是东北地区的雨季，天气变化异常，昼夜温差又大，给采访增加了许多在出发前没有想到的困难。

7月14日，在辽宁东港市采访时，正赶上天降大雨，他们冒雨采访了海关和港口码头。晚上陈军因被雨淋病了，发热到39摄氏度。马书平、张军良只好一个分工写稿、一个抽出手来照顾病人，折腾了一个夜晚。从辽宁桓仁县去吉林集安的路上，下了三天大雨，骑了三天车，赶了200多公里路。为了赶路，一天只吃两顿饭。头上是大雨滂沱，脚下是烂泥难行，有时只好扛着自行车步行。在桓仁县半拉哨渡口，一位姓宋的摆渡农民，被三位同学的精神所感动，热情地把他们摆渡过江，不收一分钱。

在长白山老岭山区，他们沿着山路行进，一边是陡峭的山崖，一边是低深的浑江河谷，路面又窄又滑，在一急转弯处，张军良的车闸突然失灵，他机智地连人带车摔倒在路面上，身体虽然受了伤，但保住了生命。

在吉林浑江市，他们踏实肯干和虚心求教的精神，使宣传部门的领导和同志受到感动，硬是要给他们500元钱，表示对他们这种举动的赞赏和支持。他们对宣传部的领导说，我们出发前没有要一分赞助，采访中也不要一分赞助。我们是学生，是来向你们学习的，只想踏踏实实写些东西，为地方经济发展做点工作，再苦再累都是值得的。婉言谢绝了宣传部领导的好意。7月24日，他们来到吉林省集安市。由于之前有个别记者来此采访，又吃又拿、又要又带，造成很不好的影响，使得他们在采访中受到了冷遇。三位学生决心以实际行动来赢得当地同志的支持，他们到处奔波，虚心向宣传部门请教，想方设法找新闻线索。7月26日晚，他们冒着蒙蒙细雨，骑车到市郊的民主村采访，他们的行动赢得了村长和村民的信任，受到了热情的接待。村长和几位村民对他们说："你们是中国新闻学院的学生，把心中的事儿告诉你们，我们放心。"访谈结束后，他们回到住处就写出了《新开河人参诉苦：打假假更猖狂》的稿件，先后被《经济参考报》《中华工商时报》《中国商报》刊用，更加引起了人们对打假工作的重视。

在集安市街头，碰上了十几个上访的农民，他们及时了解情况，三人分别深入农家调查访问，请教有关部门，了解到这里发生的一桩国家依法征地但农民利益没有得到保护的土地纠纷，及时写了"从一桩土地纠纷案，看国家依法征地与保护农民利益如何统一"的稿件，通过新华社内参的形式，将当地农民的愿望和要求反映给中央有关部门和领导。

一路上，他们都是处在赶路、采访、写稿的循环状态之中，又都是在极度疲惫的情况下度过的。有时工作到深夜两三点钟，早晨6点又得起床出发。在临江和珲春，马书平、张军良肚疼难忍，这两名年轻的共产党员，心里想到的只是工作，硬是带病挺过来了。陈军是位申请入党的积极分子，他处处严格要求自己，当自己的腿被玻璃扎破后，经过简单包扎，又坚持采访，赶路。他们克服困难，一同采访了"邓小平为延边题词十周年庆祝会"和珲春图们江国际开发研讨会，编发了6篇稿件。当他们要离开当地前往下一个采访地的时候，当地的干部、老百姓纷纷出来欢送，一些人眼含热泪和深情，送了一程又一程。

这次社会实践和采访活动是相当艰苦的，但得到了社会各界的大力支持和好评。在采访珲春、绥芬河、黑河、满洲里四个首批边境开放城市的时候，他们同当地领导一道，总结了对外开放一年多来的经验教训。当地领导对他们的工作精神和采访作风给予高度评价。满洲里市委书记在访谈结束时，挥笔给他们题词："万里行程为一程，文明路上成英豪"。当时，满洲里市正在举办"内蒙古自治区对外经济贸易洽谈会"，邀请了70多位中央大报的记者。市委宣传部领导被三名大学生不怕艰难困苦的精神所感动，主动给马书平发了大会记者采访证，并给张军良、陈军发了大会贵宾证。在绥芬河和黑河市采访时，两市的市委书记分别给他们题词赠言："采访赴边城，意志诚可嘉"；"东北沿边万里行，采访黑河促振兴"。临江县委书记逄增校称赞他们说："你们的行为，反映了新华社的作风，你们是好样的。咱东北人欢迎你们。"当他们离开后，临江县委宣传部专门写来了表扬信，信中说：

"他们勤奋工作和廉洁自律的作风，与某些搞'有偿服务'的记者有明显反差，可见贵院不仅抓学生的业务素质，而且注重学生的思想素质。他们不拉赞助，不收纪念品，为新闻界树立了一面很好的旗帜。"

对这次社会实践活动，新闻学院领导和有关部门非常重视。当得知三位学生的想法后，院领导要求进修部负责为他们做好充分准备。进修部领导和团组织与三位学生一起，就课堂上所学到的新闻理论如何与实际相结合，如何通过社会实践去认识社会、了解实际，从中受到教育，以及整个活动的行动计划、采访内容和对象等问题进行了认真分析和研究。出发的当天，学院领导和首都13家新闻单位的记者前来为他们送行。当他们历尽艰苦、顺利返回学院时，院领导和师生们聚集在校门口，欢迎他们的胜利归来。对三位学生的行动，院领导给予充分的肯定。常务副院长刘滨江和党委书记周鸿书都要求认真总结这次社会实践活动的经验，通过采访成果汇报会和展览的形式，让更多的学生了解他们的实践活动，从中受到教育，从而引导更多的学生采取多种形式参加社会实践。正是学院领导、老师的教育和社会各界的支持，给了三位学生极大的勇气和动力。正像他们所说的那样：每当想到老师和同学们的叮咛和嘱托，想到地方党政领导和群众的支持，我们感到有一种历史的责任，我们没有理由不很好地完成这次任务。（新华社《党委工作简报》1993年10月16日，第20期）

二、"东北边疆行"采访刊发稿件

丹东开发区渐入佳境　南通以软补硬见实效

本报讯　截至 7 月中旬，丹东市沿江开发区在创建两年之际，销售收入达 18 亿人民币，创利润 9000 多万元，上交利税 2000 万元。商贸旅游小区的建成，使投资环境日趋佳境，为第二步工业区建设，第三步港口综合开发打下了较好的基础。

丹东沿江开发区地处东北亚腹地，坐落在我国最大边境城市——丹东市繁华地段，毗邻朝鲜，近靠韩国、日本，远望东南亚，在国内开发区建设中独辟新径，在资金紧缺的情况下，不要国家一分钱，依靠 1.4 平方公里土地的出租，自我积累，滚动发展。它吸引外商 9 家，资金 800 多万元人民币，购房客户达 426 家，这些外资企业享受边境经济合作区、沿海开放区在政策上的优惠。

"招商办公一座楼，签字盖章一条线，售后服务一条龙"的便利条件引来客商满座。今年 9 月，工业区的建设将全面展开。丹东沿江开发区冯主任介绍说，届时将再开韩国、日本大门，从点到面全方位引进外国技术和资金，把开发区建成一个国际性综合经济合作区。（《中华工商时报》1993年 7 月 26 日第 410 期，合写者张军良、陈军）

"新开河"被假冒货搅了

截至 7 月末，集安参茸总公司销售额已因此损失 2000 万元

本报讯 （中国新闻学院东北边疆行采访组特供本报）截至今年 7 月末，吉林省集安参茸总公司的"新开河"系列人参只销售了 1600 万元，比去年同期下降 10%，仅完成计划的 20%。据了解，如无假冒，销售额应为 3600 万元。

今年 4 月，在河南百泉药材展销会上，仅以"新开河"为名的人参就有 40 多家，多是浙江、江苏的假冒厂家。集安参茸总公司一位推销员问及此种人参是怎么得来的，浙江一厂家的工作人员说："是送礼，就买我的，我的是假的，但价格便宜得多；要是自己使用，就别买我的，我带你去买真参。"这位推销员只能望之兴叹，无可奈何。

集安参茸总公司宋经理诉出了苦衷：1991 年和 1992 年，该公司在北京人民大会堂举行了打假新闻发布会，生意有所好转，但也损失了两个亿。今年已收到几十封举报信。武汉第一人民医院的一位医生在武汉一家商场买了两盒"新开河"人参，打开全变质了，把产品邮给集安参茸总公司，一检验，全是假的。现在假冒形势与一年前的遍及 30 个省市区 200 多个厂家 3000 多个经销点相比，有过之而无不及，江苏、浙江的假冒厂家更多。

宋经理说："我们是中国驰名商标保护组织会员，国家正在搞'中国效益纵深行'和'中国质量万里行'活动，但愿能大见实效，真正保护国家的名特优产品。"（《中华工商时报》1993 年 8 月 13 日第 418 期，合写者张军良、陈军；《中国商报》1993 年 8 月 15 日以"越打假越猖獗 集安'新开河'人参欲诉无门"为题刊登；《经济参考报》1993 年 9 月 16 日以"假冒猖獗淹了'新开河'"为题刊登）

统一规划，合理布局，建出长白山特色

浑江小区念出一本好经

本报讯 （中国新闻学院东北边疆行采访组特供本报）吉林省浑江市的小区建设，以速度快、配套齐、效益高、具有长白山区特色而在我国中小城市建设中摸索出一套成功经验。

1985 年，浑江市升为地级市，下辖 2 区 4 县，由于老区规模小，设施不配套，环境脏乱差，加快城市建设速度势在必行。

小区建设又是整个城区建设的一个重点。浑江市领导和城建部门在开发小区上遵循"统一规划，合理布局，综合开发，配套建设"的要求，于1973 年建成年发电 45 万千瓦的电厂，城市建设，电力先行，解决小区的供电这一根本性、最基础的问题。随之，投资 1.08 亿元，整修规划了 37 条主次街道，铺设硬度路面 33.4 万平方米。建成河口、金英、库仓沟 3 处新水源，日供水能力达到 2.5 万吨，使全市居民的用水不用愁了。

在解决好交通、供电、供水、排水等基础设施建设后，于 1987 年全面展开小区建设，到今年 7 月，共投入资金 2.1 亿元，采用国家、个人、社会共同建设，实行住房制度改革，已建成宏伟、滨江、团结三个小区和一条仿古商业住宅街以及 13 个住宅组团，向居民和社会提供 6447 套住宅和 436 套商企用房，总面积达到 53.74 万平方米，解决了 1 万户居民的住房问题，占全市区人口的 25%。

今年以来，在小区全部交付居民使用后，又建设一系列的售后服务配套设施。高标准要求市民的爱城、绿化意识，现在这里的居民的自觉爱市意识不亚于北京、上海等大都市。在居民小区，已建成 9 个游园。

浑江市的小区建设达到了规划和使用的完美统一，这在中国是不多见的。

滨江小区建设获得建设部中国房屋开发总公司的质量管理奖；宏伟小区建社在吉林省规划管理评比中荣获第一名，小区质量监督部门也被建设部授予先进单位。（《中华工商时报》1993 年 8 月 20 日第 421 期，合写者张军良、陈军）

盲目大种造成市场饱和流通不畅增加经营难度

"康龙"参受困三角债

作为人参生产大户停产后果不堪设想，因而只得维持"生命"

本报讯 （中国新闻学院东北边疆行采访组特供本报）由于流通渠道不畅，"康龙"参又添三角债。

1991 年，销售额 100 多万元，只回收 20 万元；1992 年，销售额 200 多万元，只回收 87 万元；今年到 7 月底，销售额已达 500 多万元，只回收 110 万元，三年累计欠收 583 万元。加之其他欠收款，外欠款已达 1007 万元。而三角债连续上升：1991 年，欠外款 171 万元，1992 年达到 215 万元，今年到 7 月末已达到 320 万元。

"康龙"参是吉林临江参茸公司开发的系列产品，与集安的"新开河"参、抚松的"皇封"参并称我国三大名参，在国内、国际市场上享有极高的声誉。

临江参茸公司拥有资产 3800 万元，人参栽培面积 30 万平方米，年产水参 20 万千克，是临江县的支柱产业。近三年来，由于销售渠道不畅，濒临停产。由于停产将对临江全县经济造成重大损失，给我国特产——人参在国际市场的竞争力造成消极影响，也给广大参农造成伤害，所以目前只能维持"生命"。

该公司王清福经理介绍说：由于前几年的盲目大种，造成市场饱和，初级产品滥于市场，给深加工产品也造成不利影响，加之流通体制不够完善，给经营又增加了难度。像我们公司这样的人参生产大户，考虑国家和参农利益，不但不能停产，还得在维持状态下搞新技术新产品开发，等待时机。真正把市场搞活，重在流通体制改革的加快，我们公司如果没有流通渠道不畅的问题，欠外款、外欠款均可减少 60%。(《中华工商时报》1993 年 8 月 25 日第 423 期，合写者张军良、陈军)

“肥水外流” 同行掣肘 图们边贸多“腿”走路

本报讯 （中国新闻学院东北边疆行采访组特供本报）国家一类口岸、吉林省最大口岸——图们市的边境贸易发展迅猛，到 7 月底，创汇已超过 3000 万美元，成为吉林省 10 大创汇大户和全国 50 家外贸创汇龙虎榜之一。

近年来，边贸行业的出口品种自相压价，进口品种私自提价，造成国家利益受到损害，“肥水外流”，个别公司把易货变成现汇贸易，再加上“民营”冲击“国营”、“小额”冲击“大宗”等现象，给图们边贸总公司带来不利影响。

随着图们江下游的开发热，图们市边贸把传统的对朝贸易，拓展到对俄、韩、蒙、日等国，由过去的一条腿走路变成现在的四条腿跑步，边贸人员分成对朝贸易、俄东贸易、委托代理、国际贸易四个部分。1993 年年初成立俄东贸易公司，负责对俄罗斯东部的贸易，由国际贸易公司负责对韩、日、蒙等国贸易，还增大全国外地代理业务的范围、用户和额度。1992 年，委托代理贸易额为 1 亿元，自营额为 1.2 亿元，1993 年，委托代理额将达到 1.5 亿元，自营额力争突破两亿元。今年年初，还全面落实承包责任制，力争人均利税达到 50 万元。

图们市边贸每年以 5 个系列 30 多个品种的幅度增长，现在经营规模，已扩大到电视、木材、缝纫机、汽车等 30 多系列 100 多个品种。成为东北亚的物资集散地，对东北亚经济建设起着重大的推动作用。(《中华工商时报》1993 年 8 月 27 日第 424 期，合写者张军良、陈军)

珲春给收费"剪枝"

外部环境的改善使外商纷至沓来

本报讯 （中国新闻学院东北边疆行采访组特供本报）日前，吉林省珲春市委、市政府作出决定，进一步全面清理整顿各项收费。为治理"三乱"（乱收费、乱摊派、乱集资），市区行政机关、企事业单位将其收费项目和标准一律向清理收费小组申报登记，经研究被取缔或保留的收费项目和标准，分别以文件和布告的形式公布，接受社会监督。

1992 年 3 月被国务院批准为进一步对外开放边境城市的珲春市，一年多来，坚持清理整顿借开放之机乱收费、乱涨价、乱集资的现象以及对前来投资、旅游者的敲诈、勒索行为。据有关部门透露：有 60 多起团体和个人违纪收费，85% 的经过批评教育，认识到错误的严重性；15% 的进行经济处罚；取缔、暂停收费项目 34 项。

今年 7 月 24 日，益民石油液化公司以发放液化气供应证为名，每证收价 50 元，仅十几天就索取人民币 1 万多元，查出后，将非法收入部分上交财政，要求只收取供应证的工本费，及时维护了群众切身利益。

今年元月份，珲春市又成立了清理整顿各项收费领导小组，由一名副市长挂帅，强调："要坚决清理整顿各项收费，所有收费项目将向外来客商及社会公开，并由一个部门统一执收。"制定了《关于强化行政事业性收费管理工作的通知》，要求一律使用市财政局统一制定的收费票据和公章，对不申报收费项目的、擅自立项和超标准收费的以及无证收费的，要坚决纠正，严肃处理。开展房地产开发收费的检查，重点检查自立项目乱收费、超面积出售商品房。开展重点行业价格检查，主要是邮电、交通、电力、木村等行业执行价格政策情况，不允许垄断、暴利、欺诈行为发生。整顿市场价格秩序，重点检查不实行明码标价及以次充好、短尺少秤、变相涨价等价格违法行为。

3月，市委、市政府又制定了《珲春市外来投资服务工作测评方案》，对市计经委、外事办、土地局等35个部门采取抽查、普查，发放测评卡，设立举报箱、举报电话，每度测评一次，年末汇总。对违背服务宗旨的团体和个人，视情节轻重，给予相应的处理和"曝光"，对客商投资服务工作中表现突出的，给予表彰、奖励。

外部环境的健全得力，促使了外商踊跃前来，目前在珲春的外资企业已达2012家，合同金额17.9亿元，到位资金1亿元。（《中华工商时报》1993年9月1日第426期，合写者张军良、陈军）

内蒙古满洲里建起"风水地" 中俄互市区热络"桥头堡"

本报讯 （中国新闻学院东北边疆行采访组特供本报）国务院批准的我国唯一的国际贸易区域——满洲里市中俄互市贸易区，已成为国内外客商的投资热点，先后有400多家客商光临互市区，洽谈贸易，今年的内蒙古满洲里对外经济贸易洽谈会成交额30亿瑞士法郎的90%都是在互市区谈成的。携款投资者比去年增长70%，金额已超过5000万元。

互市区设有自由贸易封闭区、商贸区、国际金融区、保税仓储区、生活游乐区、免税加工区。占地10万平方米的自由贸易封闭区被誉为北方"沙头角"，建设规模和优惠政策都超过深圳的沙头角，14条国际公路口岸正在建设，年运输能力将达到350万吨。

有关人士认为，中俄互市区是第一欧亚大陆桥的"桥头堡"，是黄金地盘、风水宝地，将有更多的客商投入此地，为满洲里市乃至全国的经济发展开辟一条大通道，带来巨大的效益。（《中华工商时报》1993年9月22日第435期，合写者张军良、陈军）

大黑河岛上"淘"金者忙

本报讯（中国新闻学院东北边疆行采访组特供本报）位于黑龙江主航道上的大黑河岛中俄民间贸易市场日前已建成投入使用。

据悉，这座全封闭式贸易市场，累计投资额已达3000万元，商品的种类繁多，主要是服装和食品类。

大黑河岛管理处副处长介绍说，民间贸易市场自开业以来，共接待中外游客2947个团组，登岛参贸人数已达41万人次。总成交额完成了两个亿，营业总收入1528.5万元。有关人士表示，在进一步开发建设大黑河岛过程中，要以边民互市贸易为主，积极发展商业、经贸业、饮食服务业和旅游娱乐业，建成现代化自由贸易岛。（《中华工商时报》1993年9月29日第438期，合写者杨晓平、张军良、陈军）

宏观调控不忘姓农　牡丹江市供销联社保证农民需要

本报讯　黑龙江省牡丹江市供销联社，在搞活经营、渐入佳境的过程中，始终不忘农民利益，保证满足农民的生活、生产需要。所辖97个供销社和1626个基层网点，都把想农、帮农、支农放在与搞活经营争效益同等重要的位置。仅今年1—7月，就向农民输送化肥19.3万吨、农药603吨、农膜111吨，农民日用品供应达到1000多吨，销售额达到2218.6万元。

在市场经济条件下，该市供销联社领导抓住供销社是以农民为主体的合作商业组织，经营机制和经营方式灵活、联系农民多的特点，一方面保证农民日常生活用品不断档，分层次负责，大社精而多，小社全而小。另一方面对生产资料，农用机具等生产物资，根据季节需要，分批分期与常年送货相结合，为农民解决实际困难，尽可能减少环节，降低价格，使农民从中得到实惠。今年 1—7 月，已为偏远山区的 40 多个村屯送货 50 次，价值 50 多万元。去年农忙季节，该市供销联社了解到农民柴油、汽油、机油需求多，供应不上的情况，及时和石油部门协调，把大量的柴油、汽油、机油落实到农民手中，满足了全市农民的要求。

这几年，牡丹江市供销联社大胆改革、探索，走"外贸起家，内外贸结合，贸工农一体化的外向型发展"的路子，创办了 20 个实体，全面转化内部经营机制，取得显著成果。今年 1—7 月，已实现销售 5 亿元，实现利税 1000 万元。（《中国商报》1993 年 9 月 12 日（总第 1451 期）第二版，合写者张军良、陈军）

北国"中英街"

——大黑河岛

人们只听说南有"沙头角"，没有听说北边还有个"大黑河岛"。在黑龙江主航道我方一侧，处于中俄边境线上两个最大城市：黑河与布拉戈维申斯克之间，有一个四面环江的宝岛——大黑河岛。大黑河岛中俄民间贸易市场就建设在这座占地只有 0.87 平方公里的小岛上。这是一座全封闭式的围有 600 米铁栅栏、占地 1.44 万平方米的贸易市场。场内设有民贸大厅二栋、小厅一栋，总面积是 3113 平方米，在市场厅内，商品的种类繁多，主要是服装和食品类，另外还有部分加工细致的工艺品。

当我们走近摊点，举起相机给俄商人拍照时，有的抬头看一下，然后继续忙于讨价还价；有时遇到年轻一点儿的俄商人，会很幽默的做个鬼脸或与你打个手势；而中年妇女看到你给她们拍照时，会大声对你喊："Hem！Hem！"（不的意思），转身背朝着你或用手来堵你的相机镜头，不让你拍。他们选购的商品大都是服装或轻纺产品，有的也带些食品回去。

每天来大黑河岛的俄商人很多，早 8 点乘船过来，一过来就直奔商品大厅，多争取一点选购商品的时间，很少去游玩。午餐也很简单，吃点面包、牛排、牛奶什么的，有时也要几个中国的拼盘小吃，或者学着中国人用筷子夹饺子吃，但很费劲。一位布市大学的中文系女大学生用不太熟练的汉语告诉记者："中国饺子太好吃啦！"选购完商品的商人，大包小袋，背拖肩担，无一空手而归，最多者带四五个大包，然后再乘船返回俄罗斯。

听大黑河岛管理处负责同志介绍说："民间贸易市场自开业以来，共接待中外游客 2947 个团组，登岛人数已达 41 万人次。总成交额达两个亿，营业总收入 1528.5 万元。在进一步开发建设大黑岛过程中，要以边民互市贸易为主，积极发展商业、经贸业、饮食服务业和旅游娱乐业，建成具有贸、游、娱、吃、住、行综合服务功能的现代化自由贸易岛。"（《中国商报》1993 年 9 月 14 日（总第 1452 期）第二版，合写者张军良、陈军；《科技日报》1993 年 10 月 22 日以 "大黑河岛有个民贸市场" 为题刊登）

剖析黑河开放与独联体经贸合作的持久性

黑河市隔黑龙江与俄罗斯布拉戈维申斯克相对，是中国与独联体国家七千多公里边境线上唯一一对距离最近、规模最大、规格最高、功能最全的对应城市。这种地理优势加上人和，使黑河成为开展对俄罗斯等独联体国家经贸合作的前沿地带和重要枢纽。

一、俄罗斯远东和西伯利亚地区资源富集，占苏联的三分之二。目前，俄罗斯经济发展战略又加速东移，但是，俄罗斯经济实施东移战略，靠自己的力量难以迅速完成，需要通过寻求广泛的合作来实现。在他们国家中，他们的基本态度是：不仅不需要一个强大的社会主义苏联，也不需要一个强大的资本主义苏联，更不需要一个强大的资本主义俄罗斯。对此，俄罗斯上、中、下各层次的领导正在形成共识的是："我们不能再等待山姆大叔的美元了。"此外，日本具有充足的资本和先进技术，但北方四岛问题却使双方合作和日方以政府行为对俄罗斯投资受阻。还有一个韩国，但它占有俄罗斯等独联体国家市场的能力是有限的。通过以上分析，俄罗斯寻求合作的历史机遇和可能性就留给了中国——黑河。

二、我国同俄罗斯等独联体国家经济结构的互补性，为双方发展长期稳定的经贸合作奠定了基础。在商品互补性的后面是结构的互补性——生产什么。苏联长期执行重视工业，轻视农业，在工业方面重视重工业，轻视轻工业，以及重视国防工业，轻视民用工业的产业政策，造成产业结构畸形，导致日用消费品供需严重失衡；苏联各加盟共和国，产业布局和分工又各有侧重，各自独立后欠缺性产业结构的弊端更加暴露，使各国都面临着各自的经济结构的任务。这一任务，显然不是短期所能完成的。在这方面，我国对他们具有相对的先进性和适用性，特别是我们丰富的劳动力和轻工纺织、电子等行业技术优势，对其实现调整目标是极其必要的。

三、俄罗斯等独联体国家人心思稳，扩大开放，发展对华合作趋势不可逆转。首先，人心思稳不可逆转。人们已饱尝国内局势动荡之苦，没有人想把俄罗斯推进内战火海。目前经济处于困境之中，无论谁当权，都必须扩大开放，借助外力发展自己。再次，发展同中国长期稳定的经贸合作不可逆转。分析俄罗斯等独联体国家的发展形势，必须坚持历史唯物主义的观点，无论领导人如何更迭，领导集团如何变化。俄罗斯推进改革开放和加强同我国的经贸合作都不会改变的，这是历史发展的必然趋势。（《中国商报》1993年9月19日（总第1455期）第二版，合写者张军良）

"一鱼带水"振团威

共青团吉林省延边朝鲜族自治州委员会靠办"实体"立业，形成"一鱼带水"的局面，并使团办实体成为全州经济建设中的重要角色，为全州的经济建设做出了贡献。该州团委创办了8个经济实体，先后为350多名青年找到了就业岗位，为社会培养近5000名青年专业人才，500名"俄语、英语通"，这些青年人或直接下海或当翻译，给全州带来 5 亿元的经济效益。团办实体的纯利润今年可望达到 200 万元。

团州委在去年旅游旺季，在全国团界首家包租两架飞机，从北京到延吉：每天两个班次，他们还帮助 1000 余名大学生，参加社会实践，搞家庭教育和调查研究。围绕经济工作，团州委还对全州 114 个农村团组织进行基层整建，在全州 46 万名青年中，开展了"一团一业、一员一技"的比学赶帮超活动，使全州青年人进入以技术为本大竞争机制中。（《中国青年报》1993 年 9 月 22 日（总第 7444 期），合写者张军良、陈军）

前景广阔的开放窗口
——辽宁省大东港开发侧记

沿海、沿江、沿边的中国边境新城——辽宁省东港市，是 1992 年 7 月 18 日，经国务院批准撤县设市的。一年来，这个边境经济开放区，由一个未开放地区，到一个待开发地区，已逐步成为辽东半岛的一个对外窗口。

大东港位于中朝边界的鸭绿江入海口，在中国 1.8 万公里海岸线的最北端，是一个不冻良港。这里与朝鲜一衣带水，隔海相望。东港市素有"东北江南"的美称，稻米是免检产品，因而还被称为"鱼米之乡"。由南到北的三个近海滩涂地带，生产有 80 多种海产品，其中养殖对虾 10 万亩，面积、产量都居全国之首，贝类的产量也达到了 3 万吨，成为我国海产品生产、出口的基地。这里还盛产水果、板栗、草莓等 130 多种经济作物。据勘探，这里的黄金、大理石、化石等矿产资源也非常丰富。

大鹿岛、小岛和暗岛构成了一条三位一体的沿海风景线，大孤山省级风景名胜区中的大孤山是国家级森林公园。

东港市区努力改善投资环境，现已建成的一个万吨级码头，年吞吐能力达到 30 万吨，二期工程的三个万吨级泊位正在开工兴建，明年吞吐能力可望突破 120 万吨。供电、通信、航空、供水等也已有很大改善。商贸服务区、加工工业区、生活居住区、娱乐区、高科技园区、保税区，正在规划中。(《经济参考报》1993 年 8 月 2 日，合写者张军良、陈军)

精神风貌　效率速度
——我国第一批沿边开放城市黑河市采访侧记

坐落在黑龙江省小兴安岭北麓的黑河市，于 1992 年 3 月 9 日被国务院批准为沿边首批进一步开放城市。一年多后，我们采访小组专程来到黑河市进行采访。一到这里，便看到主要道路以及供水、供电、供热、通信等基础建设全面铺开；商贸大厦、边贸大厦、兴财大厦等一批高层建筑拔地而起。一年多的实践证明，黑河市对外进一步开放，带动了黑河各个领域经济的发展，人民生活日益提高。诸多方面都出现了历史上任何一个时期都无法比拟的巨大变化。

对外经贸合作大跨度地推进。一是今年上半年黑河口岸实现过货额 5.57 亿瑞士法郎，比去年同期增长 91.8%。二是贸易形式日趋灵活。今年上半年，现汇贸易的比重占过货总额的 50%。三是贸易伙伴增加。一年多来，在黑河通过各种形式参与边贸的公司已发展到 1600 多家，国外贸易伙伴 3000 家，除独联体 10 个国家 50 多个州区外，还与美国、法国、加拿大、日本、韩国以及中国的港、澳、台 12 个国家和地区的客商建立了联系。四是经济技术合作有了突破性进展。一年多来，外商投资企业 43 家，是前 4 年总和的 6 倍；已签合同的境外投资企业 26 家，是前 4 年总和的 4 倍。五是劳务输出倍增。一年多来，劳务合作输出 3848 人次，是前 4 年总和的 1.62 倍。六是边民贸易更加活跃。到 6 月底，接待俄方 81504 人次，国内参贸人员达 41.8 万人次，总交易额 3 亿多元，纯收入 1194 万元。

旅游业已成为黑河一大支柱产业。今年上半年，与俄方布拉戈维申期克交换团组团达 1416 个，52562 人次，比去年同期增长 21.2%。1992 年"一日游"创收达 1287 万元，实现税金 34 万元，今年上半年收入相当于去年全年水平。

城市基础建设步伐加快。城区房屋建设在去年 211 项的基础上，今年又投资 9.7 亿元，开工 239 项，建筑面积 117.5 万平方米，是去年的 1.6 倍。占地 1.54 万平方米的大黑河民贸市场新建了综合办公大楼，改善了联检条件，湖边别墅已正式对外营业。

商饮服务等各业发展迅速。一年多来，个体工商户经营额达 1.04 亿元，占社会商品销售总额的 42.5%，比上年同期增长 188%，商业网点已达 2000 多个。一次性接待旅客能力达 2.57 万人，比 1992 年春增长 6.4 倍。

乡镇企业已占农村经济的半壁江山。今年上半年产值已达 7283 万元，比上年同期增长 188.9%，利润增长 381%。改革使农家走出国门，办起了各种贸易公司。现在乡镇有 107 家边贸企业，10 余种产品出口俄罗斯。

人民生活接近小康水平。人们的衣、食、住、行、用有了明显的改善。1992 年城镇居民收入达到 2720 元，城市储蓄余额 27725 万元，人均储蓄余额 1912 元，是全国人均储蓄余额的 2.4 倍。

通过这次采访，我们看到了黑河市的今天：楼群挺立，大厦林立，又使我们想到黑河市辉煌灿烂的明天。黑河市定将成为一个美好的国际商贸旅游城。（《首都经济信息报》1993 年 10 月 8 日，合写者张军良、陈军）

三、"东北边疆行"采访活动报道

《光明日报》刊登中国新闻学院马书平等三名大学生踏上征程的消息。

《新华每日电讯》刊发中国新闻学院马书平等三名大学生暑期开展"东北边疆万里行"社会实践活动踏上征程的消息。

作日内即向出口企业提供出口押汇。押汇货币暂限于美元、日元、德国马克和港币。一经押汇，对未能如期收回的货款，银行无权再向出口企业追索。人保公司将根据协议，负责向实业银行赔偿押汇损失。

据了解，出口信用保险与融资相结合，在我国是一项新兴的业务方式。业内人士预测，此项业务将会受到我国出口企业的欢迎并会得到进一步发展。（文文）

与中信签订"出口押汇保险"

破

⋯⋯是私营企⋯⋯计、劳动⋯⋯管理等各项⋯⋯的称号，这⋯⋯的代表率先

⋯⋯负责人说，⋯⋯在产品水⋯⋯，如果仍被⋯⋯型企业在经⋯⋯。从而不利⋯⋯公司作为试⋯⋯开发区认定⋯⋯合伙及私营⋯⋯发区将通过⋯⋯民营科技型⋯⋯取多种组织⋯⋯同发展。

建院十年来以理论与实践并重著称。这次九二级学生马书平、张军良、陈军领导的行动得到了学院领导的大力支持。三名学生将在近两个月的时间里骑自行车采访东北边疆的二十多个市、县、镇。（辰）

由原新华社社长穆青任院长的中国新闻学院

"东北边疆行"采访开始

本报讯 中国新闻学院三名学生十三日离京前往丹东，拉开了"东北边疆行"调查采访活动的序幕。

长江三角洲包括上海市和江⋯⋯个市、浙江省的六个市，该地区⋯⋯会总产值和出口创汇额均占全⋯⋯上。到目前为止，这一地区已累⋯⋯资企业2.5万家，合同外资金额⋯⋯元，约占全国1／4。

与国际资本大量涌入的势头⋯⋯长江三角洲为对外开放服务的配⋯⋯设全面铺开，投资环境日臻完备⋯⋯以来，上海市已投资350亿元改善⋯⋯设施：连结浦东、浦西的南浦大⋯⋯桥和内环线道路等工程已经建成⋯⋯成；浦东国际机场、浦东铁路等⋯⋯进入准备阶段。近几年上海的电⋯⋯容量增加了七倍，出租汽车增加⋯⋯形似上海两翼的江苏和浙江

日动工兴建。

由铁道部第二十工程局等十一支队伍承担的这项"八五"国家重点建设项目阳成段铁路复线工程，全长三百九十二公里。自阳平关出站，沿嘉陵江经广元达成都，共需开挖隧道六十五座，架设桥梁二百零三座，为一级电气化线路标准，计划一九九六年底建成运营。（主篦 文阁 晓坰）

本报讯 长期超负荷运营的宝成铁路开始修建复线。第一期工程阳平关至成都段于七月十三日动工兴建。

《农民日报》和《中国日报》所属《21世纪》报刊登中国新闻学院马书平等三名大学生暑期开展"东北边疆万里行"社会实践活动踏上征程的消息。

中國教育報

ZHONGGUO JIAOYU BAO

第1681号　　1993年11月16日　　星期二　　每日四版　　代号1——10

中国新闻学院马书平、张军良、陈军三位同学，自筹经费，利用暑假骑车赴东北边疆进行采访实践和社会调研。

他们从辽宁东港市出发，途经辽宁的丹东、宽甸、桓江，吉林省的集安、浑江、松江、安图、延吉、图们、珲春，黑龙江省的牡丹江、绥芬河、黑河，内蒙古自治区的满洲里、牙克石至第三省一区的二十多个边境县市，行程近万里，他们采写了近八万字的新闻稿件和社会调查报告，拍摄了一千多张新闻图片、风土人情、风光风景片，其中有二十多篇稿件已被多家新闻单位选用。

图为吉林省珲春市委宣传部向三位同学授特约记者聘书。 （书平 摄影报道）

《中国教育报》和《中华工商时报》刊登中国新闻学院马书平等三名大学生暑期开展"东北边疆万里行"社会实践活动踏上征程的消息。

生意做进军营里

莘莘学子骑车走天下

中国新闻学院"东北边疆行"采访组启程

社会新闻

中华新闻信息报

CHINA PRESS INFORMATION JOURNAL

中华全国新闻工作者协会主办　　统一刊号：CN11——0019　　每周三出版

1993年
7月
21日
第12期

国内外统一发行

骑车采访忙
暑期赴东北

本报讯　7月12日上午，中国新闻学院的领导和部分师生为92级大专班的马书平、张军良、陈军3位同学送行。这3位同学利用暑假自筹资金骑自行车赴东北实地采访。这次活动是北京市高教局今年部署的暑假大学生活动的一部分。（周登）

人民摄影

PEOPLE'S PHOTOGRAPHY

国内统一刊号：CN14—0029　代号：21—2　1993年7月21日　第28期

中国新闻学院摄影组赴东北边疆采访

《中华新闻信息报》和《人民摄影》报刊登中国新闻学院马书平等三名大学生暑期开展"东北边疆万里行"社会实践活动踏上征程的消息。

前进报

《前进报》93年195040期第4版

编者按： 中国新闻学院马书平、张军良、陈军三名学生（两名党员、一名团员）在暑假期间自筹经费，骑自行车到东北地区进行社会实践活动，行程近万里，采写稿件和调查材料近8万字。一路上，他们牢记新闻工作者的职责，发扬新华社的优良作风，深入基层，认真调查研究，虚心向群众学习；他们不畏艰难，严以律己，不收一分钱，不受一份礼，受到当地领导和群众的称赞。每个共产党员特别是编辑、记者，都应该学习他们这种敬业和奉献精神，勤政为民，自觉同不正之风作坚决斗争，做一名新时期合格的新闻工作者。

中国新闻学院92级马书平、张军良、陈军三名学生，自筹经费，利用暑假骑车赶东北边疆采访实践，获得了丰硕成果受到校内外的普遍赞誉。

他们历时50天，行程近万里，采访了20个沿边县市，采写稿件和调查材料约8万字，拍摄了一千多张新闻和风光照片，有20多篇稿件被《中国青年报》、《经济参考报》、《中华工商时报》等刊用，19家中央和地方的报纸、电台、电视台报道了他们的社会实践活动。

路途崎岖不平，山高水险，三名同学栉风沐雨，吃尽辛苦，经受了严峻的考验，赢得了各地上下的欢迎和支持，一路有许多感人的事迹。

他们冒雨采访辽宁东港海关和港口码头。入夜，陈军突发高烧，与、张两人只得一人赶写稿件，一名护理病人，前去吉林赛安途中，三天房龙大雨，三天骑车赶路二百余公里，在恒仁县半拉哨渡口，渡船宋姓农民深受感动，热情地把他们摆渡过江，不收分文。

过长白山老岭，悬崖陡峭，下临深谷，在一突遇急转弯处，张军良的车轧突然失灵，车子直冲而下，在此千钧一发之际，他急中生智，立即将重心偏向一侧，随车挥倒在地，终于逢凶化吉。

牡江市委宣传部门盛赞他们的行动并要赞助500元，他们婉言谢绝。在此之前，集安市曾来过"吃喝"记者，造成很坏影响。三名学生的行动打动了市郊各农的心。村民热情接待了冒雨而来的学生记者。他们掌握了鲜活的第一手材料，迅速写出了《新开河人参诉苦：打假保质量》，先后被《经济参考报》、《中华工商时报》、《中国商报》采用，引起了有关方面的重视。

他们常病，常伤昼夜赶路，在珲春、绥芬河、黑河、满洲里四个首批边境开放城市，分别和当地领导一起，总结了对外开放的经验和做法，采访了"邓小平为延边题词十周年庆祝会"和珲春图们江国际开发研讨会，编发了大篇稿件。告别时，当地干部和老百姓纷纷出来欢送。他们赶到满洲里时，正逢举办"内蒙古自治区对外经济贸易洽谈会"，当地邀请了中央各报的70多名记者参加，市委宣传部领导深为三名学生的壮举所感动，立即给马书平发了大会记者采访证，并给张军良、陈军发了大会贵宾证。满洲里市委书记给他们题词，"万里行为荣一程。文明路上成英豪"，绥芬河和黑河两市的书记也分别题词，"采访赴边疆，壮志诚可嘉"，"东北沿边万里行，采访精神促我们"。临江县委书记除当面称赞他们的敬业精神外，事后，县委宣传部门向中国新闻学院写了表扬信，信中说："他们勤奋工作和廉洁自律的作风，与某些自称'有偿服务'的记者有明显反差，可见我院不仅抓学生的业务素质，而且注重学生的思想素质。他们不拉赞助，不收纪念品，为新闻界树立了一面很好的旗帜。"

新闻学院的党政领导为三名学生的出征作了充分准备。出发时，学院领导和首都13家新闻单位记者为他们送行，新学期开始时，全院师生聚集校门前，欢迎他们胜利归来，常务副院长刘滨江和党委书记周晓昕要求认真总结此次实践经验，举办实践成果汇报会和摄影会，以激发职工的敬业精神，引导更多的学生采取多种形式参加社会实践。

（摘编自《党委工作简报》）

边疆万里行　一路新风颂

——中国新闻学院三名学生骑车采访纪实

新华社《前进报》刊发中国新闻学院马书平等三名大学生暑期开展"东北边疆万里行"社会实践活动的事迹。

三学生开始"东北边疆行"采访

本报讯 日前，中国新闻学院的3名学生马书平、陈平、张军良组成的采访组，由北京骑自行车抵达我国最大的边陲城市——丹东，拉开了他们暑期"东北边疆行"的序幕。这个采访小组计划在东北停留50天，涉足25个边陲县市。

傅秋厚

《辽宁日报》刊登中国新闻学院马书平等三名大学生暑期开展"东北边疆万里行"社会实践活动在辽宁边疆地区采访调研的情况。

吉林日报

JILIN RIBAO

第17103期

吉林日报社出版 国内统一刊号CN22—0001 国外发行刊号D776 邮发代号11—1

农历癸酉年 1993年7月 六月十三
31
星期六
长春地区天气预报
白天 多云有雷阵雨 东南风2—3级 最高气温：28℃
夜间 多云有小阵雨 偏东风2—3级 最低气温：20℃

三学生骑车自费东北边疆行抵达浑江

本报讯（张洪智报道）中国新闻学院马书平、张军良、陈军三名大学生，利用暑假自筹费用，骑自行车进行东北边疆行采访活动，经半个月的奔波，于7月29日抵达浑江。

这次采访活动，从丹东出发，沿东北边境行进，以满洲里为终点，全程约3500公里，预期两个月。这次活动旨在调查和报道东北人民改革开放以来发展经济所取得成果、经验及少数民族地区的风土人情等，通过社会实践，丰富头脑，磨炼意志，展示当代大学生的勇气和毅力。在浑江他们将要采访浑江市实施长白山开发开放战略、产权制度改革、农民兴办旅游事业、城市建设等方面的成果和经验。★

《吉林日报》刊登中国新闻学院马书平等三名大学生暑期开展"东北边疆万里行"社会实践活动在吉林边疆地区采访调研的情况。

1993年8月

27

星期五

癸酉年七月初千

哈尔滨地区天气预报

白天　晴
风向　西北
风力　4级
夜间　晴
风向　西北
风力　2级
气温　最高　24℃
　　　最低　12℃

黑龙江日报

HEILONGJIANG RIBAO

第14508期（代号13—1）　国内统一刊号　CN23——0001　黑龙江日报社出版

三名大学生骑车
东北边疆行

本报讯（刘常金）由中国新闻学院马书平、张军良、陈军三名大学生组成的'93·东北边疆行采访组，于24日抵达省城哈尔滨。

他们于7月14日从辽宁省丹东市出发，历时一个多月，途经吉林省宽甸等地，于18日进入我省牡丹江市、赴绥芬河口岸采访后来到了哈尔滨。并于当天下午前往我省另一个著名的口岸城市黑河，最后到达满洲里，全程约3500公里，预期近两个月。

据了解，他们这次采访活动是自筹费用，旨在深入实际，了解东北人民在改革开放中振兴经济和扩大边境经济贸易所取得的丰硕成果。

集装新闻

《黑龙江日报》刊登中国新闻学院马书平等三名大学生暑期开展"东北边疆万里行"社会实践活动在黑龙江边疆地区采访调研的情况。

丹東日報

1993年7月
16
星期五

农历癸酉年
五月小
廿七

第12731期
国内统一刊号
CN21—0008

中国新闻学院东北边疆行采访组抵丹

本报七月十五日讯 新华社中国新闻学院马书平、张军良、陈军三名大学生，利用暑假自筹资金骑自行车赴东北沿边实地采访，今日抵达丹东。丹东是该采访组此行的第一站。

采访组的这次活动将沿途经过二十六个城镇，主要了解东北人民改革开放以来经济发展所取得的成果、经验以及少数民族风俗习惯等。

采访组在丹将做为期三天的实地采访。

（本报记者 陈兴文）

辽宁《丹东日报》报道中国新闻学院三名大学生在丹东地区开展社会实践和采访调研的情况。

長白山報

中共浑江市委机关报   CHANG BAI SHAN BAO

| 1993年7月30日星期五 第31期 | 癸酉年六月十二 国内统一刊号 CN22 — 0046 |

△93·东北边疆行采访组抵达我市。中国新闻学院学生张军良、马书平、陈军三人，利用暑假期间骑自行车自费进行从课堂到社会实践的采访报道活动，7月12日启程，踏上了由丹东——满洲里行程3500公里的"93中国东北边疆行"的征程，于28日下午7时抵达我市。29日下午，市委副书记于捷、市委宣传部长蒋力华专程到宾馆看望了三位风尘仆仆的大学生。
 　　　　　　　　　　　　（刘红娟）

吉林《长白山报》报道中国新闻学院三名大学生在长白山地区开展社会实践和采访调研的情况。

延邊日報

연변일보　YANBIAN RIBAO　第10330期

| 1993年 8月 | **11** | 星期三 | 农历癸酉年 六月 廿四 七月初六处暑 | 延吉市区 今 明 天气预报 | 天气:今多云有时晴 明多云有小阵雨 风向:今明东风 风力:今明3级 最高气温:今25℃ 明23℃ 最低气温:今16℃ |

本报讯 (记者·韩宝臣) 由中国新闻学院3名大学生组成的93·东北边疆行采访组,于8月9日下午抵达延吉,他们将在延边进行为期6天的采访活动。州委宣传部副部长玄日善会见了采访组成员。

马书平、张军良、陈军是中国新闻学院92级新闻系学生,他们利用暑假期间自费骑自行车进行东北边疆行采访活动。7月14日从丹东大东港出发,途经宽甸、集安、浑江、延吉、黑河等地,计划行程3500公里,9月10日在满洲里结束。重点调查和报道东北地区改革开放以来发展经济所取得的经验、成果以及少数民族地区的发展情况。

中国新闻学院·93·东北边疆行采访组抵达延吉

延边是他们采访报道的重点地区。在延边期间,他们将采访延吉、图们、珲春等市,调查了解延边的改革开放的形势、图们江开发开放情况以及延边的教育科技、交通通讯、民族经济、土地使用情况。

年的几十种,增加到现在的610多种,并且改变了过去出口土特产品多工业制成品少,粗加工产品多精加工产品少,大路货多高附加值产品少的现象。三资企业已发展到375家,有110家投入生产,开发新产品80多种,其中有20多种产品打入国际市……

……单的枯燥的。每一笔每一个字……为了它,我们经贸战线的同……多少代价啊!对于这一点,州……

《延边日报》报道中国新闻学院三名大学生在延边地区开展社会实践和采访调研的情况。

1993年8月
13
星期五
农历癸酉年六月廿六

总第43期

延吉晚报

연길석간 YANJIWANBAO
延吉晚报社出版
社长兼总编辑 房今昌
国内统一刊号：CN22—0052
邮发代号：11—100

宣传政策 指导生活 传播知识 提供娱乐

中国新闻学院
“东北边疆行”采访组抵延

本报讯 中国新闻学院“东北边疆行”采访组一行3人于8月9日抵达延吉。

采访组成员马书平、张军良、陈军3人均为该院92级学生，此次骑自行车“东北边疆行”是7月13日从辽宁丹东出发的，终点满洲里，全程3500公里。他们3人将对沿途的边贸口岸的经济情况进行调查采访，计划为《中华工商时报》、《中国商报》等报发稿30篇。采访组计划8月14日左右进入黑龙江省境内。

●记者 杨波

《延吉晚报》报道中国新闻学院三名大学生在延边地区开展社会实践和采访调研的情况。

吉林《延边广播电视报》报道中国新闻学院三名大学生在延边地区开展社会实践和采访调研的情况。

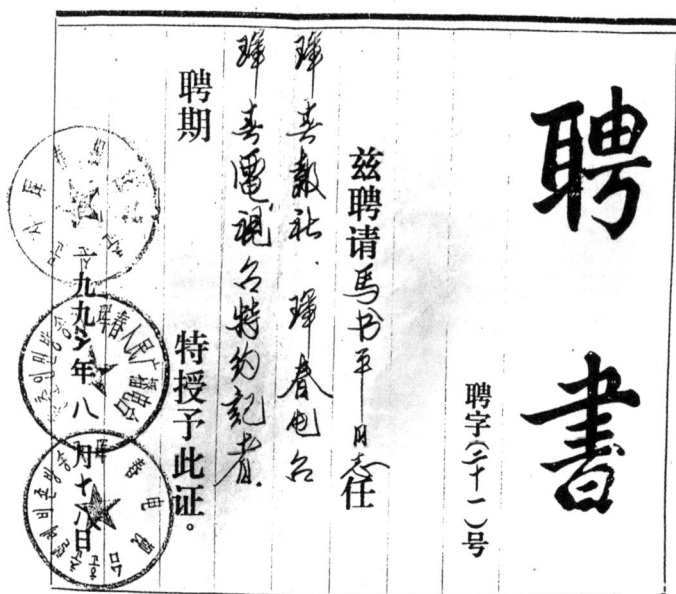

吉林珲春报社、珲春电视台、珲春广播电台授予马书平同学特约记者聘书。

牡丹江日报

(13——14)

MUDANJIANG RIBAO

1993年8月21日 星期六
农历癸酉年七月初四
第10659号

本市市区天气预报
白天到夜间晴转多云有阵雨
西南风2—3级 夜间转1—2级
温度：15℃～27℃

三名大学生骑车沿途采访昨抵牡市

本报讯 由中国新闻学院三名大学生利用暑假自费组成东北边疆行采访组，昨日骑自行车到达牡丹江市。

他们于7月14日从丹东大东港出发，途经丹东、珲江、延吉、珲春等地，沿途采访报道了东北三省的沿边人民改革开放、发展经济的成果。

的风采。目前已写成31篇新闻稿件，计4万多字。已有20多篇刊登在《人民日报》、《中华工商时报》、《经济参考报》、《光明日报》等报刊。他们在牡市稍事休整后，将骑自行车到绥芬河、黑河、满洲里等地沿途进行采访报道。

经验及风土人情，并以此丰富实践知识、磨炼意志，展示当代大学生

牡市委新闻中心 魏久远

黑龙江《牡丹江日报》报道中国新闻学院三名大学生在牡丹江市、绥芬河地区开展社会实践和采访调研的情况。

黑河日报

国内统一刊号　CN23—0013(代号13—12)　第12862期
1993年8月24日　星期五　农历癸酉年六月廿六

中国东北边疆行

采访组抵黑采访

本报讯　由中国新闻学院学生张军良、马书平、陈军三人组成的'93东北边疆行采访组于8月25日到黑河采访。

他们是7月12日从北京出发，骑自行车赴东北边疆进行一次从课堂到社会实践的采访报道的，行程共3500公里。此行，他们采访报道了东北三省的沿边改革开放、经济建设、边境贸易以及风土人情等，共写出80多篇新闻稿件、计4万多字，相继在《人民日报》、《光明日报》、《经济参考》、《中国工商时报》等报刊上发表。到黑河后，他们先后采访了开放办、合作区、大黑河岛和旅游局等单位，将对黑河的经济发展、旅游、边贸等进行报道。

（黄淑华）

黑龙江《黑河日报》报道中国新闻学院三名大学生在黑河地区开展社会实践和采访调研的情况。

中俄贸易信息报

内蒙古满洲里对外经济贸易洽谈会专刊

刊号 NZ15——0130

总编辑 周玉琦

ZHEMYXXB

1993年8月30日 星期一
农历癸酉年七月十三
第9期 总第56期

满洲里报社主办

三位大学生自费沿边行

8月25日，抵达我市采风

本报讯（记者 夏慕桥）由大学生马书平、张军良、陈军组成的新华社中国新闻学院'93东北边疆行采访组，经过近两个月的艰难跋涉，于8月25日到达这次活动的终点站满洲里。

满洲里是他们这次采访的重点地区，在这里他们采写了"洽谈会"的盛况，及满洲里口岸的光明前景。这次活动是他们骑自行车，自筹经费对东北边疆地区进行的一次全面考察，7月12日，他们从丹东市的江海分界线出发，经过辽宁、吉林、黑龙江、内蒙古三省一区的20多个县市行程近4000公里，他们采写了近8万字的新闻稿件和调查报告，已被《人民日报》、《经济参考报》、《中华工商时报》、《中国商报》等陆续刊用。

责任编辑
张贵山

内蒙古自治区满洲里报社《中俄贸易信息报》报道中国新闻学院三名大学生在满洲里地区开展社会实践和采访调研的情况。

内蒙古自治区《呼伦贝尔日报》社蒙文版报道中国新闻学院三名大学生在呼伦贝尔地区开展社会实践和采访调研的情况。

内蒙古大兴安岭日报

国内统一刊号 CN15—0026
代号 10—15
第10260号 总编辑 王昌珞

1993年
8月大
31
星期二
农历七月十四

中国新闻学院3名大学生
骑自行车采访东北边疆

本报讯 经过近两个月的艰苦跋涉，中国新闻学院"93·东北边疆行"采访组近日返回北京。

"93·东北边疆行"采访组由中国新闻学院3名大学生自筹经费组成。他们是：马书平、张军良、陈军，7月12日由辽宁丹东市出发，骑自行车经辽宁、吉林、黑龙江三省和内蒙古自治区的二十多个县（旗）市，行程近4000公里，对沿途在改革开放大潮下的社会发展和人民生活进行了调查和报道，对大兴安岭林区生态环境、森林保护等也进行了考察。现已写出了近6万字的稿件，先后被《人民日报》、《经济参考报》、《中华工商时报》、《中国商报》利用，满洲里市是他们这次活动的终点站。

（本报记者）

内蒙古自治区《大兴安岭日报》报道中国新闻学院三名大学生在大兴安岭地区开展社会实践和采访调研的情况。

四、"东北边疆行"采访活动掠影

马书平、张军良、陈军从北京中国新闻学院出发时的合影。

在这里……

　　烈士的鲜血染红了鸭绿江水

　　英雄的意志筑起了鸭绿江桥

40年后的今天……

　　我们骑车从这里开始了边疆万里行采访

张军良　马书平　陈　军

马书平、张军良、陈军三名大学生在辽宁大东港市江海分界线（鸭绿江、黄海分界线）骑自行车开展"东北边疆万里行"社会实践活动出发时写下的誓言。

在丹东英雄纪念塔前的留影。

在辽宁大东港江海分界线合影。

在辽宁大东港江海分界线合影。

在辽宁丹东市抗美援朝纪
念塔前的留影。

在丹东市抗美援朝纪念
塔前的留影。

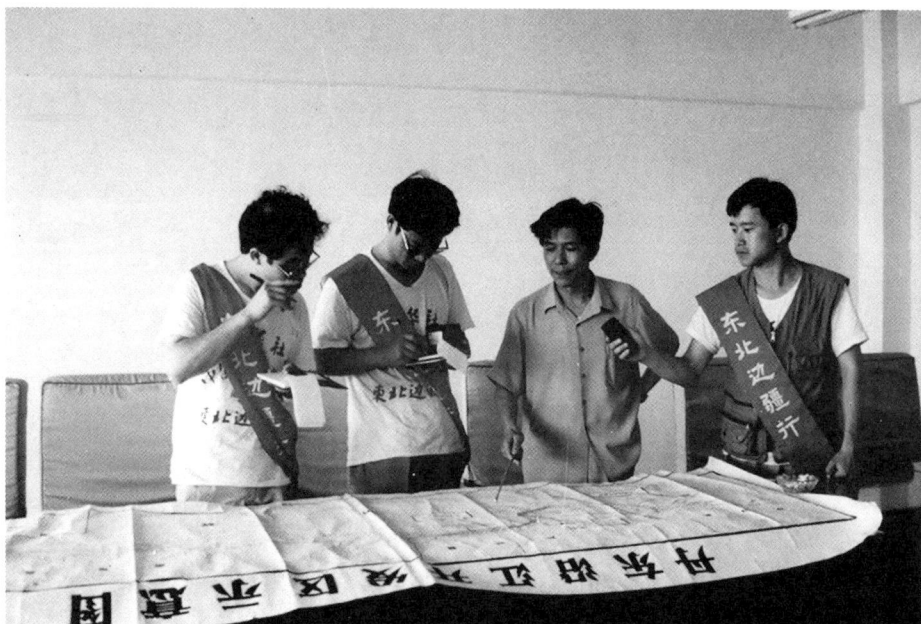

采访丹东沿江开发区管委会负责人。

走访调研丹东市开发区后在鸭绿江大桥前的合影。

采访辽宁东沟县大东港开发区领导后在管委会楼前合影。

从辽宁桓仁县过河到集安时在渡船上的纪念。

在吉林通化采访中朝贸易董事长时的合影。

在集安人民广场的合影。

在吉林集安开放区界碑前的合影。

在集安宾馆采访集安市领导后的合影。

走访集安高句丽古城遗址时留影。

在集安街头采访留影。

马书平、张军良在吉林集安市农村采访蔬菜大棚种植情况。

在采访浑江市乡镇领导时的合影。

和吉林浑江（今白山市）市委领导合影。

和浑江市（今白山市）贸易局领导合影。

在吉林临江县鸭绿江边采访时的合影。

在吉林临江陈云同志旧居留影。

在吉林临江县边检站中朝两国友谊桥上留影。

在吉林临江县边检站中朝两国友谊桥上留影。

在长白山开发区采访时合影。

与长白山报社陪同采访的同志合影。

在长白山瀑布和水阁云天前合影。

在长白山瀑布和水阁云天前合影。

在吉林长白山采访花农。

走访长白山农家乐时的合影。

在吉林图们口岸留影。

在吉林图们口岸留影。

和图们市委宣传部的同志在图们火车站前合影。

在图们采访一家农产品公司时的合影。

吉林珲春报社、珲春电视台、珲春广播电台给马书平、张军良、陈军三名同学颁发特约记者聘书。

采访后在珲春市鸭绿江边雕塑前合影。

和吉林珲春电视台记者一起采访时的合影。

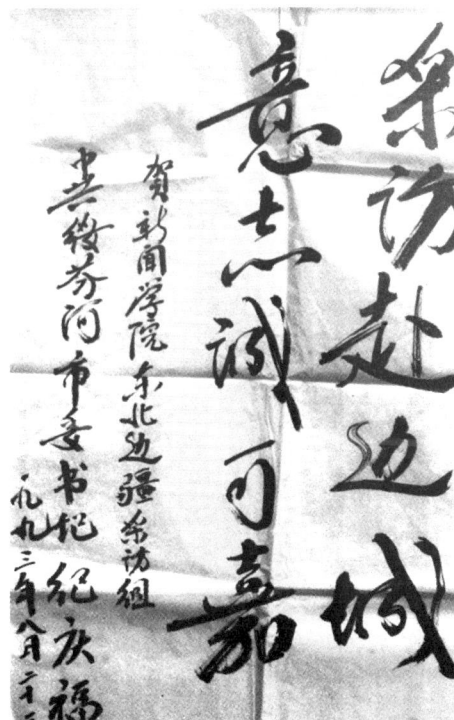

黑龙江省绥芬河市委书记赠词祝贺："采访赴
边城　意志诚可嘉"。

在采访绥芬河一家贸易公司时和董事长的合影。

在绥芬河采访贸易货栈老板。

在绥芬河市街区的合影。

在绥芬河市采访一家中俄贸易公司和公司员工的合影。

和绥芬河市委书记的合影。

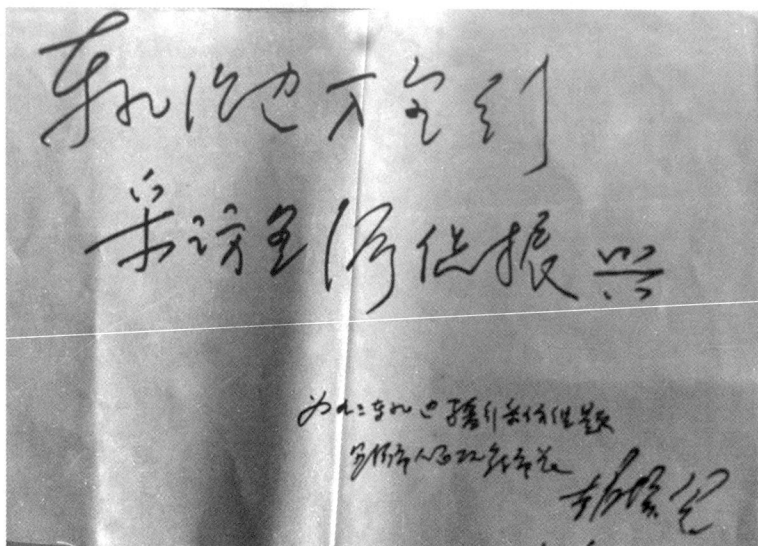

黑龙江省黑河市人民政府市长给三名大学生社会实践活动赠词祝贺："东北沿边万里行　采访黑河促振兴"。

在满洲里采访一家边境贸易公司时合影。

在哈尔滨火车站前合影。

社会实践活动结束后在哈尔滨火车站上火车前的留影。

在黑龙江哈尔滨太阳岛公园的合影。

在黑龙江哈尔滨市区松花江边防洪胜利纪念塔前的合影。

回到北京时在北京火车站的合影。

回到北京在天安门广场的合影。

回到北京在天安门前的合影。

回到北京在天安门前的合影。

回到北京在天安门前的合影。

马书平、张军良、陈军三名大学生"东北边疆万里行"社会实践活动结束回到北京，中国新闻学院师生迎接他们胜利归来时的合影。

马书平、张军良、陈军三名大学生"东北边疆万里行"社会实践活动结束回到北京，中国新闻学院师生迎接他们胜利归来时的合影。

马书平、张军良、陈军三名大学生"东北边疆万里行"社会实践活动结束回到北京，中国新闻学院师生迎接他们胜利归来时的合影。

和中国新闻学院秦学力老师在教学楼前的合影。

马书平、张军良、陈军三名大学生"东北边疆万里行"社会实践活动结束回到北京，中国新闻学院师生迎接他们胜利归来时的合影。

回到北京和同学见面时的合影。

回到北京在中国新闻学院门口的合影。

后　记

　　"盛年不重来，一日难再晨。"转眼我已经人到中年，今年既是我参加工作整整 33 年，也是我在新闻单位工作满满 26 年。人生有几个 30 年，又有几个 20 年？回忆过去，思绪万千。我最早是在县农行做通讯员，心里却怀揣着记者梦，经过多年不断努力，逐步成长为一名真正的新闻工作者。在 20 多年的记者生涯中，我参加过很多重大的战役性报道，也经历过很多惊心动魄的监督报道，更有很多次仗义执言、为民请命的难忘回忆，每每看到干部群众送给我的诸多锦旗和表扬信，自己就很欣慰，记者就应该这样，"铁肩担道义，妙手著文章"，也算不枉记者这个职业。

　　1987 年，我中专毕业到了农行上班，开始试着写点儿小通讯和消息，虽然写得不够好，但却是我新闻工作的起点。记得当时看到《邯郸日报》头版刊登了我采写的《曲周县农行以信贷杠杆支持农业转型发展》一文，竟兴奋得一夜未眠。

　　1993 年，我还在中国新闻学院读书时，便带队骑自行车开展了"东北边疆万里行"社会实践活动。万里行程让我学以致用、受益匪浅，历时一个半月的沿途采访，我们写出 20 多篇角度新、有深度、有影响的报道，新闻采访和写作能力得到了锻炼，自己也切实感受到"脱胎换骨"的变化和进步，同时我还在江苏江阴、河北石家庄等地开展调研。正是因此，作为新闻类学生，我能不断突破自我，取得一些调研和报道成果，1994 年我还获得了全国新闻专业学生的最高奖——"韬奋"新苗奖，这对我是莫大的鼓励与认可。

1994 年，我从中国新闻学院毕业后进入新华社河北分社工作，至此，我终于从"土八路"变成正规军。这以后我辗转在河北、西藏和总社工作多年，实现了自己做一个有正义、有情怀、有温度、有担当的新闻工作者的人生梦想。

在 30 多年的新闻实践中，我坚定自己的新闻价值追求，坚持革命的理想主义和英雄主义，坚持深入基层、深入一线、实事求是、报喜报忧的报道原则，实现了新闻理论和实践的统一，推出了很多精品力作，得到过多位中央领导同志的批示和重视，对涉及实际问题的解决起到了很好的促进作用。

多年的记者生涯中有很多难忘的经历。我曾多次参加重大战役性报道，比如纪念西藏民主改革 40 周年、西藏和平解放 50 周年、西藏 98 年特大水灾、唐山抗震 30 周年、全国"两会"、党的十九大、新中国成立 70 周年、抗击"非典"、抗击新冠肺炎疫情等，出色完成了拉萨啤酒厂改制、西藏大开发、西藏经济发展状况、珠峰工业公司经营体制改革、私营企业主入党、渤海水污染、冀东纪行、耕地状况、生态污染、社区管理、农民职业病等重大专题调研。同时，我还完成了青藏边界划分、河北行唐与灵寿边界纠纷、蔚县坑农事件、邯邢矿山管理局职工集体上访事件等重大问题调研。

新闻的职责在于发现。挖掘和树立先进事迹和模范典型是记者最重要的追求之一。多年来，这类典型报道的采访经历我依然记忆犹新：1998 年西藏发生水灾，我听说了藏族乡长丹增多吉为救群众的生命财产而牺牲的事迹。1999 年 11 月我和其他同志一起进行实地采访，一路上我们翻山越岭，在马背上颠簸七个多小时，却马失前蹄，差点儿摔下悬崖。尽管路途艰辛，屁股被磨得起泡、我也无法行走，但这经历却让我终生难忘。最终，我主笔采写的《藏族乡长丹增多吉事迹感人》内部报道被中央主要领导同志批示，丹增多吉也被树立成全国基层干部先进典型。2007 年 1 月，我了解到了田金芳虽然身患两种癌症、但仍然拥军慰问演出不间断的典型事迹，推出内部报道《田金芳 30 年"生命不息 拥军不止"》，被中央主要领导批示，田金芳被列为"时代先锋"。我在西藏工作时，深入企业调研，挖掘出拉萨啤酒厂、珠峰工业两大企业典型，后来二者成为西藏改革排头兵。我的体会是这类正面典型报道必须实事求是，不能人为抬高或降低典型示范意义，一定要真实、全面、客观地挖掘出他们的精神境界和价值追求，这样树立起来的先进人物和企业典型才能立于不败之地，经得起历史和时间的检验，成为当时那个年代精神的一部分，引领时代的进步。

最刻骨铭心当属 1998 年年初在拉萨调查法轮功，我通过各种途径跟踪了法轮功发展成员的全过程，成为全国最早反映法轮功情况的记者。1999 年 12 月，十七世噶玛巴出逃事件，我全程跟踪，克服采访时种种难以言表的困难，采写了多篇内部报道，提出了建设性的意见和建议。2003 年 9 月，我只身在保定西部山区调查"东方闪电"（后被确定"全能神"）打着耶稣基督教旗号秘密发展教徒的情况，通过暗访调查掌握核心问题，也最早向高层做了反映，得到应有的重视，处理了部分涉及问题的人员，包括一些地方领导干部。我的体会是这类涉及民族宗教的报道必须遵守纪律、守住底线、实事求是，综合客观，既要尊重信教群众的信教自由，又要及时发现一些人打宗教旗号干违法勾当的问题，才能给高层提供最准确最有价值的情况。

1998 年 8 月，西藏雅鲁藏布江发生特大水灾，堤坝决口，农牧民受灾，我连续两天两夜坚持深入一线采访，最早给中央反映灾情。在扎囊县堤坝决口现场，我跳进齐腰深的水中和干部群众组成人墙堵住决口。为到被洪水围困的重灾村采访，我划了两个小时的牛皮筏子，等到达救灾村时，自己累得倒在地上。而我采写的报道《雅江无堤 何以安澜》也得到中央和西藏自治区领导的高度重视。作为记者能为雅鲁藏布江灾后重新和修筑堤坝作点儿贡献也是值得怀念的。2003 年 4 月，河北保定满城出现第一个"非典"疑似病例，赶上这个月我值班，我就一直冲在第一线，不仅了解到最全面的疫情情况，还拍摄了不少农村和社区严控疫情扩散的生动场景。而我采访的 20 多篇公开报道和十几篇内部报道，有 5 篇得到中央领导批示，还在新华社总编室召开的"'非典'对我国经济影响及对策研究电视电话交流会"上做了《"非典"对县域经济的影响》发言，并被评为全国抗击"非典"报道先进个人。

我的体会是这类涉及重大突发事件的报道要不辞辛苦、深入最基层，才能掌握最真实的情况，写出的报道才有说服力和感染力。

在多年的采访经历中，我还有不少调研由于跟踪及时，不但使问题得到妥善解决，还促进国家层面或地方出台、完善相关政策和配套机制性措施。2002年12月，我在河北鸡泽采访一个乡镇强行摊派计生罚款、一个怀孕7个多月的妇女被折腾死亡的事件，报道刊发后不仅促使有关领导干部得到处理，还使河北省开展此类问题的专项整顿。2003年6月底，在得到衡水冀峰印刷公司冒领国家保障金的线索后，我进行了艰难的采访和调研，终于摸清冒领的人数和证据，报道刊发后河北省派出调查组对问题进行了梳理解决，处理了相关责任人，并在全省开展冒领社保资金专项清查整顿，出台了有关文件和措施。2005年12月，我经过深入暗访和明访，掌握了一个小康县陷入发展困境的内幕，在《半月谈》公开刊发《一个"小康县"三级书记的"真假话"》的独家报道，揭开了河北省在文明生态村建设中存在的一些突出问题，随后河北省出台了支持文明生态村建设的支撑措施。2003年6月，我在河北易县采访调查易县法院问题时，出现了一些法庭庭长见了记者就下跪，期望记者能够伸张正义、惩治邪恶的感人一幕。那5天，为了挖到内幕，在人身安全受到威胁的情况下，我不得不白天秘密采访、晚上临时找地方休息，真像是打游击战一样。这些内部报道刊登后，得到中央领导的重视，解决了实际问题，处理了包括县局级的一些干部。河北某县有个小伙子被公安局三天折腾死了，我只身采访发出内部报道，他们竟然通过公关把说明附到报道后面，但我不畏惧威胁，始终坚持有理有据有节，最终迫使他们查出了刑讯逼供问题，处理了三个干警。这类监督报道经历还有很多，不一一列举，但在采访时被县里、市里、省里多个部门围追堵截、被一些领导辩驳等也是记者的家常便饭。我的体会是这类监督报道采访只要记者主持正义、保护好自身安全，报道做到真实、全面、客观，一些有问题的官员又能怎样？

这些采访体会，也恰恰证明了好的新闻是用心挖出来的，只有不惧风险、严谨认真，才能为民做主、惩恶扬善；真正好的报道应该经得起历史、法律的检验；只有有温度、贴民心的报道才能感染读者，不被遗忘。

在采访过程中，最激动人心的是能为群众主持公道、解决实际问题。2003 年 8 月，我深入到河北行唐县、灵寿县两县交界区域调查由于县界不明确、争夺河沙资源，导致两个乡村发生大面积械斗的问题。我在自己人身安全受到威胁的情况下，依然走村入户，了解事件的来龙去脉，走访多个当事人和有关单位，写成《村干部带头械斗 边界纠纷难解决》，稿件在新华社内部报道刊登后，引起国家民政部门和河北省、石家庄市和这两个县的高度重视，多年未解决的边界纠纷得到彻底解决，磁河两岸群众欢欣鼓舞。行唐县常香村党支部、村委会给我赠送锦旗："伸张正义 两袖清风 廉洁奉公 深得民心"。2003 年 8 月，邯邢冶金矿山管理局由于主要领导推出的改革措施未得到广大职工的认可，引发 5000 多人集体静坐请愿事件，导致邯郸市交通大瘫痪，我第一时间赶到出事地点，了解各方意见，给中央及时汇报，使问题得到全面妥善处理，中央企业工委、邯郸市领导和广大职工给予我高度评价。2002 年年底，我了解到衡水阜城县有人几次把活人送到火葬场的恶性事件，我带领其他同志一起做明察暗访，在生命安全受到严重威胁的情况下，依然勇往直前，刊发揭开黑幕的报道《阜城老板心太狠 火葬场里送活人》，为百姓讨回了公道，犯罪嫌疑人得到应有的惩罚。2004 年 9 月，河北省兴隆县蚂蚁沟村发生铁矿被外地开发商抢占、群众利益受损、山体生态被破坏的情况，我对事件的全过程进行了全面的调查了解，写出内部报道后，主动与开发商和县里领导沟通协商，促成问题得到圆满解决，开发商撤出，全村群众利益得到保护，铁矿停止开采，山体生态得到重新保护。该村上百群众代表到分社，把写有"为民请命 伸张正义"的锦旗赠送给记者。我的体会是这类涉及群众双方或多方利益的监督报道，确实需要实事求是、摸清底数、弄清各方诉求，不偏不倚，多方协调，多次努力，报道就能够取得满意的效果。

值得欣慰的是，2014 年我开始从事新华社新媒体报道，是全社最早从事新媒体领域报道的参与者、指挥者之一，实现了从传统报道到新媒体报道的转身。这几年我参与策划、制作了如《看高清海报 学习主席强军思想》《解码党代会：十九大为何这么重要》《"党代表通道"上的好声音》《我的 HONG KONG》《为了他们的微笑》（报道"一带一路"带给各国儿童的礼物）《这 40 组穿越时光的照片，哪张感动了你？》、微视频《追梦人，咱们回家过个好年》、MV《誓言》《四十年》《征程》《进入新时代，中国强起来》《你是一个传奇——致敬张富清》等 500 多个融媒体报道，其中《致奋斗在脱贫战场上的你》等 20 多个报道浏览量突破 2 亿，得到中央领导批示表扬。在新中国成立 70 周年之际，我有幸亲自指挥全国首个 5G+8K 阅兵式直播，直播材料被国家博物馆收藏。在抗击新冠肺炎疫情报道中，我主动策划采写报道，推出 H5、动图页卡、微视频等多种形式报道 30 多篇，总浏览量超过 2000 万，凸显了新媒体报道的魅力和影响力。我的体会是这类报道重在突出新媒体、融合制作特色，适应网民阅读习惯和移动端要求，体现高端化、分众化、精准化的舆论引导作用，才能达到事半功倍的效果。

在采访过程中，还有一些经历让我印象深刻：

我曾跟随中央领导采访，深刻体会了严明的采访纪律和不辞辛苦写作的工作模式。2002 年 1 月，中央领导到保定检查指导工作、看望群众，我受委派跟着领导做好报道。在阜平县，为了完成好报道任务，我不仅要随时跟着领导做好记录，还有随时完善报道内容，加上县里那时街头还没有打印机，我在招待所和县委大院之间来回跑，两天两夜，几乎没有休息，在领导离开之前，我顺利完成了报道任务，得到领导的肯定，还跟我合了影。

2001 年年初，我有幸参加了中宣部组织的新世纪西藏宣传思想工作专题调研，历时一个多月，深入到拉萨、那曲、安多等地，由我执笔完成了《西藏宣传思想工作的调查与思考》报告，得到中宣部有关领导的肯定。

2008 年、2009 年，我还承担了半月谈·改革开放 30 周年特刊、新中国成立 60 周年特刊的出刊任务。这两套特刊共计 36 期，我带领团队克服各种困难，如期完成出版发行任务，逐句逐字审阅 500 多万字，没有出现任何政治性、事实性、技术性差错，还实现了经济效益和社会效益的双丰收。《强国之路》《国企跨越》《农村改革》等成为精品力作，受到《半月谈》杂志社领导表彰和社会各界的好评。

这些年之所以能够取得一些业务成绩，写就一些精品力作，最深的感受是做好新闻工作就必须做好调查研究。"自古华山一条路"，这么多年自己始终不忘初心，坚持调查研究，不断提高自己的新闻观察力和判断力。新闻的成长永远在路上，在不断努力中，只有这样，"花"才能开到自己"家"。

人到中年，总是念念不忘父母的教诲，"做一个对国家对别人有用的人"，这句话朴实无华，却总萦绕在我耳边，激励我一生去努力去奋斗。在人生事业上有点儿成绩，也是二老对我教育的结果。

在人生成长中，组织的关心也让我铭记不忘。在河北大名师范、中国新闻学院读书，在曲周县农业银行、新华社几个单位工作都得到了领导和同事的关照和支持，内心充满感激。

"读万卷书，行万里路"，调查研究始终是记者的基本功，也是我最看重的阅历之一。在3000篇公开报道、近500篇内部报道中，有500余篇是我调查研究的成果，其中几十篇得到中央和省级领导批示。把这些各类题材的调查研究整理结集出版，是我多年的夙愿。这本基层调查研究辑录，全书分为深度挖掘篇、创新经验篇、问题反思篇、焦点追踪篇等部分，收录了我100余篇重点调研，如西藏大开发的这组调研，既有高度、锐度，也有深度，其中第五篇《西藏要走中国特色的西藏发展道路》，为国家层面加快推进西藏发展拓展了思路，得到国家有关领导和西藏自治区主要领导的充分肯定；在中国新闻学院读书时，我牵头开展"东北边疆万里行"社会实践活动，也有"管中窥豹、以小见大"之效，在此一并收录，以飨读者。鉴于篇幅所限和查询局限，调研的效果仅仅做了小部分反馈。人生总有遗憾，才是真正的人生。出书也是这样，由于还有不少调研报道无法公开出版，不免也有遗憾。

2016年年初，我就有了系统整理自己新闻作品的想法，2017年10月整理完毕，期间又经过多次调整完善，在出版过程中，我向老领导慎海雄同志作了汇报，得到领导的多次指点修改。我的大学老师、知名媒体人和辞赋大家闫凡路（闫老）虽岁年事已高、但不忘激励后生，欣然为我作序。总社有关部门帮我整体把关，提出了一些意见和建议，我认真做了修改。我单位的领导和不少同事如蒲立业、陈凯星、周亮、袁建、贺大为、胡金芳、王震杰、齐慧杰、葛素表、巩军、刘喜梅、许剑铭、闫帅南、周继坚、李春柏、栗小龙等，也都从不同角度给予了指点和鼓励。新华社总经理室郑建玲、新华出版社赵怀志、沈文娟、祝玉婷帮我整理、录入、修改，做了大量工作。新华网申钉钉也多次帮我选稿定稿。我爱人黄莉、女儿马令怡、三哥、大嫂、三嫂、二姐、二姐夫和几个侄子、外甥也都参与了稿件的整理。新闻作品集出版凝集了这么多人的支持和帮助，我都记在心里。

　　我年过五十，但新闻的路是一辈子，整整行装再出发。

马书平

2020 年 4 月 8 日